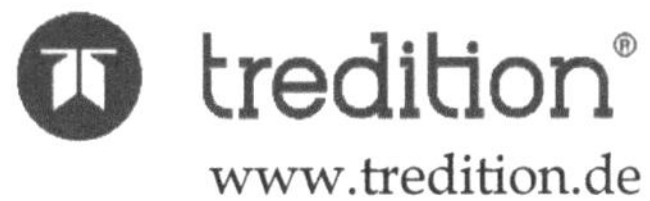

www.tredition.de

Hans-Peter Schmidt-Treptow

Das Leben ist kein Vollplayback

… ein Star ist auch nur ein Mensch

AF302750

© 2020 Hans-Peter Schmidt-Treptow

Verlag & Druck: tredition GmbH, Halenreie 40-44, 22359 Hamburg

ISBN
978-3-347-02250-8 (Paperback)
978-3-347-02251-5 (Hardcover)
978-3-347-02252-2 (e-Book)

Das Werk, einschließlich seiner Teile, ist urheberrechtlich geschützt. Jede Verwertung ist ohne Zustimmung des Verlages und des Autors unzulässig. Dies gilt insbesondere für die elektronische oder sonstige Vervielfältigung, Übersetzung, Verbreitung und öffentliche Zugänglichmachung.

Dies ist eine fiktive Geschichte. Ähnlichkeiten mit real existierenden Personen und Gegebenheiten sind rein zufällig und nicht beabsichtigt.

Layout und Design: www.carolicious.de / Carolin Runge

Cover: © Schmidt-Treptow Medienkontakte 2009

für A.

1. Der Ruhestand beginnt?

„Uff, geschafft!", mit diesem Seufzer ließ sich Jana in ihren Stressless fallen. Alles um sie herum in ihrer Luxuswohnung in Bremen-Schwachhausen machte einen unbewohnten, fast sterilen Eindruck, was darauf zurückzuführen war, dass sie zwar immer wieder die Auszeiten zwischen den Auftritten genießen konnte, sich aber letztlich allein auf ihren privaten 180 Quadratmetern fühlte. Die Abschiedstournee durch mehrere Länder hatte die Mittsechzigerin Kraft und Nerven gekostet. Jetzt, im Herbst ihres Lebens, hatte die Künstlerin den Entschluss gefasst endgültig aufzuhören. Sie sehnte sich nach Ruhe, Entspannung und Harmonie. Manchmal – so wie jetzt – gingen ihr aber Gedanken durch den Kopf, wie diese neue Situation eigentlich aussehen sollte. Wirkliche Hobbys hatte sie nicht, der sogenannte Freundeskreis bestand aus Kollegen und manchmal aus Fans, die wenig Schamgefühl besaßen und sich natürlich nie als Anhänger eines Stars betitelt hätten, sondern als beste Freunde. Gut, Jana liebte Wellness und guten Rotwein aus dem Piemont, aber tagefüllend war das nicht. Vor allem aber freute sie sich auf viel gemeinsame Zeit mit Martin. Er war zwar zwölf Jahre jünger als sie und stand als Choreograf mit beiden Beinen fest im Leben und vor allem im Job, der ihn ständig rund um den Erdball führte. „Irgendwann wird auch er kürzertreten, dann haben wir Zeit für uns. Endlich kann ich ihn ab und zu auf seinen Gastspielreisen begleiten. Dann fange ich wirklich an, meine ehemaligen Auftrittsorte von ihrer schönen Seite kennenzulernen. Bisher waren es ja meist nur Studios, Hotelzimmer und Theater, die ich zu sehen bekam.", sinnierte sie. Die Abende zunächst allein zu verbringen und dem *Barolo* zu frönen machte sie nicht sonderlich glücklich. „Herrlich!", dachte sie trotzdem, „morgen früh klingelt kein Wecker, ich kann ausschlafen." Sie schaute auf ihr Handgelenk, das eine *Santos de Cartier* zierte. „Mist, schon halb sechs!", schoss es ihr durch den Kopf. Blitzschnell sprang sie auf, suchte nach ihrem Portemonnaie, warf sich ihren Mantel über und verließ das Apartment. In der Tiefgarage bestieg sie ihren nagelneuen *Porsche 718 Cayman GT4*, drückte auf die Fernbedienung für das Gatter und düste, wie immer zu rasant, ins Freie. „Und jetzt in mein zweites Zuhause!" Mit obligatorischer Sonnenbrille steuerte sie ihren Wagen durch die Marcusallee direkt zum *Parkhotel*. Es dämmerte bereits ein wenig als sie auf den Parkplatz fuhr. Der Doorman Alfons kam ihr mit ausgebreiteten Armen entgegen und begrüßte die Sängerin fast wie eine alte Freundin: „Liebe Frau Levin, schön, Sie wieder einmal in unserem Hause begrüßen zu können!" Wortlos nahm sie den Empfang huldvoll entgegen und lächelte wohlwollend. Es war zwar hinlänglich bekannt in der Branche, dass sie immer Eins zu Eins war, es gab keine Privatperson, die sie nach außen kehrte. Jana Levin war immer Jana Levin, im Privatleben, auf der Bühne oder vor der Kamera agierte sie ohne Allüren, freundlich, allen immer zugewandt. Nur ganz wenige Menschen wussten, dass sie eigentlich Mathilde Müller hieß, aber den Namen hatte sie ja vor über vierzig Jahren über Bord geworfen und sich den Künstlernamen zugelegt. Die sechs Stufen schritt sie wie eine Königin hinauf, schenkte Alfons ein weiteres mildes Lächeln als er ihr, eine Spur zu devot, die Eingangstür aufhielt. Die Lobby war zu dieser Zeit gut gefüllt mit Managertypen und älteren, mit

Brillanten behängten blau-rosa gefärbten Damen, die entweder mit anderen Frauen ihrer Art gepflegte Konversation betrieben oder sich allein Champagner einflößten. Jana blickte sich unauffällig um, niemand schien sie zu erkennen. „Dann eben nicht!", dachte sie und steuerte direkt auf die Rezeption zu. Dort vernahm sie von einem jungen Mädchen, das sie mit Kuhaugen anstarrte, diesmal kein „Wie schön Sie zu sehen, liebe gnädige Frau!" Die kleine Blonde hinter dem Tresen war erst einige Monate im Hotel tätig und kannte die Künstlerin nicht. „Guten Abend, haben Sie reserviert?" „Das brauche ich nicht, ich bin hier Stammgast!". Ihr Tonfall klang eine Spur zu zickig. Als ihr die Kuhäugige mitteilte, dass das Haus ausgebucht sei, stieg eine Ungeduld in Jana auf: „Meine Liebe, ich bin Jana Levin und möchte lediglich ein paar Stunden im Spa-Bereich entspannen, Sie sind wohl neu hier!" „Ja, seit zwei Monaten.", kam eine demütige Antwort. „Also ich nehme die Thalasso-Behandlung und später den Wellnessteller, aber ohne Bananen!" „Möchten Sie gleich oder hinterher zahlen?", erkundigte sich die Neue. Die Künstlerin wurde langsam etwas ungeduldig, wollte sich aber nichts anmerken lassen und schob ihrem Gegenüber wortlos ihre Visakarte über die Theke.

Kurz darauf betrat sie den Wellnessbereich der Luxusherberge, zog sich aus und hüllte sich in einen schmuseweichen Bademantel. Inge Breitenbach, die Jana seit vielen Jahren als hervorragende Kosmetikerin und Therapeutin schätzte, begrüßte sie freundlich. Die Frau und die Sängerin waren seit Jahren ein eingespieltes Team hier im Spa. Die Künstlerin schätzte die unaufdringliche Art der Enddreißigerin, die nicht sensationslüstern mit Fragen aus der Branche nervte.

Trotzdem fiel Jana auf, dass Frau Breitenbach ihr etwas sagen wollte. „Nun schießen Sie schon los, ist etwas mit Ihnen?" „Ähm, ihre Kollegin Juanita Gonzalez lässt sich hier heute Abend auch gerade von meiner Kollegin verwöhnen.", entgegnete Inge ganz leise, da sie wusste, dass die beiden Frauen nicht gerade die besten Freundinnen waren. „Ach, die!", brach es aus Jana heraus.

Die Deutsch-Spanierin und sie waren etwa im gleichen Alter, nur gehörte Juanita zu den Kolleginnen, die natürlich niemals sechzig Jahre alt werden. In jedem Interview und jeder Talkshow wies sie darauf hin, dass sie weltweit hundertzwanzig Millionen Schallplatten verkauft habe und den Beruf der Sängerin eigentlich rein zufällig ausübe. Ihr Vermögen wurde auf zweihundert Millionen Euro geschätzt, das sie allerdings nicht nur selbst ersungen hatte. Schon in den 1950 er Jahren war ihr Vater aus Spanien nach Deutschland gekommen und hatte sich hier sehr schnell einen Namen als Sänger, Komponist und Produzent gemacht. Juanita muss ihm als Kind schon unmissverständlich zu verstehen gegeben haben, dass sie nichts anderes als Sängerin werden wolle. Was blieb Sergio Gonzalez also anderes übrig als seine Tochter mit sechzehn auf die Bretter der Welt zu stellen und sie aufzubauen. Inzwischen war der Vater über neunzig und lebte zurückgezogen in Madrid. Man munkelte, dass sein Immobilienbesitz dort ganze Straßenzüge umfasse.

Entspannt legte sich Jana auf die Massagebank und ließ ihren Körper mit einem Salzpeeling verwöhnen. „Sie haben Hände, die sind einfach Gold wert.", stöhnte sie Inge entgegen. „Nun relaxen Sie erst mal und denken Sie an schöne Dinge, ich bin in einer halben Stunde wieder bei Ihnen." Die

Sängerin dämmerte vor sich hin. „Ach, ich habe es doch gut, das werde ich mir jetzt häufiger gönnen!" Sie sah plötzlich ihre private Zukunft in rosa Farben. Kurz darauf wurde sie von Frau Breitenbach sanft in die Realität zurückgeholt, die vorsichtig das Salz auf ihrer Haut entfernte. „Ich mache noch einen Saunagang!" „Das wird Ihnen guttun und danach dann viel stilles Wasser und Ihr Wellnessteller ohne Bananen!", entgegnete die Therapeutin freundlich. Jana warf sich erneut den Bademantel über und machte sich auf den Weg in die Sauna. Dass sie diese menschenleer vorfand erfreute sie sehr. Sie hasste es Gespräche von Frauengruppen ertragen zu müssen die nur um die Themen: Kinder, Enkelkinder, untreue Ehemänner etc. kreisten. Wohlig streckte sie sich auf der oberen Bank des Heißluftbades aus. Kurz darauf perlten erste Schweißtropfen aus ihrem frisch-gepeelten Körper. „Hm, fühlt sich gut an.", stöhnte sie leise. Sie ließ dabei die Hand über ihren Busen gleiten. „Alles noch ganz knackig, für mein Alter!", stellte sie zufrieden fest.

Zwölf Minuten später ergoss sich ein eiskalter Wasserstrahl über sie. Jana stöhnte laut auf und hatte ein sehr wohliges Gefühl dabei. Kurz darauf betrat sie den eleganten Restaurantbereich des Spas.

„Oh, die spanische Hexe!", schoss es ihr beim Eintreten durch den Kopf als sie Juanita Gonzales an einem Einzeltisch erblickte, die sich an einem Glas *Dom Pérignon* labte. „Jana, Jana, setz dich zu mir!", forderte die Kollegin sie untypisch gutgelaunt auf. „Wo ist das nächste Erdloch, in das ich versinken kann.", ging es Jana durch den Kopf, versuchte aber anmutig auf die Spanierin zuzuschreiten. Indem sie sehr gezielt aneinander vorbeiküssten begrüßten sich die beiden Frauen. „Ich freue mich so sehr über den Erfolg deiner Abschiedstournee!", säuselte Juanita mit gekünstelter Freundlichkeit. „Dann hast du ja jetzt freie Bahn, da ich aufhöre!", erwiderte Jana und versuchte ihre Zickigkeit zu unterdrücken. Der Schlagabtausch begann. Jana Levin war bewusst, dass ihre Konkurrentin immer eleganter war als sie. Sie trug bei ihren Auftritten teuerste Roben von Luxusdesignern. Jana dagegen lief oft privat besser gekleidet rum als auf der Bühne. Selbst hier ungeschminkt im Wellnessbereich strahlte Juanita eine Grazie und Eleganz aus, die ihrer Kollegin fremd war. Mehrfach konnte sie in der Klatschpresse lesen, wie sich Journalisten über ihren Kleidungsstil fast lustig machten. So ganz hatte sie es in all den Jahren eben doch nicht geschafft aus Mathilde Müller Jana Levin werden zu lassen. „Deine letzte CD hatte ja gute Charterfolge!", lächelte Juanita. „Ja, wie deine, du müsstest jetzt bei hunderteinundzwanzig Millionen Tonträgern liegen!" „So schnell geht das heute nicht mehr, ich plane jetzt etwas mit Juan Carlos Marquez auf Deutsch zu machen, wir sind seit Jahren gut befreundet." „Ach, Marquez, seine Musik ist ja sehr zeitgenössisch!", konterte Jana, ohne einen Hauch von Ahnung zu haben um wen es sich dabei handelte. Dann machte sie ihrer Kollegin noch einmal deutlich klar, dass es wichtig ist, den richtigen Zeitpunkt zu finden mit dem Tingeltangel aufzuhören. Davon wollte Juanita aber nichts hören. „Ich werde immer singen, mein Publikum verlangt das einfach und ich enttäusche so ungern!" „Wie man's nimmt!", entgegnete sie spöttisch. Im Verlauf der Unterhaltung wurde immer deutlicher, wer die Fäden in der Hand hielt. Während Juanita mit ganz feinen Nadeln zustach, konterte Jana mit der Mistgabel. „Wir planen nächstes Jahr eine Welttournee mit dem

Marquez-Projekt. Selbst die *Mailänder Scala* hat angefragt, obwohl die ja sonst nur E-Musik zulassen!" Jana versuchte nicht laut aufzulachen. Ihr fiel ein, wie sich vor ein paar Wochen eine Münchner Kollegin, die Jazz und Soul auf Bayrisch singt, über Juanita ausgelassen hatte indem sie lästerte: „Host du de spanische Guak'n moi Weihnachtslieder singa hean, do rollt's da de Zehanägl auf!" Im Grunde hatte die Spanierin Ihren Zenit vor über zehn Jahren bereits überschritten. Die ganz großen Hallen füllte sie nicht mehr, ab und zu ließ ihr Management sie sogar in Festzelten auftreten, was sie – wenn auch widerwillig – mit sich machen ließ. Jana war da bodenständiger. Sie hatte nun ihren Abschied beschlossen, bevor sie auf einer Ochsentour dem Erfolg hinterherlaufen musste. „Läuft deine Scheidung eigentlich glatt?", fragte sie die Spanierin herablassend. „Na ja, ähm, er will die Hälfte meines Vermögens und einen monatlichen Betrag von … , aber darüber sollen sich die Anwälte streiten.", kam zögerlich. Eigentlich hätte Jana noch große Lust gehabt in dieser Wunde zu bohren, es gelüstete sie aber nach einer Flasche *Barolo* im eigenen Heim. So wie sie sich begrüßten verabschiedeten sie sich. „Du musst mir dann unbedingt von deinem Auftritt in Mailand erzählen, ruf mich an!" Dann suchte sie das Weite, wollte nur noch raus, nach Hause. Als sie sich noch einmal umdrehte machte sich Juanita über ihren vergessenen Wellnessteller ohne Bananen her.

Auf der Rückfahrt musste sie ständig grinsen. Sie erinnerte sich an eine Begegnung, die über vierzig Jahre zurücklag. Jana und Juanita waren damals Anfang zwanzig und wurden von Sergio Gonzalez in die teure Wohnung am Ostertor zum Essen eingeladen. Als Jana danach den Tisch abräumen wollte wies Juanita sie darauf hin, das bitte bleiben zu lassen, es sei Aufgabe des Personals. „Die war damals schon versnobt!", schüttelte sie den Kopf.

Gegen halb elf betrat sie ihre Wohnung, fühlte sich, trotz der abendlichen Begegnung, wohl. Genüsslich füllte sie ein Glas mit Rotwein und zündete ein paar Kerzen an. Danach legte sie ihre eigene CD in den Player, ließ sich auf die Couch fallen und summte mit. Da es keine konkreten Pläne für die nächste Zeit gab versuchte Jana welche zu machen. Überfälliger Zahnarztbesuch, Termine beim Friseur und der Kosmetikerin mussten organisiert werden. Sie war schon im Begriff zum Hörer zu greifen, um Margarete Loew anzurufen, die seit Jahren ihr Büro managte, als ihr plötzlich bewusstwurde, dass sie ihr gekündigt hatte. „Das muss ich dann wohl zukünftig selbst erledigen.", seufzte sie und goss sich *Barolo* nach. Merkwürdige Gedanken gingen ihr durch den Kopf. Jana war klar, dass sie auf der Bühne und vor der Kamera immer funktionierte, ein Profi eben. Aber im wahren Leben taten sich Schwächen auf. Als sie mit neunzehn ihre erste Ehe mit dem Engländer Brian einging, der sie fortan managte ging ihre Karriere steil bergauf. Brian organisierte auch das Privatleben. Er hielt alles fern von ihr, was sie belastete und ließ alles zu, was sie aufbaute. Es war eine großartige Zeit, die ihr sehr erfüllt schien, sie aber auch zur Unselbständigkeit erzog. Nach der Scheidung brach der berufliche Erfolg ein wenig ab, sie musste lernen den Wahnsinn des Alltags zu bewältigen. Erst Jahre später lernte sie Margarete kennen, die die beruflichen Zügel schnell und erfolgreich in die Hand nahm. Erst jetzt merkte sie, dass die Sekretärin ihr auch viel aus dem privaten Bereich abgenommen hatte. Jana ließ sie gern gewähren, es war alles so angenehm, trotz mancher Reibereien und Meinungsverschiedenheiten. „Jetzt also alles wieder auf Anfang, der Ruhestand kann beginnen!" Sie gönnte sich das nächste Glas.

2. Verdammt lange her

Als Jana am nächsten Morgen erwachte fühlte sie sich elend. Wann sie ins Bett gegangen war, fiel ihr beim besten Willen nicht mehr ein. Die Zeit mit sich allein und dem *Barolo* hatte keinen wirklich klaren Gedanken hinterlassen. Es war schon neun Uhr als sie sich aufrichtete und die milde Morgensonne des Spätsommers auf ihr Gesicht fiel.

Langsam bewegte sie sich ins Badezimmer, streifte ihren Seidenpyjama ab und begab sich in die Dusche. Der prickelnde Regenwaldschauer tat gut. Minutenlang richtete sie ihr Gesicht dem zarten Wasserstrahl entgegen. Merklich erfrischt trat sie vor den Spiegel, das Licht war damals bewusst so ausgesucht worden, dass es ihr in jeder Situation schmeichelte. Heute funktionierte das aber nicht. Die Künstlerin erblickte eine ungeschminkte und ältliche Frau, die ihr gegenüberstand. „Oh, ich muss haushalten mit mir, weniger Roten, soviel Collagen Booster Creme wie ich heute Morgen wieder nötig habe, gibt es doch gar nicht!", stellte sie zermürbt fest. Sie füllte das Glas mit lauwarmem Wasser, warf zwei Alka Seltzer hinein und lauschte dem Sprudeln. Als die Tabletten sich aufgelöst hatten trank sie den Inhalt auf Ex. Damals – sie war gerade um die fünfzig - hatte sie ein Album aufgenommen, das sich mit den Belangen und Nöten der reifen Frau beschäftigt. Unweigerlich musste sie an einen Song denken: *Mein Makeup, das jetzt bis morgen wieder für mich lügt – und wie es will auch über mich verfügt.* Marcel Parcel, der seinerzeit den Text geschrieben hatte, hatte also doch recht. Vor zehn Jahren tolerierte sie das Lied, machte sich aber über den Inhalt noch keine Gedanken. „Oh ja, er hatte Weitsicht, das Alter erreicht irgendwann jeden, jetzt also mich!". Behände griff sie zu ihrer Tagescreme und balsamierte sich ausgiebig Dekolleté, Hals und Gesicht. Danach hüllte sie sich in ihren Hausmantel und verließ das Bad.

Im Wohnzimmer entdeckte Jana noch eine Neige *Barolo* im Glas von gestern Abend, was ihr ein leichtes Übelkeitsgefühl vermittelte. Sie öffnete die Flügeltüren zu ihrer Dachterrasse und trat ins Freie. Die leichte Kühle des Morgens und der Duft der Lavendel- und Weihrauchblüten wirkten wie ein Jungbrunnen. Sie setzte sich auf den bequemen Balkonsessel, schloss die Augen und fing an zu dösen. Minutenlang dachte sie an nichts. Als sie die Augen wieder aufschlug erkannte sie: „Dieses wunderbare Nichts, abseits von allen Unwägbarkeiten des Alltags, herrlich!" Sie war jetzt wieder bei sich angekommen, stand auf und ging in die Küche.

Hier war auch alles vom Feinsten. *Bulthaup* hatte vor zwei Jahren ganze Arbeit geleistet: Granitarbeitsplatten, Ceranfeld-Herd, teuerster Edelstahl, Kochblock in der Mitte des Raumes. Leider waren Janas Kochkünste nicht sonderlich groß. Martin meinte immer wieder, dass sie so untalentiert sei beim Kochen und sogar noch Wasser anbrennen lassen würde. Dieser Raum ihrer Wohnung war eher ein Vorzeigeobjekt. Vor kurzem diente die Küche noch als Kulisse für ein Promi-Kochduell, auf das sich die Sängerin tagelang vorbereiten musste. Beim anschließenden gemeinsamen Essen mit ihren Kollegen wurde sie in höchsten Tönen gelobt. Als dann aber geheim über die Kochkünste jedes Teilnehmers abgestimmt wurde, erreichte sie, weit abgeschlagen, den letzten Platz. Jetzt stand sie vor ihrer vollautomatischen Kaffeemaschine, das einzige Gerät im gesamten Umfeld, das sie aus dem Stegreif bedienen konnte. Jana brauchte einen doppelten Espresso. Sie griff ins Eisfach und holte ein Croissant heraus, das sie in der Mikrowelle auftaute. Als alles vorbereitet war nahm die Künstlerin an der Küchenbar Platz und nahm einen kräftigen Zug des schwarzen Gebräus. Gedankenversunken stippte sie das aufgetaute Blätterteigstück in den Espresso, zog es wieder heraus und biss genüsslich hinein.

Ihr Blick fiel auf ein altes Familienfoto, das neben der Kühlkombination an der Wand hing. Eine Aufnahme noch in schwarz/weiß, die die ganze Familie abbildete. „Verdammt lang her, da kannte mich noch keiner.", sinnierte sie. Das Bild musste Mitte der 1960 er Jahre entstanden sein. Die Familie betrieb damals eine Bäckerei in Braunschweig. Papa Albert war der beste Vater, den man sich vorstellen konnte. Er erkannte schon früh das Talent seiner Tochter. Mit vier Jahren wurde sie widerwillig ins Ballett geschickt, entwickelte sich dort aber ganz gut. In den jährlichen Weihnachtsaufführungen mit den Eleven spielte sie fast immer die Hauptrolle. Mutter Gertrud und die Geschwister Klara und Henning waren jedes Mal sehr stolz auf sie. Mama lief jährlich einmal vier Wochen vor dem Spektakel die Straße rauf und runter und machte Reklame für Mathilde. „Aus meiner Tochter wird einmal eine ganz Große!", tat sie jedem kund, der es hören wollte. Die Aktivitäten in Bezug auf Promotion im Ladengeschäft der Bäckerei von Müllers konnten sich sehen lassen und brauchten einen Vergleich mit heutigen Werbemaßnahmen nicht zu scheuen. Gertrud Müller ließ sogar Flugblätter mit dem Konterfei ihrer Tochter drucken, die auf das Tanzereignis hinwiesen. Jedes Jahr freute sie sich diebisch, wenn der kleine Saal der Stadthalle wieder voll besetzt war. Jana lächelte: „Sie war schon so etwas wie eine Eislaufmutter, wollte immer, dass ich berühmt werde!" Obwohl die finanziellen Verhältnisse eher bescheiden waren, hatte Jana nie den Eindruck etwas versäumt zu haben. Die Musikalität hatte sie von ihrem Vater geerbt, der hervorragend Klavier spielte. Ihr Talent hielt sich in Grenzen, sie hasste Fräulein Redlich, die ihr einmal wöchentlich Unterricht erteilte, diese war streng und unnachgiebig. Wenn sich das Mädchen bei den Akkorden verhaspelte gab es Schläge auf die Finger. Irgendwann blieb Mathilde den Klavierstunden einfach fern. Als Gertrud das herausbekam gab es zu Hause ein Donnerwetter. Noten waren ihr sowieso immer fremd geblieben, aber sie hatte das absolute Gehör, merkte sofort, wenn jemand im Chor schräg sang und die Töne nicht traf. Vater Albert war ein gutmütiger Mann, seine drei Kinder waren sein Ein und Alles. Er stand immer auf ihrer Seite. Seine Frau ärgerte das oft maßlos. „Was du den Gören alles durchgehen lässt!", hörte er so oft. Jana hatte mal in einer Talkshow erzählt, dass er selbst Schmiere gestanden hätte, wenn seine Kinder in der Nachkriegszeit Briketts geklaut hätten. Bei diesem Gedanken liefen ihr Tränen übers Gesicht.

Vor fünf Jahren starben beide Eltern bei einem Autounfall. Sie war gerade in Wien und zeichnete ihre eigene Personality-Show für den ORF auf, als die Horrormeldung sie ereilte. Während Jana in der Maske saß, reichte ihr ein Regieassistent das Handy. Umnebelt vernahm sie die Nachricht von Henning und brach weinend zusammen. Ein sofort herbeigerufener Arzt gab ihr eine Beruhigungsspritze und empfahl die Dreharbeiten abzubrechen. Der Produzent war außer sich. Nachdem sie sich ein wenig beruhigt hatte, ging sie aber in die Offensive und ließ verkünden, dass sie die Aufzeichnung auf jeden Fall beenden wolle. Die folgenden Tage funktionierte sie einfach nur. Alles lief fast wie von selbst. Tanzeinlagen, Duette mit Kollegen, Sketche waren fast alle sofort im Kasten. Drei Tage nach der schlimmen Nachricht flog sie nach Hannover und fuhr von dort aus direkt nach Braunschweig. Die Journalistenmenge vor ihrem Elternhaus war erbarmungslos. Henning und seine Frau Gitta hatten sie vom Bahnhof abgeholt und vorgewarnt. Als sie sich einen Weg durch die Menge ins Haus gebahnt hatten, brach die Künstlerin erneut zusammen. Erst jetzt wurde ihr die Schwere der Situation bewusst. Der alte Hausarzt der Müllers, der sie immer noch Mathildchen nannte, riet zu einer Auszeit. Wie in Trance durchlebte sie die nächsten beiden Tage bis zur Beerdigung. Martin war nicht greifbar, er befand sich mit seiner Dance-Company auf einer Tournee durch Südamerika. Die wenigen und kurzen Telefonate, die sie führten, halfen Jana nicht wirklich weiter. Ihre Cousine Evelyn, die ebenfalls Sängerin war und unter dem Künstlernamen Milly Mirror arbeitete, meinte ernsthaft, dass sie für die nächste Zeit die Engagements ihrer Base übernehmen könnte. Jana war außer sich über den Vorschlag. „Du machst Tingeltangel, ich mache Kunst!", schrie sie Evelyn an. Worauf sie nichts Besseres zu sagen hatte als: „Ich habe die größeren Hitparadenerfolge!" Die Sängerin war zu erschöpft und traurig, dass sie so eine Unterhaltung in dieser Situation führen konnte. Mit letzter Kraft bäumte sie sich auf und verpasste ihrer Cousine eine Ohrfeige. Der Kontakt der beiden Künstlerinnen ist seit dem Vorfall stark eingeschränkt.

Nach der Trauerfeier verbrachte sie noch einige Zeit in ihrem nun verwaisten Elternhaus in Braunschweig. Klara und Henning kümmerten sich rührend um sie. Auch ihre Tochter Beatrice blieb ein paar Tage. Sie betrieb seit Jahren ein erfolgreiches Restaurant in Lüneburg. Der Kontakt zwischen Mutter und Tochter war nicht immer einfach. Beatrice war erst fünf Jahre alt, als sich Jana von ihrem Vater scheiden ließ. Die Presse zwang den Eheleuten eine Schlammschlacht auf, die so nicht beabsichtigt war. Manfred Heise war ein Clown von Weltrang, der unter dem Namen Peppilito oft mit dem Zirkus *Krone* auf Gastspielreise ging. Wenn er mal zu Hause war, war er für Beatrice der liebende Vater, das wusste selbst Jana. Aber die Fassade bröckelte schon nach drei Ehejahren. Auf der ganzen Welt pflegte Manfred seine Affären. Manchmal riefen die jungen Dinger sogar in Bremen an, selbst wenn Jana anwesend war. Sie war es auch, die die Fassade immer aufrechterhalten wollte. „Bloß keinen Dreck in die Öffentlichkeit schütten!", sagte sie oft zu ihrer Sekretärin Margarete. Als eine junge Chinesin sich eines Tages meldete und behauptete von Peppilito schwanger zu sein platzte ihr der Kragen. Sie schmiss Manfred aus dem Haus und reichte die Scheidung ein. Wieder begann eine Zeit der Neuorientierung. Sie war jetzt alleinerziehende Mutter, die berufstätig war. Behutsam versuchte sie das alles ihrer Tochter zu erklären, aber sie war eben erst fünf Jahre alt und hing abgöttisch an ihrem Vater. Jana blieb nichts anderes übrig als dauerhaft eine Nanny für das Kind zu organisieren. Die Schweizerin Vroni Hirsbrunner war ein Glücksfall. Beatrice und sie müssen sich vom ersten Augenblick ineinander verliebt haben. Gleichzeitig überkam Jana aber immer wieder ein Eifersuchtsgefühl, wenn sie nach ihren Gastspielreisen einige Zeit daheim weilte. Ihr missfiel die Vertraulichkeit zwischen Vroni und Beatrice, andererseits war sie aber froh, dass ihr Kind in so guter Betreuung war.

Als ihre Tochter zehn Jahre alt war sackte sie in ihren schulischen Leistungen massiv ab. Das Kindermädchen versuchte über alles den Mantel des Schweigens zu decken. Nach einem Halbjahreszeugnis, das den Vermerk hatte ‚Versetzung stark gefährdet' reichte es der Sängerin. Kurzerhand meldete sie ihre Tochter im Internat *Stiftung Louisenlund* in Güby im Norden Schleswig-Holsteins an. Die Reaktion der Zehnjährigen war entsetzlich. In ihrer kindlichen Naivität schrie Beatrice ihre Mutter an: „Erst schmeißt du meinen Vater aus dem Haus und jetzt bin ich dir auch zu viel und du schiebst mich ab!" Jana fühlte in diesem Moment, wie ihr der Boden unter den Füßen weggezogen wurde. Es kam zum Zerwürfnis zwischen Mutter und Tochter. Immer wieder versuchte sie in den nächsten Wochen einzulenken, aber die Kleine blieb stur. Als nach den Sommerferien für Beatrice nun die Abreise nach Güby anstand, versuchte die Künstlerin noch einmal auf ihre Tochter einzuwirken. „Wenn du dort angekommen bist, lass bitte nicht so heraushängen woher du kommst und wer ich bin!" das Mädchen sah sie mit leeren Augen an, dann schrie sie: „Ich werde allen erzählen, dass meine Eltern tot sind!" Das saß! Jana brach in Tränen aus. Vroni, die bereits im Wohnzimmer auf Beatrices Koffern saß und das Kind begleiten sollte schrie jetzt ebenfalls: „Dann haben Sie ja alles richtig gemacht, Rabenmutter!". Das war mehr als zu viel. Die beiden Frauen gerieten in einen so heftigen Streit, dass Jana ihr die

Kündigung aussprach. Beatrice eilte herbei und brüllte ihre Mutter an: „Die nimmst du mir jetzt auch noch weg!" Dann schlang sie ihre Arme um ihre Nanny und drängelte jetzt abzureisen. „Okay, Vroni dann bringen Sie meine Tochter ins Internat und danach will ich sie hier nicht mehr sehen. Ihr Gehalt erhalten Sie noch für drei Monate, aber verschwinden Sie bitte einfach!" Grußlos verließ Frau Hirsbrunner mit Beatrice an der Hand das Haus und stieg ins bereits wartende Taxi. Jana Levin konnte nicht glauben, was sie soeben erlebt hatte, sie ging ins Bad schmiss sich fünf Milligramm Valium ein.

Der Kontakt zu ihrer Tochter war wirklich für Jahre abgebrochen. Wesentliche Kommunikation mit ihr verlief über das Sprachrohr Manfred. Er teilte ihr von Zeit zu Zeit mit, wenn die Tochter etwas benötigte. Dankesbriefe für Weihnachts- oder Geburtstagsgeschenke bekam sie nicht. Die Ferienzeiten im Internat verbrachte Beatrice bei ihrem Vater. Erst sechs Jahre später näherten sich Mutter und Tochter wieder allmählich an. Auch heute ist das Verhältnis nicht ganz lupenrein. Obwohl ihr Kind erfolgreich als Gastronomin in Lüneburg arbeitet, missfällt Jana diese Tätigkeit. „Sie macht sich kaputt durch diese elende Nachtarbeit!", sinniert sie oft, würde es aber nicht noch einmal wagen sich einzumischen, um wieder einen neuen Eklat zu riskieren.

„Ich liebe sie einfach, sie ist die Einzige, die mir wirklich geblieben ist!", stöhnte sie auf und sah in ihren kaltgewordenen Espresso. Sie beschloss, die Vergangenheit für heute auf sich beruhen zu lassen, warf einen erneuten Blick auf das Schwarzweißbild und griff zu ihrem Handy. „Was habe ich gestern gedacht … alles auf Anfang, dann los!"

3. So schnell geht das Unbekannt werden doch nicht

Inzwischen war es Herbst geworden. Seit Janas Rückzug aus der Glitzerbranche waren einige Wochen ins Land gegangen. Margarete Loew rief sporadisch an, um ihr mitzuteilen, dass immer noch Anfragen von Magazinen, Auftritten oder Talkshows kämen. „Nein, nein, nein und nochmals nein, du kennst meinen Entschluss!", antwortete sie jedes Mal, fühlte sich aber trotzdem geschmeichelt, immer noch so gefragt zu sein. Das Motto stimmte also: ‚Mach dich rar, um erfolgreich zu sein!'. Der Kontakt zu den sogenannten befreundeten Kollegen riss allerdings ziemlich abrupt ab.

Die Einzige, die sich regelmäßig meldete, war Sarah Silver, mit der sie gerade sprach. Erst in den letzten drei Jahren hatte sich zwischen den beiden Frauen so etwas wie eine Freundschaft entwickelt. Sahra kam in den 1950 er Jahren mit ihrer Familie aus Schweden nach Deutschland zurück. Sie war Deutsche, ihre Eltern emigrierten aber in den 1930 er Jahren nach Schweden. Sie waren Juden und mussten vor den Nazis fliehen. Die ganze Sippschaft Silberstein, so der bürgerliche Name, siedelte nach Westdeutschland über. Auch hier war es anfänglich schwer. Sarah machte aber ihr Abitur in Augsburg und arbeitete anschließend als Fahrkartenverkäuferin bei der Bahn. Sie war schon als junges Mädchen eine Schönheit und modelte nebenher für *Brigitte* und *Burda Moden.* Bei einem Shooting summte sie vor sich hin und fiel einem Musikproduzenten auf. Erste Schallplatten in den sechziger Jahren brachten allerdings noch keinen Durchbruch. Erst als sich ein paar Jahre später George Green ihrer annahm begann der tatsächliche Aufstieg. Er verpasste ihr eingängige Melodien mit höchst anspruchsvollen Texten. Bis heute sind ihre Lieder wie ,Tränen des Regens' oder ,Egal, wie es weitergeht' Evergreens. Sarah, runde zehn Jahre älter als Jana, sah immer noch blendend aus. Heute lebt sie in Stuttgart, tritt aber nur noch höchst selten auf. Seit Jahren ist sie verwitwet und lebt vor allem für ihre drei Kinder und Enkel. Fast vierzig Jahre war sie skandalfrei mit dem Moderator Claus Bruns verheiratet, bis dieser plötzlich und unerwartet nach seinem ersten Herzinfarkt den Sekundentod starb. Sarah zog sich danach jahrelang von der Bühne zurück und ertrank in ihrer Trauer.

Erst George gelang es vor ein paar Jahren sie aus ihrer Lethargie zu befreien. Er verpasste ihr neue Lieder und stellte sie wieder auf die Bühne. Ihr Erfolg war jetzt noch größer als damals. Ohne sich neu zu erfinden gelang ein fulminantes Comeback. Sarah gilt in der Branche als vermögend, konnte es sich leisten, viele Auftrittsanfragen abzulehnen, was sie auch tat.

Gerade gestern hatten die beiden wieder stundenlang telefoniert und beschlossen demnächst eine Schrotkur in Oberstaufen zusammen zu machen. Jana mochte ihre Kollegin sehr. Sarah besaß Witz, Charme und Klugheit. Kürzlich lachten sich beide halb tot am Telefon als Sarah vom Heiratsantrag eines schwulen Kollegen erzählte. Lag zwar Jahrzehnte zurück, aber erzielte immer noch eine gewisse Wirkung. Damals gab es einen unheimlich gutaussehenden Schlagersänger, der sich Tim Bravo nannte. Im wahren Leben hieß er Walter Deininger und war in Rosenheim zur Welt gekommen. Die gesamte Branche wusste, dass er homosexuell war, hielt aber dicht. Zu Beginn der 1960 er Jahre, als seine Karriere begann, war das Thema einfach verpönt.

Es gab in der Musikszene keine Schwulen. Als er 1968 eine Frau heiratete waren alle sehr verwundert. Den Fans, vor allem den älteren Damen unter ihnen, wurde von jetzt auf gleich jede Illusion geraubt, ihn als Schwiegersohn zu ergattern. Als der Paragraf 175 dann 1969 aus dem Strafgesetzbuch gestrichen wurde, wurde Tim mutiger und tauchte ab und zu in Bars auf, wo er mit jüngeren Männern gesehen wurde. Später stellte sich dann heraus, dass seine Ehefrau seine ehemalige Fanclubleiterin war, mit der ein Arrangement getroffen worden war. Irgendwann uferte sein Privatleben doch aus. In der Regenbogenpresse las man immer wieder Andeutungen, die auf seine Homosexualität aufmerksam machten. Tim Bravo wurde der Boden zu heiß und er verwickelte sich in Widersprüche. Zu der Zeit begegnete er Sarah und war fasziniert von ihr. Sehr schnell entwickelte sich eine Freundschaft zwischen den beiden. Sie sprachen über alles, nichts blieb verborgen. Sarah und er wurden häufig zusammen im Fernsehen und bei Auftritten engagiert. „So ein schönes Paar!", hörte man oft aus Fankreisen. Beide forcierten dieses Wunschdenken der Anhänger anfänglich, indem sie sich zum Essen oder auch mal im Theater verabredeten. Auch Claus wusste Bescheid über Tim und konnte das Treiben ohne Eifersucht geschehen lassen. Als plötzlich wieder verstärkt Gerüchte auftauchten, hatte Tim eine Idee. Bei einem gemeinsamen Abendessen, bei dem auch Sarahs Ehemann anwesend war, druckste der Schlagersänger rum: „Was hältst du von zwei Millionen Mark für dich?" „Viel!", sah ihn die Freundin verwundert an. „Du weißt ja, welche Parolen gerade wieder im Umlauf sind über mich …!" „Ja, du musst besser auf dich aufpassen oder du gehst in die Offensive und machst Nägel mit Köpfen!", entgegnete Sarah mahnend. „Wäre es nicht großartig, wenn wir ein Paar werden würden für die Öffentlichkeit, ich lasse mich von Heidi scheiden, du dich von Claus und dann heiraten wir. Ich überlasse dir dafür die zwei Millionen, ohne Gegenleistungen zu erwarten!" Sarah glaubte sich verhört zu haben, Claus verschluckte sich und bekam einen Hustenanfall. „Das ist jetzt nicht dein Ernst, tickst du noch richtig?", fauchte sie ihn an. Claus kam wieder zu sich, grinste und meinte: „Ein ziemlich schlechter Scherz, erneute Verarschung der Fans!" Tim war aber regelrecht verliebt in den Gedanken und ließ nicht locker. „Was müsste ich dir bieten, damit du …?", weiter kam er nicht, denn Sarah fiel ihm sofort ins Wort: „Gar nichts! Da mache ich nicht mit, Claus und ich sind glücklich. Du wirst immer mein Freund sein, aber so etwas kommt überhaupt nicht in Frage, basta!" „Okay, okay, war ja nur so ein Gedanke.", versuchte der Schlagersänger die Situation zu entschärfen. „Ein schlechter und perfider Gedanke, lass uns über einen solchen Unsinn nie wieder reden. Überleg dir lieber, was du stattdessen für deine Glaubwürdigkeit tun kannst!" Sarah merkte plötzlich wie hilflos und allein ihr Freund in seiner Situation sein musste. Beide pflegten noch lange Jahre eine Freundschaft, Sarah verzichtete aber seit dem Abend darauf mit Tim irgendwo gemeinsam fotografiert zu werden. Als er ein paar Jahre später an Krebs verstarb, ereilten sie aber doch Gewissensbisse. „Hätte ich damals doch anders reagieren sollen?", fragte sie sich oft.

„Das glaube ich jetzt nicht!", lachte Jana ins Telefon. „Ja, heute können wir darüber lachen, aber sein zu früher Tod stimmt mich immer noch traurig!" „Er hat die letzten Jahre doch noch ein akzeptables Leben geführt, fand diesen jungen Schauspieler … wie hieß der doch gleich?" „Leopold Dornbichler, ich begegne ihm manchmal in Stuttgart, er scheint hier zu wohnen!", entgegnete Sarah. Sie hatten jetzt fast zwei Stunden am Telefon verbracht, als Janas Handy klingelte und Beatrice anrief. „Ich muss jetzt Schluss machen, meine Tochter ist auf der anderen Leitung!", verabschiedete sie die Freundin. „Okay, lass uns die Tage noch mal über Oberstaufen sprechen, tschüss!"

„Beatrice, schön dass du anrufst, heute scheint jeder an mich zu denken, was gibt es denn?" „Hallo Mama, ich komme nächste Woche für ein Gastro-Seminar nach Bremen und wollte fragen, ob ich zwei Nächte bei dir schlafen kann?" Jana war hocherfreut und stimmte zu. Danach plauderten beide noch eine Weile. Nach dem Gespräch fiel ihr ein, dass sie Henning und Gitta noch anrufen wollte, um sich demnächst für einen Kurzbesuch in Braunschweig anzusagen.

Am frühen Nachmittag leerte sie ihren Briefkasten, der fast überquoll. Margarete, die jetzt ab und zu auf Honorarbasis für sie tätig war, hatte in zwei dicken Umschlägen Autogrammwünsche an sie geschickt. „Es hört eben doch nicht so schnell auf, das Berühmtsein!", stellte sie nicht unglücklich fest.

4. Das kleine Häuschen in Portofino

Jana kam gerade von ihrem Ausflug aus Braunschweig zurück. Die A2 zwischen Hannover und ihrer ursprünglichen Heimatstadt war wieder mal restlos überfüllt. Statt der üblichen zwei Stunden, die sie für die Route brauchte, war sie jetzt fünf Stunden unterwegs gewesen und entsprechend gestresst. Sie wuchtete ihren – wie immer – zu großen Koffer aus ihrem Porsche und fuhr mit dem Fahrstuhl nach oben.

Etwas außer Atem betrat sie ihre Wohnung und strahlte. Alles war blitzsauber. Zena, ihre bosnische Zugehfrau, die alle zwei Tage alles in Schuss hielt, hatte wieder ganze Arbeit geleistet. Sie ließ ihr Gepäck einfach fallen und sah zur antiken Rokokoanrichte, die das Prunkstück ihres Korridors war. Ganz akkurat hatte ihr Faktotum darauf die Post sortiert. „Das hat Zeit.", dachte sie. Ihr war nach einer ausgiebigen Regenwalddusche. Gesagt – getan. Kurz darauf ließ sie die milden Wassertropfen auf ihrem Körper perlen. Sie stand minutenlang unter dem Schauer und allmählich verwandelte sich ihr eben noch empfundener Stress in ein Wohlgefühl. Sie griff zum Badetuch, das am beheizten Handtuchständer hing, und frottierte ihre Haut. Seit Jahren wusste Zena, wie dieses Utensil vorzubereiten war. Jana liebte dieses luftgetrocknet und bretthart. Den Wäschetrockner dafür zu benutzen empfand sie als Energieverschwendung. Der Bademantel aber bedurfte einer anderen Behandlung. Er musste flauschig sein, ein Effekt, der sich nur mit zu viel Weichspüler und Trockner erzielen ließ. Beatrice regte sich über diese Umweltversaunung, wie sie es nannte, auf und nannte ihre Mutter dann immer Salon-Grüne, was die Sängerin ärgerte.

Nachdem sie sich nun ins superweiche Frottee gehüllt hatte, ging sie in die Küche und genehmigte sich einen *Barolo*, mit dem sie es sich auf der Couch gemütlich machte. Auf der Marmorplatte des Beistelltisches lag noch die Biografie der österreichischen Operndiva Kyra Huba, die sie vor geraumer Zeit angefangen hatte zu lesen, obwohl sie für diese Freizeitgestaltung immer zu wenig Ausdauer und Interesse zeigte. In einer Fernsehtalkshow wurde ihr vor einiger Zeit mal die Frage gestellt, welches ihr Lieblingsbuch sei. Sie schwafelte nur herum, dass sie täglich die *Süddeutsche* lesen würde aber auch ab und zu mal zu einem guten Buch greife und erzählte einen Blödsinn von einer Schweizer Schauspielerin, deren Lebenserinnerungen sie gelesen habe. Als der Moderator sie unterbrach und ihr mitteilte, dass diese Akteurin ihre Memoiren noch gar nicht veröffentlicht habe, wechselte sie geschickt das Thema und konterte: „Ich komme jetzt nicht auf den Titel, aber es war sehr interessant und ich habe es gern gelesen!" Das Studiopublikum bog sich vor Lachen. Sie schlug das Buch auf und blätterte lustlos darin herum. Es dauerte keine drei Minuten bis sie es wieder beiseitelegte. Ihr fiel die Post im Flur ein, sie stand auf und holte sich den Stapel ins Wohnzimmer. Gleichgültig fing sie an die Briefe zu öffnen. „Alles nur Mist und Dinge, die erledigt werden müssen!", regte sie sich auf. Tatsächlich, sie hielt diverse Rechnungen von Verkaufssendungen in der Hand, die ihr Geld für Unnötigkeiten haben wollten, die sie bei ihren nächtlichen Shopping-Attacken am Fernseher gekauft hatte. Meistens verschwanden dann unsichtbare Insektennetze, todsichere Fleckenentfernungssprays, die auf

Teppichen eher noch größeres Unheil anrichteten, als der schon vorhandene Fleck an sich, ferngesteuerte Trockenhauben oder Schwitzanzüge aus ekligem Plastik im geräumigen Abstellzimmer neben der Küche, das mittlerweile aber so vollgestellt war und jeden Durchblick, was tatsächlich vorhanden sein könnte, im Keim erstickte. „Da muss ich mit Zena unbedingt mal ran und ausmisten."

Plötzlich entdeckte sie einen grauen Umschlag mit dem Absender Carina Coreen, Via Roma, 27, 16034 Portofino GE, Italia. „Von der habe ich ja ewig nichts mehr gehört." Neugierig riss sie das Kuvert auf und las:

Liebe Jana,

wir haben uns so lange nicht gesehen. Wie du ja weißt, feiere ich am 5. März meinen 55. Geburtstag und würde mich freuen, wenn du Zeit und Lust hättest diesen Tag mit mir zu begehen. Bitte gib mir bis 15. Februar Bescheid, ob ich mit deinem Erscheinen rechnen darf. Für Übernachtungsmöglichkeit ist selbstverständlich gesorgt.

Ich freue mich auf Dich!

Deine Carina

„Woher soll ich wissen, wann deren Geburtstag ist?", schüttelte sie den Kopf. Es war hinlänglich bekannt, dass sie kein Gedächtnis für Daten, Geburtstage und ähnliche Festivitäten hatte. Lediglich den ihrer Tochter wusste sie, was sie aber erst in den Jahren, als ihr Kind in Güby lebte, schmerzlich verinnerlichte. Damals erhielt sie von Beatrice nicht einmal Dankesbriefe für Glückwünsche und Geschenke. Ansonsten war Margarete verlässlich und erinnerte sie immer pünktlich daran, Glückwünsche an Kollegen oder Verwandte zu übermitteln. Jana hatte einfach keinen Bezug zu Ereignissen wie diesen. Selbst ihren eigenen Jubeltag nahm sie jedes Jahr kaum zur Kenntnis.

Sie starrte eine Zeitlang ins Leere, goss Rotwein nach. „Warum eigentlich nicht? Ligurien ist im März noch relativ leer und der Frühling hat dann dort schon Einzug gehalten, man hat seine Ruhe – und Carina – na ja … das geht schon.", überlegte sie und der Gedanke fing an ihr zu gefallen. Sie zog ihr Handy aus der Handtasche und rief die Kollegin an, um ihr Kommen zu avisieren. „Scheibenkleister, nur der Anrufbeantworter!", fauchte sie in den Hörer, riss sich aber sofort zusammen und fuhr wesentlich freundlicher fort: „Hallo, liebe Carina, ich habe deine Einladung bekommen. Wie du ja weißt, habe ich meine Karriere beendet und endlich Zeit für solche Dinge. Ich muss das organisieren, aber ich komme gern zu deinem Geburtstag, gebe dir in den nächsten Tagen meine An- und Abreisedaten durch. Liebe Grüße Jana!" Sie legte ihr Telefon zur Seite, trank einen Schluck *Barolo* und dachte an Carina. Sie und ihre Kollegin hatten etwa zur gleichen Zeit ihre Laufbahn begonnen, waren schnell Dauergäste in Fernsehshows. 1978 nahmen beide beim Musikwettbewerb *Goldener Orpheus* in Bulgarien teil. Jana hatte das Festival für Deutschland gewonnen, knapp vor Juanita Gonzalez, die für Spanien sang. Carina landete weit abgeschlagen auf den hinteren Rängen für Luxemburg. Ihre Karriere beeinflusste das aber nicht. Das Festival galt zwar damals als hochkarätig fand aber bei den westeuropäischen Fans kaum Beachtung. Zu dieser Zeit sang Carina Coreen Stimmungslieder. Jeder kennt heute noch ihre Titel wie *Auf auf zur fröhlichen Jagd der Herzen* oder *Du willst mir nur den Kopf verdrehen.* Sie war kommerziell unheimlich erfolgreich, aber stets unzufrieden mit dem Liedgut, das ihr ihr erster Mann, der Arrangeur Paul Blackwill, verpasste. Zwischen 1965 und 1980 hatte sie mindestens fünfzehn Nummer-Eins-Hits in ihren Massenproduktionsjahren, wie sie später diese Zeit bezeichnete. Als die Ehe mit Paul in die Brüche ging, soll sie mehrere Millionen Mark bekommen haben, von denen sie sich die Villa in Portofino kaufte. Nach außen vertrat sie aber immer die Meinung, dass sie sich das alles selbst erarbeitet habe und es sich ja nur um ein kleines Häuschen in einem norditalienischen Fischerdorf handeln würde. Während einer Gastspielreise hatte Jana Levin einmal die Möglichkeit sich das Objekt anzusehen und staunte. Was sie vorfand, war keine kleine Hütte, sondern eine Industrieellenvilla mit Meerblick. „Okay, wenn sie da eben glücklich ist, es sei ihr gegönnt!", seufzte Jana damals. Als der Erfolg mit den Light-Schlagern deutlich nachließ, wechselte ihre Kollegin das Fach. Sie nahm Schauspielunterricht und erhielt auf nicht unbedeutenden Bühnen in Bochum und Wien ein neues Aufgabenfeld. Schnell wurde die Filmbranche auf sie aufmerksam. In einer Neuverfilmung von Ibsens *Nora* wurde sie sogar für die *Lola* nominiert, daraufhin erhielt sie ein Engagement bei den *Salzburger Festspielen* im *Jedermann*. Obwohl sie beim Publikum dort ankam schrieb die Presse vom ‚Ausflug ins Engagement'. Sie heiratete ein zweites Mal. Hans Preiser war zehn Jahre jünger als sie. Der Österreicher galt damals als der Filmdramaturg und Autor überhaupt. Er verpasste Carina den letzten Schliff, ließ seine Kontakte spielen. Alles lief wie geschmiert, bis ihn eine Stoffwechselerkrankung ereilte und er binnen weniger

Monate verstarb. Das war jetzt etwa sieben Jahre her. Zu diesem Zeitpunkt hatten die beiden Künstlerinnen viel Kontakt miteinander. Jana war hin und wieder in Portofino zu Gast. Gleichzeitig stellten sie aber auch fest, dass ihre Lebensgewohnheiten nicht zusammenpassten. Während Jana gern dem Rotwein frönte, war Carina fast Antialkoholikerin, die den Tag liebte und abends früh zu Bett ging, um am anderen Morgen spätestens gegen sechs aufzustehen. Jana machte gern die Nacht zum Tage und schlief lang. Politisch war die Schauspielerin ganz eindeutig Christdemokratin und machte damals sogar für Angela Merkel Wahlwerbung. Jana hingegen interessierte sich nicht sonderlich für Politik. Carina sagte oft zu ihr, dass sie wohl mit dem Grün-Gewähle ihrer Tochter einen Gefallen tun wolle. Ab und zu gerieten die beiden auch regelrecht aneinander. Alles was Carina von sich gab klang durchdacht, fundiert und klug. Jana hingegen plapperte einfach drauf los und verhaspelte sich in Widersprüchen.

Dieses Desinteresse hatte sie wohl von ihrer verstorbenen Mutter geerbt, die einmal vor einer Bundestagswahl sagte, dass es am besten wäre, wenn es nur eine Partei geben würde, die machen doch sowieso alle, was sie wollen. Als Gertrud diesen Satz damals beim Mittagessen fallen ließ, herrschte plötzlich eisige Kälte am Tisch. Albert schrie seine Frau an, was für eine blöde Kuh sie sei. Worauf sie entgegnete: „Wir leben ja wohl in einem freien Land, da darf ich ja meine Meinung äußern!" Jana musste zu diesem Zeitpunkt etwa fünfzehn gewesen sein und schaltete sich in den Streit ein: „Ich halte mich auch davon weitestgehend fern, um Politik kümmere ich mich, wenn ich wählen darf!" Ihr Vater rastete aus. So hatten ihn seine Kinder nie zuvor erlebt. „Deiner Mutter ist ja wohl politisches Verständnis nicht mehr beizubringen, aber von dir erwarte ich eine Haltung!"

So diszipliniert Carina in Portofino auch war, so chaotisch war sie auf ihren Gastspielreisen. Sie trug generell keine Uhr bei sich, kam fast zu allen Soundchecks und Proben zu spät. Sie konnte den ganzen Tag vor Aufregung und Lampenfieber, wegen des abendlichen Auftritts, nichts essen. Wenn sie nach der Show ins Hotel zurückkam, war die Küche meistens schon geschlossen. Preiser musste dann irgendwo noch etwas Essbares für seine Frau organisieren. Als er dann verstarb galt sie bei vielen Kollegen und Veranstaltern als verhuscht. Sie war außerhalb ihrer Zuflucht in Portofino eigentlich lebensunfähig.

Bei Jana war es genau umgedreht. Sie hatte ihren Alltag selten im Griff. Oft rollte eine Lawine von Katastrophen los, wenn sie einfache Dinge organisieren musste. Wie oft hatte der Geldautomat schon ihre Kreditkarte geschluckt, weil sie dreimal die falsche PIN eingegeben hatte. Fahrkartenautomaten waren für sie ein Albtraum, es war ihr einfach zu müßig sich durch Programme führen zu lassen, die ihr auf dem Display erklärt wurden. Ihren Porsche fand sie in Parkhäusern oft nicht wieder. Einmal rief sie die Polizei an und wollte eine Anzeige machen, da sie dachte, der Wagen sei gestohlen worden. Unterwegs aber war sie Profi. Wenn die Scheinwerfer aufleuchteten funktionierte sie, Regieanweisungen folgte sie gern, auch wenn sie diese manchmal für schwachsinnig hielt. Sie war stets freundlich zu Maskenbildnern, Caterern und Produzenten. Manchmal wünschte sie sich aber doch mehr Mitspracherecht bei den Inszenierungen ihrer Auftritte, konnte sich aber selten durchsetzen. Es gab aber doch eine Grauzone, in der sich Privat- und Berufsleben vermischten. Jana war oft unkonzentriert und vergesslich. Es passierte immer wieder, dass sie in Garderoben nach ihren Auftritten etwas liegen ließ oder dass sie Dinge im Hotelzimmer vergaß, die sie für den Auftritt brauchte. „Das hat mir jemand geklaut!", schrie sie oft Margarete an, die diese ‚Auftritte' inzwischen gut kannte. Vor Kurzem teilte sie eine Garderobe mit ihrer Kollegin Linda Lorré bei einer Quizshow, als sie feststellte, dass ihr Make-up-Köfferchen fehlte. Linda saß gerade in der Maske als Jana fieberhaft ihre zwei Koffer nach dem Utensil durchwühlte. „Weg, vorhin war es noch da, das hat mir bestimmt …!" Weiter kam sie nicht. Margarete, die das nervöse Treiben beobachtet hatte, fiel ihr ins Wort: „Du willst jetzt nicht behaupten, dass sich Linda an deinen Sachen vergriffen hat, oder?" „Vorhin war es noch da!", keifte sie. „Ich schicke Heinz ins Hotel und lass es holen.", beruhigte sie die Sekretärin.

Trotz aller Widrigkeiten und den nicht vorhandenen Gemeinsamkeiten mit ihrer Kollegin machte sich ein Glücksgefühl in ihr breit. Sie stand auf und ging in ihr Arbeitszimmer, öffnete den Laptop und suchte nach Flugverbindungen von Bremen nach Mailand oder Turin. Dann griff sie zum Telefon und wählte Margaretes Nummer. „Hallo Margarete, hier ist Jana! Buch mir bitte einen Flug nach Turin am 4. März und eine weitere Verbindung von dort nach Portofino!" „Hallo Jana, nein, das fällt nicht mehr in meinen Aufgabenbereich. Wir haben uns doch dahingehend verständigt, dass ich nur noch endfällige Rechnungen für dich schreibe, alles andere wolltest du selbst erledigen.", gab die Ex-Sekretärin eine Spur zu freundlich von sich. „Ach ja, ich vergaß, könntest du nicht trotzdem bitte …" „Nein!", sagte

Frau Loew jetzt eine Nuance schroffer. „Ich bin da nicht so bewandert.", versuchte Jana einzuwerfen. Sie tat Margarete jetzt fast ein wenig leid. „Ich bleibe hart!", dachte sie bei sich. „Okay, dann fahre ich morgen früh ins Reisebüro." „Das wirst du dann wohl tun müssen, tschüss!" mit diesen Worten beendete sie das Gespräch.

Heinz Loew, der das Gespräch seiner Frau mitbekommen hatte, grinste: „Na, da hast du ja mal wieder deine Zähne gezeigt, gut so. Sie wollte es ja nicht anders." „Ich muss sie halt erziehen.", sagte sie und verspürte etwas Genugtuung.

5. Die Zirkuspferde ... the show must go on

Heinz und Margarete Loew lebten jetzt seit über dreißig Jahren in Arsten, nur knapp zwölf Kilometer entfernt von Bremen. Damals hatten sie sich in der Handwerkerstraße eine Eigentumswohnung zugelegt. Es war ihnen zuerst nicht leicht gefallen Walle zu verlassen. Margarete war Ur-Bremerin und liebte ihre Stadt. Ihr Mann kam aus Göttingen. Beide hatten in ihrem Leben in unterschiedlichen Berufen gearbeitet. Er war gelernter Tischler. Wegen einer Stauballergie konnte er seinen Beruf aber irgendwann nicht mehr ausüben und sattelte um auf Krankenpfleger, danach betrieb er eine kleine Kneipe in Delmenhorst. Margarete, die eine Ausbildung als Industriekauffrau hatte, war für einen Gemüsegärtner tätig und verkaufte mittwochs auf dem Wochenmarkt Obst und Gemüse. Hier hatten sie sich kennengelernt. Ihr war der große Blonde schon oft aufgefallen. Es verging kein Mittwoch, an dem er nicht an ihrem Stand einkaufte. Auch Heinz war angetan von ihr. Inzwischen kannten sie sich sehr gut, wussten alles über ihre Familien, Freunde und Lebensumstände.

Im Herbst 1978 lud die *DEHOGA* wie jedes Jahr ihre Mitglieder zum Oktober-Ball ein. Heinz war seit Jahren geschieden und eine Beziehung hatte er schon lange nicht mehr gehabt. Kurzerhand fasste er sich ein Herz und lud Margarete zu dem Ereignis ein. Sie zögerte ein wenig, hatte sie doch gerade erst der Ehe oder erneuter Beziehung abgeschworen. Ihre Erfahrungen damit waren miserabel.

Ihr Ex hatte sie immer wieder nach Strich und Faden betrogen. Sie hatte einfach die Schnauze voll. Ihre beiden Söhne waren aus dem Haus. Die Einkommenssituation war klein, aber sie kam gut damit zurecht. Über das dunkle Ehekapitel wusste Heinz wenig. In ihren kleinen Schwätzereien am Marktstand gab sie nicht viel darüber preis.

Wenn ihr Mann nach Hause kam, war er oft angetrunken und roch nach fremdem Parfum. Wenn sie versuchte ihn zur Rede zu stellen passierte es ab und zu, dass er handgreiflich wurde. Irgendwann schnappte sie sich ihre beiden Söhne und verließ in einer Nacht- und Nebelaktion das eheliche Gefilde. Georg war außer sich vor Wut, als er das mitbekam. Immer wieder lauerte er Margarete, die jetzt bei einer Freundin Unterschlupf gefunden hatte, auf und bedrohte sie. Er schüchterte sie ein, ihr die Kinder zu entziehen. Daraufhin provozierte sie ihn dermaßen, dass er auf sie einschlug. Jetzt hatte sie endlich einen Beweis. Mit Prellungen und blauem Auge erstattete sie Anzeige gegen ihn. Ein schmutziges Scheidungsverfahren begann.

Der charmanten Art von Heinz konnte sie dann aber doch nicht widerstehen. Sie willigte ein, ihn zum Ball zu begleiten. Es war ein ganz wunderbares Erlebnis mal wieder zu tanzen. Margarete genoss das in vollen Zügen. Herr Loew war ein exzellenter Tänzer, was Margarete gar nicht vermutet hatte. Obwohl es bereits Mitte Oktober war traten beide nach draußen auf die Terrasse des Ballsaals und waren entzückt vom Sternenhimmel und der milden Temperatur. Irgendwann fröstelte es sie ein wenig und Heinz bot ihr sein Sakko an, das er über ihre Schultern legte. In diesem Moment sah sie eine Sternschnuppe vom Himmel fallen. „Oh, das hat eine Bedeutung!", flüsterte sie kaum hörbar und blickte ihm tief in die Augen. Loew riss sie an sich und

küsste sie. Margaretes Zweifel und Bedenken waren dahin.
Nur wenige Wochen später zog sie bei ihm ein.

Beide teilten eine große Leidenschaft. So oft es ihre Zeit und
ihre Mittel erlaubten besuchten sie Konzerte und Theater-
aufführungen. Heinz und Margarete liebten vor allem die
Oper. Aber auch der U-Musik gegenüber waren sie sehr aufgeschlossen. Er mochte vor allem die Lieder von Jana Levin,
hatte Schallplatten von ihr. Zu ihren Konzerten nahmen sie
gern auch immer mal weitere Anreisen in Kauf.

Nachdem Janas Tochter geboren wurde pausierte sie zwei
Jahre mit dem Gesang. Nichts ist so schnelllebig wie das
Showgeschäft, trotz fundierter Karriere geriet der Name
Jana Levin in dieser Zeit etwas in Vergessenheit. Als sie wie-
der durchstarten wollte, war es nicht ganz einfach einen
Plattenvertrag zu bekommen. Ihre Konzerte liefen aber gut.
Als eines in Hamburg in der *Alsterdorfer Sporthalle* annon-
ciert wurde, gab es für Heinz kein Halten mehr. Kurzerhand
kaufte er für sich und Margarete zwei Karten direkt an der
Bühne, in der ersten Reihe.

Als das Event anstand fuhren die Eheleute Loew in die Hansestadt. Auch Margarete war inzwischen ein Fan geworden
und mochte Jana Levin. Das Konzert erfüllte all ihre Erwar-
tungen und darüber hinaus. Acht Tänzer, ein riesiges Orchester, Chorsänger, alles war perfekt. Vor der letzten Zugabe versprach die Künstlerin ihrem Publikum noch ins Foyer zu kommen, um Autogrammwünsche zu erfüllen.

Gegen dreiundzwanzig Uhr scharte sich eine Riesenmenge
an Fans um die zierliche Sängerin. Heinz und Margarete
reihten sich geduldig in die Schlange ein. Sie waren die Letzten, die um ein Autogramm baten. Frau Loew stellte Jana ein

paar Fragen. Sie lächelte und gab bereitwillig Auskunft. Plötzlich meinte sie: „Es ist nicht einfach, wenn man alles allein machen muss wie Termine organisieren, Autogrammpost beantworten, Verträge kontrollieren und so weiter." Margarete wurde ganz aufgeregt. Nachdem der Gemüsebauer Konkurs angemeldet hatte, arbeitete sie bei einem Steuerberater als Bürohelferin und hatte sich in die neue Aufgabe der Organisation gut eingearbeitet, war allerdings unzufrieden mit dem Betriebsklima. „Vielleicht kann ich Ihnen behilflich sein, Sie leben doch in Bremen, wir in Arsten.", hörte sie sich plötzlich sagen. Jana horchte auf und runzelte die Stirn. „Trauen Sie sich so etwas zu?" „Meine Frau hat sich binnen kürzester Zeit fast zur Organisationsleiterin in einem Steuerbüro hochgearbeitet!", unterbrach Heinz das Gespräch der beiden Frauen. „Haben Sie gleich noch ein wenig Zeit, dann könnten wir uns in meiner Garderobe noch weiter unterhalten?" Die Loews stimmten sofort begeistert zu.

Kurz darauf saßen die Drei im Backstage Bereich zusammen bei einem Glas *Barolo*. Bereits nach wenigen Minuten kam eine ungewöhnlich vertraute Atmosphäre auf. Jana fand Heinz und seine Frau sehr sympathisch. Nach einer Stunde war man sich einig. Margarete sollte zunächst ihren Job behalten und versuchsweise ein paar Stunden pro Woche das Büro von Jana Levin übernehmen. Gleichzeitig fragte sie Heinz, ob er bereit wäre ab und zu mal als Chauffeur zu agieren. Er strahlte wie ein Honigkuchenpferd und sagte begeistert zu. Wie er das mit seinem Lokal in Einklang bringen wollte, war ihm zwar überhaupt noch nicht klar. „Das wird sich alles finden!", sah er optimistisch in die Zukunft.

Gegen ein Uhr nachts erreichten sie Arsten mit wunderbarsten beruflichen Aussichten, der Telefonnummer eines Stars im Gepäck und viel Optimismus.

„Wie machen wir denn das jetzt?" „Was?", brummte Heinz, noch ziemlich verschlafen am Frühstückstisch. „Na, wann soll ich sie anrufen? Ich möchte das wirklich gern versuchen, ihr Büro zu organisieren!" Herr Loew war noch zu müde, um einen klaren Gedanken fassen zu können, meinte aber: „In ein paar Tagen, denke ich. Sie muss ja nicht gleich mitbekommen, wie angetan du bist. Mach dich rar!" Margarete blickte zur Uhr. „Oh, schon halb neun, ich muss ins Büro!" Sie gab ihrem Mann einen Kuss auf die Stirn, raffte ihre Sachen zusammen und verließ das Haus.

Kurz nach neun begann ihr Dienst im Steuerbüro. Sie war die Einzige, die hier heute gute Laune zu haben schien. Das fiel auf. Liesel Knecht, eine Kollegin, mit der sie ein wenig mehr Kontakt hatte als mit den anderen, kam auf sie zu. „Na, muss ja super gewesen sein Ihr Ausflug in die große Welt gestern." Ohne zu viel verraten zu wollen, lächelte Margarete sie an: „Es war ein sehr schönes Konzert, aber wir waren erst spät zu Hause, bin noch etwas müde!" „Hauptsache Sie hatten Spaß!", grinste Liesel zurück. Die Arbeit ging ihr an diesem Tag leichter von der Hand als sonst. In der Mittagspause blätterte sie wie üblich im *Weserkurier* und schaute in ihr Horoskop. ‚*Krebs: In diesen Tagen müssen Sie mit Veränderungen in beruflicher Hinsicht rechnen. Nehmen Sie Herausforderungen an!*' Margarete las die Sätze immer wieder und wurde ganz aufgeregt. Sie bekam einen rosigen Teint. Ihrer Kollegin fiel das erneut auf als sie nach dem Essen wieder an ihrem Schreibtisch saß. „Es ist doch irgendwas passiert, Frau Loew, nun reden Sie schon!" Sie antwortete nicht, strahlte aber über das ganze Gesicht. „Ich will Sie nicht bedrängen, sorry." Emsig machte sie sich über ihren noch zu erledigenden Postausgang her, nahm danach den Stapel Briefe und ging zur Frankiermaschine. Dann führte sie mit ein paar Klienten noch Telefongespräche und machte Termine mit den Steuerberatern für sie.

Pünktlich um achtzehn Uhr erreichte sie ihre Wohnung. Heinz war zu Hause. „Hallo, mein Schatz, ich bin wieder da!" „Du siehst ja völlig verändert aus.", stellte ihr Mann überrascht fest. Noch bevor sie ihren Mantel ausgezogen hatte, zog sie die Zeitung aus ihrer Tasche und präsentierte ihm das Horoskop. Heinz rückte seine Brille zurecht und las, was sie ihm soeben vorgelegt hatte. „Bingo!", rief er und riss seine Gattin an sich. „Dann aber los! Morgen rufst du sie an und vereinbarst einen Probearbeitstag." „Auf jeden Fall, die Prophezeiung in der Zeitung sehe ich als Zeichen, ähnlich wie damals die Sternschnuppe bei unserem ersten Kuss." „Warum bist du eigentlich noch hier? Müsstest du nicht längst im Lokal sein?" Heinz erklärte ihr, dass heute nicht viel los sein würde und er seiner Mitarbeiterin Astrid alles überlassen habe. Margarete ging in die Küche und begann das Abendessen vorzubereiten.

In der Mittagspause am nächsten Tag verließ Frau Loew das Büro und ging zu einer nahen gelegenen Telefonzelle. Sie wollte ganz sicher gehen, dass keiner der Kollegen Wind von ihrem Vorhaben bekam. Aufgeregt und mit hochrotem Kopf wählte sie Janas Nummer. „Ja bitte?", hörte die Anruferin. „Hier ist Margarete Loew, guten Tag Frau Levin!" „Schön, dass Sie Wort halten und sich melden. Wie haben Sie sich entschieden?" „Ich mach's!", sagte Margarete mit voller Überzeugung. „Wann wollen wir uns treffen? Passt es

Ihnen am Sonntag gegen fünfzehn Uhr?", schlug Jana vor. „Abgemacht!" „Ach so, Sie haben ja die Adresse gar nicht, ich wohne Friedhofstraße 26 in Schwachhausen. Wundern Sie sich nicht, an der Klingel stehen zwei Namen: Levin und Müller, das ist mein Mädchenname, den ich seit meiner letzten Scheidung wieder angenommen habe.", verabschiedete sich die Künstlerin. Margarete schwebte wie auf Wolken als sie an ihren Arbeitsplatz zurückkam. „Noch dreimal schlafen, dann geht es los!", freute sie sich.

Am Sonntag gegen halb drei machten sich Margarete und Heinz auf den Weg in die Bremer Nobelgegend. Als sie die Marcusallee entlangfuhren erblickte sie den Rhododendron Park und war entzückt von der Blütenpracht, von der man ein wenig vom Auto aus sehen konnte. Kurz darauf bogen sie von der Schwachhauser Heerstraße in die Friedhofstraße ein. „So, da wären wir!", sagte Heinz. Seine Frau brachte kein Wort heraus. Seit dem frühen Morgen war sie nervös gewesen, lief wie aufgescheucht durch die Wohnung, pendelte vom Schlafzimmer immer wieder ins Wohnzimmer und führte ihrem Mann Klamotten vor. Heinz fand Margarete in jedem Outfit entzückend, sprach aber dann letztlich ein Machtwort: „Du hast dich nicht als Mannequin beworben, sondern als Sekretärin, behalt den Hosenanzug jetzt an, der steht dir am besten und wirkt nicht zu überkandidelt. Sie lief noch einmal zum Kleiderschrank zurück, sah in den Spiegel und konnte ihrem Gatten nur beipflichten. Das zarte rosa ihres Aufzuges gefiel ihr und betonte ihr dezentes Makeup.

Bevor sie die Klingel mit dem Namensschild ‚Levin-Müller' betätigte schaute sie sich noch einmal um. Alles machte einen sehr akkuraten Eindruck: die gepflegte kleine Parkanlage vor dem Haus, der vornehme Hauseingang, die wohl frisch gestrichene Fassade des Hauses. „So ein Eingangsbereich ist doch immer eine gute Visitenkarte für die Bewohner des Hauses.", dachte sie. Dann summte es, sie betraten den Hausflur und fuhren mit dem Lift nach oben ins Penthouse. Als die Eheleute Loew aus dem Fahrstuhl traten erwartete sie Jana schon lächelnd in der Wohnungstür. Sie war ungeschminkt und trug einen dunkelblauen Kaftan. „Ist die eben erst aufgestanden?", fuhr es Margarete durch den Kopf. „Ach, meine Lieben, ich freue mich, dass ihr da seid!" Jetzt überlegte Heinz kurz: „Waren wir schon beim Du?" Die Sängerin gab beiden die Hand und begrüßte sie, wobei sie bei Margarete eine leichte Umarmung andeutete. „Ich habe schon Kaffee gekocht und von *Knigge* etwas Kuchen besorgt." Ein wenig ehrfürchtig trotteten die beiden hinter Jana her und betraten das Wohnzimmer. Frau Loew war sehr angetan von der Designerküche in die ihr erster Blick fiel. „Nehmen Sie Platz und greifen Sie zu, ich hoffe, ich liege mit Kaffee richtig!" Beide nickten stumm. Jetzt fiel Margaretes Blick auf den wunderschön angelegten Balkon. „Lavendel und Weihrauch, meine Lieblingspflanzen!", platzte es aus ihr heraus. „Für mich die schönsten, die ich kenne, schlicht und nicht von zu betörendem Duft! Nicht nur der Ausblick, auch dieses zarte Lila macht die Terrasse aus und kommt mir manchmal paradiesisch vor", antwortete Jana mit sichtlichem Stolz. Eine halbe Stunde lang wurden Höflichkeiten und nette Worte ausgetauscht. Die Loews fingen langsam an, ihre Befangenheit zu verlieren, als Margarete einwarf, wie man sich denn die Zusammenarbeit vorstellen solle. „Was machen Sie am nächsten Samstag?", fragte die

Künstlerin. Heinz und Margarete sahen sich schweigend an und nickten sich erneut zu. „Ich habe einen Auftritt in der *Rheingoldhalle* in Mainz. Würden Sie, lieber Herr Loew, mich chauffieren? Natürlich komme ich für die Kosten des Mietwagens auf und Sie Frau Loew kommen natürlich auch mit, dann sehen Sie gleich mal wie der Hase läuft." Wieder nickten sich die Eheleute zu und sagten wie aus einem Munde: „Ja, sehr gern!" Jana sprang auf und lief ins Büro, kurz darauf kam sie mit einigen Unterlagen in der Hand zurück. „Das ist der Ablaufplan der Show, die Hotelbuchung und der Vertrag für die Veranstaltung, die Gage wurde bereits überwiesen, das mache ich seit Jahren so, schauen Sie sich doch das jetzt alles mal in Ruhe an.", mit diesen Worten legte sie Margarete die Unterlagen hin. Während sich Jana weiter mit Heinz unterhielt, studierte seine Frau die Belege. „Ich denke, das ist alles gut verständlich. Einzelheiten müsste ich natürlich nach und nach noch erfragen!", schaltete sich Margarete wieder in die Unterhaltung ein. „Das kriegen wir hin!", entgegnete die Sängerin. Eine weitere Stunde verging wie im Fluge. Es wurden viele Details besprochen, die Loews machten sich Notizen. Heinz musste seinen Kneipen-Dienstplan für das nächste Wochenende umstellen, einen Mietwagen ordern und die An- und Abreisezeiten festlegen. „Frau Loew, Sie kommen erst mal mit am Samstag und lassen alles auf sich wirken, danach werden wir dann in der übernächsten Woche die weiteren Schritte festlegen.", schlug Jana vor. „So machen wir das!", entgegnete Frau Loew. Plötzlich schaltete sich Heinz wieder ein: „Wie regeln wir die finanzielle Seite, Frau Levin?" Jana schlug vor mit jeweiligen Tagessätzen von einhundert Mark für jeden zu arbeiten. In Heinz' Augen blitzte ein Dollarzeichen auf, was aber niemand bemerkte. „Wenn wir drei- bis viermal im Monat für sie tätig sein werden, bringt das knapp einen Tausender!", dachte er bei sich. „Hurra!". Gegen achtzehn Uhr fuhren die Eheleute zurück nach Arsten.

Die kommenden Tage vergingen wie im Fluge. Am Samstag fuhren sie mit einem schicken *BMW E36*, den Heinz bei *Avis* gemietet hatte, erneut in der Friedhofstraße vor. Margarete blieb im Wagen sitzen, als ihr Mann bei Jana klingelte. „Kommen Sie kurz hoch und helfen Sie mir beim Gepäck.", vernahm er die Anweisung der Sängerin aus der Gegensprechanlage. Kurz darauf traten beide mit drei Koffern wieder aus der Haustür. Frau Loew war ein wenig verwundert über das viele Gepäck für zwei Tage, was Jana auffiel. „Ich habe noch keine Informationen vom Veranstalter in Mainz bekommen, wie die Bühne aussieht und welches Licht man verwendet, deshalb muss ich unterschiedliche Bühnenoutfits mitnehmen.", erklärte sie ihr. Dann setzte sich das Trio in Richtung Rheinland-Pfalz in Bewegung.

Während der Fahrt saß Jana im Fond der Limousine und war ungewöhnlich still. Auf gelegentliche Fragen von Margarete antwortete sie einsilbig. „Was ist der denn über die Leber gelaufen?", dachte sie immer wieder. Heinz sagte gar nichts. Für die knapp fünfhundert Kilometer brauchten sie gute sechs Stunden. Sie fuhren zwei Raststätten an. Schon kurz vor Hannover-Garbsen bat Jana darum anzuhalten, da sie etwas frühstücken wolle. Die Loews wunderten sich zwar, taten aber, was gewünscht wurde. Am *Coffee Fellows* angekommen setzte die Künstlerin ihre große Sonnenbrille auf und ging mit beiden ins Restaurant. „Ich muss unbedingt etwas essen, möchten Sie auch etwas? Sie sind natürlich eingeladen.", teilte sie beiden mit. „Wir haben ausreichend gegessen heute Morgen, zwei Milchkaffees reichen aus.", antwortete Margarete. Das Restaurant des Autobahnparkplatzes war für sein opulentes Frühstücksbuffet bekannt, das wusste auch Jana. Die Loews waren sehr erstaunt, was sich die Sängerin alles auf ihren Teller packte. „Die hat ja einen gesegneten Appetit am frühen Morgen!", staunte Margarete, ließ sich aber nichts anmerken. Jana ging ein zweites Mal zum Buffet und kam mit zwei Brötchen, Käse, Tomaten und einem Apfel zurück, holte eine Frischhaltebox aus ihrer Tasche und packte alles dort hinein. „So, wir können los!", sagte sie dann. Es war inzwischen halb elf geworden und es lagen noch rund vier Stunden Fahrt vor ihnen. „Um fünfzehn Uhr ist Soundcheck laut Plan, schaffen wir das?", fragte die Künstlerin vom Rücksitz. „Ich denke, dass wir gegen halb zwei in Mainz sein werden, wir fahren dann erst zum *City Hilton,* checken ein und dann geht es direkt zur Halle.", entgegnete Heinz. Jana ließ sich im geräumigen Fond zurückfallen und döste ein wenig. Die restliche Strecke verlief fast wortlos von allen Seiten, so wie sie begann.

Sie waren gut durchgekommen. Um dreizehn Uhr betraten sie das Hotel in der Münsterstraße. Der Rezeptionist erkannte den Star sofort und begrüßte sie freundlich. Für die Loews war ein Doppelzimmer gebucht, für Jana eine Suite. Margarete fühlte sich ein wenig unwohl in dem eleganten Ambiente. „Ich bin hier so gern, das Hotel ist super, man ist mitten in der Stadt und es lässt sich hier wunderbar shoppen.", lächelte sie ihre neue Mitarbeiterin an. Nachdem alle ihre Zimmer bezogen hatten trafen sie sich um halb drei wieder in der Lobby und fuhren zur *Rheingoldhalle.* Pünktlich um fünfzehn Uhr begann der Soundcheck. „Gott sei Dank, das ist selten, dass der Zeitplan stimmt, manchmal wartet man ewig im Backstage Bereich schon geschminkt, kostümiert und nichts passiert, weil irgendein dämlicher Kollege mit den Kameraeinstellungen nicht zurechtkommt oder seinen Text nicht kann!", informierte die Levin ihre Begleiter. Heinz hatte sich in den Cateringbereich zurückgezogen. Margarete wurde angewiesen, sich am Technikerpult einzufinden, wo sie die richtige Abfolge der Titel, die Jana singen sollte, kontrollieren musste. Sie war aufgeregt, hatte einen kleinen Zettel mit der Liederabfolge in der Hand, die sie dem Techniker nach und nach nennen sollte. Jana Levin stand jetzt in einem ausladenden schwarzen Abendkleid auf der rot ausgeleuchteten Bühne. Sie gab Frau Loew ein Zeichen, dass der erste Halbplaybacktitel laufen sollte. Margarete warf noch einmal einen Blick auf ihre Notiz und erkannte sofort die ersten Klänge des Hits, *Weil wir Menschen sind*. So hatte sie das Lied noch nie gehört ohne die Stimme von Jana, die gerade ihren Einsatz verpasste und „da capo!" rief. „Okay, once more!", schrie der Techniker zurück. Beim zweiten Versuch funktionierte alles wie am Schnürchen. Auch die nächsten Lieder, die sie nur noch ansang, waren schnell im Kasten.

„Wollen wir noch ins Hotel zurückfahren oder hierbleiben?", fragte sie die Loews ein wenig später in der Garderobe. „Ach das entscheidet die Chefin!", lachte Heinz sie an. „Okay, ich würde mich gern noch ein bisschen hinlegen. Es reicht, wenn wir dann um halb sieben wieder hier sind. Ich kann mir auch ein Taxi nehmen, Sie können sich ja mit ihren Backstage Karten hier überall frei bewegen.", schlug sie vor. Dieser Mond war den beiden aber dann doch zu neu und so fuhren sie gemeinsam ins *Hilton* zurück. Auch die Loews waren etwas kaputt von der Fahrt und legten sich ein wenig aufs Ohr.

Als die Drei am Abend wieder an der Veranstaltungsstätte ankamen probte immer noch Linda Lorré. Jana setzte sich auf einen Platz in den hinteren Reihen des noch leeren Saales und beobachtete ihre Kollegin. „Ich brauche mehr Hall!", zickte sie ihren Manager und Ehemann Holger Wein von der Bühne aus an. „Wir haben Vollplayback, mein Schatz!", rief dieser zurück. Jana brach in lautes Gelächter aus. „So blöd kann man doch nicht sein.", amüsierte sie sich. Zugegeben, Linda war für ihre Launen und ihre Zickigkeit bekannt, aber ihre Stimme umfasste dreieinhalb Oktaven. Es war auch bekannt, dass sie überaus nervös vor ihren Auftritten war und fast immer Vollplayback sang. Vor Jahresfrist hatte sie für eine junge Kollegin einen Titel komponiert und getextet, der sich neun Monate ganz oben in den Charts hielt. „Damit hat sie absolut ausgesorgt!", dachte Jana oft. Ihr neuer Song *Lasziv erotisch von Kopf bis Fuß* spottete jeder Beschreibung. Linda war so kühl und hölzern wie ein Besenstiel. Aber sie galt etwas in der Branche, suchte immer wieder neue Gesangstalente, die sie dann oft in den Hitparaden locker überholten. Als sie nach der Probe auf Jana stieß bemühte sie sich um ein Lächeln. „Darf ich dir meine neuen Kollegen Margarete und Heinz Loew vorstellen!" Sie grüßte wortlos, gab ihnen die Hand, ohne sie anzusehen. „Hm, unangenehme Person.", dachte Margarete. „So ist sie eben!", zischte Jana sie kaum hörbar an.

Und dann ging es los. Die Show begann mit einem langen Intro des Orchesters. Jana beobachtete alles gespannt aus dem Backstage. Heinz und Margarete hatten es sich in der

Garderobe halbwegs gemütlich gemacht und verfolgten das Spektakel am Bildschirm. Nach ihrem Auftritt kam Jana zu ihnen und stöhnte, dass sie noch bis zum Finale bleiben müsse. „Da müssen Sie zukünftig drauf achten! Wenn solche Giganfragen kommen, versuchen Sie bitte immer, dass der Auftritt vor zweiundzwanzig Uhr stattfindet und, dass es möglichst kein Finale gibt. Ich habe einfach wenig Lust, am Anfang einer Show aufzutreten und dann zwei Stunden in irgendeiner muffigen Garderobe zu verbringen, damit ich zum Schluss noch mal raus muss!", wies sie Margarete an, die noch nicht so richtig verstand, was die Sängerin meinte.

Der abschließenden Aftershow-Party blieben sie fern. Es war bereits nach Mitternacht, als sie ins Hotel zurückkehrten. „Ich bin todmüde, nehme aber noch einen *Barolo* an der Bar. Möchten Sie auch noch etwas?" Die Loews bedankten sich, waren aber doch zu kaputt. Der Tag hatte ihnen viele neue Eindrücke vermittelt, die nicht so einfach zu verdauen waren. In ihrem Zimmer angekommen fragte Heinz seine Frau: „Und, was denkst du?" „Spannend diese Arbeit und aufregend. Ich denke, dass ich dazu Lust habe, möchte aber alles langsam angehen lassen." Während Heinz im Bad verschwand öffnete sie das Fenster und zündete sich eine Zigarette an, deren Rauch sie tief inhalierte. „Geschafft!", stöhnte sie leise und lächelte.

Die Rückfahrt am nächsten Tag lief ohne Staus auf den Autobahnen ab. Bereits am frühen Nachmittag war man wieder in Bremen. Heinz half Jana ihre Koffer nach oben zu tragen. Bei der Verabschiedung umarmte Jana beide. „Ich baue auf Sie, freue mich aufs nächste Mal, lassen Sie uns am Dienstag telefonieren und über die nächsten Schritte sprechen."

Beim Abendessen merkten die Eheleute aber doch, dass die letzten beiden Tage anstrengend waren. „Jetzt könnte das Wochenende beginnen!", bemerkte Margarete. Trotzdem war es aber eine schöne Abwechslung für die beiden. Aber das konnten sie zu dem Zeitpunkt noch gar nicht ahnen oder überschauen. Ihr Leben sollte sich rasant verändern. Auch wenn Heinz ab und zu schwächelte, da er hin und wieder mit Asthmaanfällen zu kämpfen hatte, funktionierte alles bestens. Auch wenn man ab und zu gesundheitlich nicht ganz auf der Höhe war gab es eine gute Medizin: ein Anruf von Jana Levin, die die beiden brauchte. „Zu Hause versauert ihr mir nur, die Zirkuspferde müssen regelmäßig in die Manege – the show must go on!", baute die Sängerin die beiden immer wieder auf.

6. Italienischer Zickenkrieg

Der Winter war lang gewesen. Jetzt Anfang März merkte man allmählich, dass sich der Frühling mehr und mehr durchsetzen wollte. Jana freute sich auf ihre Reise nach Portofino. Erst gestern hatte sie noch einmal kurz mit Carina telefoniert, die ihr von milden zweiundzwanzig Grad vorschwärmte und, dass sie die meiste Zeit des Tages schon auf ihrer Terrasse verbringen würde.

Am nächsten Morgen bestellte sie sich für neun Uhr ein Taxi und ließ sich zum Bremer Airport chauffieren. Sie liebte diesen Flughafen, da er so klein und übersichtlich war. Mit ihrer Bordkarte in der Hand ließ sie den Sicherheitscheck geduldig über sich ergehen. Für den Flug nach Schiphol war eine Stunde veranschlagt worden. In Amsterdam hatte sie zweieinhalb Stunden Aufenthalt bevor es mit *KLM* weiter nach Genua ging. „Schön, dann habe ich ja genug Zeit für den Duty-free.", freute sie sich. Als die Maschine in Holland landete wurde schon an Bord mitgeteilt, dass es einen Streik gebe und sich die Weiterflüge verzögern würden. Jana rollte mit den Augen und dachte: „Mist, wenn man schon mal reist; aber dann bleibt eben mehr Zeit für die Boutiquen und Parfümerien, auch gut!" Im Laden von *Kappé Parfumes & Colors* füllte sich ihr Einkaufskorb sehr schnell mit Lippenstiften, Parfüms, Makeup und teuren Cremes. An der Kasse war sie dann mehr als verwundert, dass ihr eine Rechnung von fast fünfhundert Euro präsentiert wurde. Sie versuchte die Verkäuferin zu belehren, dass diese wohl falsche Preise eingegeben habe: „No, I think you have miscalculated, it is too much, too expensive!". Ihr Gegenüber schaute verdutzt:

„Show me your boardcard, please!" Widerwillig kramte Jana in ihrer Tasche und zeigte das gewünschte Papier. „I'm so sorry, but Italy belongs to EU, no possibility to buy dutyfree!" Jana fühlte sich ertappt und zahlte beschämt den gewünschten Betrag. Immer wieder stellte sie fest, dass es hin und wieder mit ihrer Bildung und ihrem Interesse an Gesellschaft und Politik nicht weit her war. In ihrer Vita war zwar zu lesen, dass sie fünf Semester Architektur studiert hatte, aber wer genau nachrechnete konnte schnell feststellen, dass es sich um eine Legende handelte. Ihr Realschulabschluss war nicht berauschend. Dumm war sie nicht, aber es gab einfach Versäumnisse, die sich durch ihre Liebe zur Musik und später zum Ballett begründeten. Dass sie angeblich das Abitur mit neunzehn hinlegte, war ein Einfall eines Promoters ihrer ersten Plattenfirma, der sie nicht als Dummchen hinstellen wollte. „Ich muss wirklich häufiger die Nachrichten sehen und jeden Tag in den *Weserkurier* schauen.", nahm sie sich wieder einmal vor. Jetzt hörte Jana den Aufruf für ihren Weiterflug nach Genua. Als sie die Bordkabine ihres Fliegers betrat schaute sie die Stewardess etwas merkwürdig an. „What's the matter?" Die Uniformierte lächelte sie aber nur grußlos an und blickte auf die vielen Papiertüten, die die Sängerin bei sich trug. Sie verstaute alles im Gepäckfach über ihrem Sitz. Über den Lautsprecher hörte Jana die Begrüßung des Kapitäns, verstand aber kein Wort, da alles sehr verzerrt klang.

Nach zwei Stunden landete die Maschine auf dem Flughafen *Die Peretola* von Genua. Die Gepäckausgabe dauerte eine Ewigkeit. „Typisch südeuropäische Schlampigkeit, immer nur Siesta, Siesta!", ärgerte sie sich. Am frühen Nachmittag betrat sie das Büro von *Avis,* um das Cabrio abzuholen, mit dem sie nach Portofino fahren wollte. Auch hier hatte Beatrice ganze Arbeit geleistet, da sich Margarete ja nach wie vor weigerte ihr die Reiseunterlagen zusammenzustellen. Die Formalitäten dauerten nicht lange. Gottlob sprach die Angestellte Deutsch, was alles vereinfachte. Kurz darauf hatte sie ihre Papiertüten und das Gepäck auf dem Rücksitz des *VW T-ROC* verstaut. Und dann ging es los. Die Fahrt durch Genua war nervig, es herrschte Rushhour. Als sie die Stadt verließ kam sie durch eine hügelige Landschaft und war ein wenig enttäuscht, da sie dachte, dass die Strecke ausschließlich am Meer entlangführte. Das erblickte sie aber erst in Rapallo. Dort kannte sie sich wieder aus und erinnerte sich an den damaligen Gastauftritt in San Remo, den sie für einen Kurzbesuch bei Carina unterbrochen hatte. „Jetzt müsste ich gleich da sein." Jana genoss die herrliche Frühlingssonne, am Hafen erkannte sie das *Castello di Santa Margherita Ligure* wieder. Fünfzehn Minuten später kam sie in Portofino an. Ihr fielen die Lebenserinnerungen einer Hollywoodschauspielerin ein, die hier vor rund fünfzig Jahren ein Haus in den Hängen besaß und die Großen der damaligen Filmwelt wie Greta Garbo aber auch den abgedankten britischen Monarchen Eduard den VIII. und seine Frau Wallis Simpson empfing. Diesen Glanz vergangener Tage konnte man immer noch in diesem magischen Ort spüren. Jetzt fiel ihr Blick auf die Nobelherberge *Belmond Splendido Mare,* darauf folgte die malerische Hafenlandschaft und dann war sie am Ziel.

Carina erblickte ihre Kollegin bereits von der Terrasse aus und lief ihr mit ausgebreiteten Armen entgegen. „Herzlich willkommen in meinem bescheidenen Heim!" Auch Jana freute sich und war froh, dass die Reise endlich beendet war.

„Komm, lass uns rein gehen, ich zeige dir dein Zimmer." Sie war ein wenig überrascht: „Ich dachte ich wohne im *Belmond*." „Quatsch, hier haben wir es viel gemütlicher." Die beiden Frauen gingen durchs Haus. Jana war wirklich angetan von der Mischung aus Antiquitäten und der modernen Kunst, die überall an den Wänden hing. „Du wohnst im ersten Stock im blauen Zimmer mit eigenem Bad. Die anderen Gäste habe ich im Hotel untergebracht." „Andere Gäste?", schaute Jana sie skeptisch an. „Ja, Elena Zarzidou kommt mit Gert morgen dazu." Jetzt entgleisten ihr die Gesichtszüge.

Sie konnte diese alternde Chansonette nicht leiden. Mitte der 1960 er Jahre wurde sie in Griechenland für einen deutschen Film entdeckt und trällerte hellenisch angehauchte Folklore auf Deutsch, spielte ab und zu in C-Movies, und war mindestens zum dritten Mal verheiratet. In den 1970 er Jahren galten sie und ihr damaliger Mann Alex Appletree als das Glamourpaar überhaupt. Alex war Amerikaner, der als Bandleader weltweit große Erfolge feierte. Ihre Karriere stockte damals bereits etwas. Er komponierte und textete für sie, aber der große Erfolg blieb aus. Inzwischen waren sie längst geschieden, hatten eine gemeinsame Tochter, die als Studiomusikerin in Hamburg ihr Dasein fristete und bis heute vom Geld ihres Vaters lebt. Elena hatte gerade ihre Biografie veröffentlicht. Trotz großem Medienhype lief ihre musikalische Lesereise ohne Erfolg. Sie war jahrelang von der Bildfläche verschwunden und tauchte wie ein Phönix aus der Asche im letzten Jahr wieder auf. Inzwischen war sie mit einem mindestens zwanzig Jahre Jüngeren verheiratet, von dem keiner wusste, was er beruflich wirklich machte. In jedem Magazin, jeder Talkshow drängelte er sich neben seine Frau und hielt seine Grinsefresse in die Kamera. Die so genannten ‚guten Freunde‘ tuschelten, dass er längst pleite sei und vom Restgeld seiner Gattin leben würde. Manche behaupteten sogar sie sei ihm hörig. Die Scheidung von Alex ging damals sehr schmutzig über die Bühne. Alle Gazetten schrieben wie aus einem Guss, dass Elena von ihm immer wieder betrogen worden sein sollte und stellten sie als Opfer hin.

Als die Trennung dann vollzogen war, bekam auch sie beruflich kein Bein mehr auf den Boden. Die missglückte Gastspielreise im vergangenen Jahr soll mit viel Akribie von einem Konzertveranstalter vorbereitet worden sein, der wohl glaubte, damit das große Geld zu machen. Das gefiel Gert natürlich, aber er wurde unverschämt und maßlos. Alles was vom Buchverlag und dem neuen Manager vereinbart wurde, torpedierte er und meinte es besser zu können. In der *Bild* war danach zu lesen, dass Schuldzuweisungen hin- und hergeschoben wurden.

„Kann die sich denn eine so teure Reise hierher überhaupt leisten?“, fragte Jana skeptisch. „Wieso, die hat doch ihre Memoiren geschrieben und damit einen Bestseller gelandet!“ „Wenn du meinst …“, ließ die eben Angekommene im Raum stehen. Jana beschloss sich ein wenig hinzulegen, was Carina gut verstehen konnte und ließ ihre Kollegin allein. Sie gähnte laut, ließ sich aufs Bett fallen und schlief ein.

Als sie gegen neunzehn Uhr erwachte, war es stockdunkel. Vorsichtig schritt sie durch den Raum und suchte nach dem Lichtschalter. Nach und nach wurde ihr klar, wo sie sich gerade befand. Sie öffnete ihren Koffer und packte ihre Sachen in den Schrank. Dann zog sie sich aus, ging ins Bad und duschte. Nachdem sie sich gründlich abgerubbelt hatte, zog sie ihren grauen Hausanzug aus Leinen an und begab sich ins Erdgeschoss. Carina bereitete gerade ein Pasta Gericht vor. „Ach du bist wieder wach, schön. Möchtest du ein Glas *Barolo*?“ „Das weißt du noch?“ „Das weiß die ganze Branche, meine Liebe!“ „Na komm, so viel saufe ich auch nicht!“, konterte Jana und überlegte, ob die eine oder andere Flasche in den letzten Jahren wirklich nötig gewesen war. „Ich mache uns gerade Pasta, die habe ich selbst hergestellt, dazu etwas Parmesan und Tomaten. Die sind frisch vom Markt.“ „Oh, super, ich hab's ja nicht so mit dem Kochen.“, meinte sie etwas kleinlaut und goss sich das erste Glas ein. „Salute!“, prostete sie der Köchin zu. „Elena hat vorhin angerufen, sie und Gert kommen erst morgen Nachmittag an.“ „Gott sei Dank!“, stöhnte Jana laut auf. Carina war bekannt, dass die beiden sich nicht sonderlich mochten, dachte aber, dass das bei einer Anzahl von zwölf Gästen morgen nicht sonderlich ins Gewicht fallen würde. „Wen hast du sonst noch eingeladen?“ Jana Levin schüttete sich gerade Roten nach. „Mike, meinen Tennislehrer, er ist auch Deutscher und lebt seit Jahren hier.“ „Oh!“, entgegnete sie. „Nein, nicht was du denkst, er ist schwul, mach dir also keine Hoffnungen!“ Jana lachte laut auf. Danach betete Carina die Gästeliste runter. Als sie den Namen Ornella Barese nannte, fragte Jana, wie man sich denn mit der unterhalten solle.

Ornella war seit Jahrzehnten in ganz Europa ein Star, sie hatte Ende der 1950 er Jahre das *Sanremo Festival* gewonnen und danach immer wieder im *Piccolo Teatro di Milano* Gershwin-Abende gegeben. Als sie später nach Deutschland kam verpasste ihr Peter Bachstein anspruchsvolle Texte für die Kompositionen von Alban Berg, zu denen es noch keine

Worte gab. Ein schwieriges Unterfangen, aber es gelang. Inzwischen galt sie als Crossover-Sängerin, wanderte erfolgreich zwischen Klassik, Pop und Chanson. Ihre Konzerte waren fast immer ausverkauft. Vor ein paar Monaten gastierte sie in der *Elbphilharmonie* in Hamburg. Jana wohnte diesem Ereignis bei und stellte wieder mal fest, dass ihre Kollegin wohl überhaupt keiner Sprache wirklich mächtig sei. Ihre kurzen Moderationen zwischen ihren Liedern kamen in einem Kauderwelsch aus Italienisch, Französisch, Deutsch und Englisch über die Rampe. Aber man wusste, was sie ausdrücken wollte. Inzwischen musste sie um die achtzig sein und trat nur noch sehr selten auf. Ihr langes wallendes Haar war immer noch tiefschwarz. Von Weitem betrachtet wirkte sie wie Ende vierzig, ihre spärlichen und behäbigen Bewegungen verrieten aber doch ihr wahres Alter. Jana erinnerte sich an einen gemeinsamen Auftritt bei der *Unicef-Gala* in Frankfurt vor ein paar Jahren. Alle Künstler hatten nur dreißig Minuten Probezeit. Ornella war einen Tag vor dem Event nicht zur Probe erschienen. Der Aufnahmeleiter tobte, der Regisseur war kurz davor den Italo-Star rauszuschmeißen. Da es sich um eine Live-Fernsehsendung handelte wurde Vollplayback gearbeitet. Am nächsten Morgen erschien Ornella völlig übernächtigt zur Durchlaufprobe und bestand auf ihre halbstündige Einzelausleuchtung. Zähneknirschend genehmigte der Spielleiter Hans Parten das. Dann stellte sich heraus, dass die Italienerin nicht lippensynchron mit ihrem Titel war. „Komme de Zuricke, gestern grande Concerto, sono molto rotto, bin e so tired!", gab die Sängerin von sich. Parten riss der Geduldsfaden und er schnauzte sie an. Ornella tat so, als habe sie kein Wort verstanden und antwortete: „Canto live adesso!" Ihm blieb nichts weiter übrig als der Forderung nachzukommen. Und dann klappte alles wie am Schnürchen. „Gott lob, singt sie ein italienisches Lied, sonst hätten wir wieder Tapetenrollen auf dem Boden ausrollen müssen, auf denen wir ihr jedes deutsche Wort phonetisch hätten aufschreiben können!", lehnte sich Peter zurück. Am nächsten Morgen kam sie mit dunkler Sonnenbrille zum Frühstück. Grußlos schritt sie an Jana vorbei. Als ihre deutsche Agentin Anna ihr das Essen vom Büffet hinstellte, sackte ihr Kopf auf den Teller und sie schlief ein. Anna Rebstock rang nach Fassung und rief den verwunderten Besuchern im Frühstücksraum zu: „Die letzten Tage waren einfach zu viel für Madame, zwölf Konzerte in dreizehn Tagen kosten eine immense Kraft!" Über die Peinlichkeit dieser Situation konnte die Erklärung aber nicht hinweghelfen.

Inzwischen saßen Jana und Carina am großen bretonischen Eichentisch in der Küche und ließen sich die Pasta schmecken. Die Gastgeberin nippte nur gelegentlich an ihrem *Pellegrino*, Jana genoss den guten *Barolo* in vollen Zügen. Sie palaverten viel über alte Zeiten, was der Besucherin recht war. Noch hatte sie ja keine wirklichen Zukunftsaussichten für sich eröffnen können. „Planst du eigentlich etwas Neues?", fragte sie Carina plötzlich. „Das *ZDF* plant eine neue *Böll-Verfilmung* von *Die verlorene Ehre der Katharina Blum*. Man hat mir angeboten die Hauptprotagonistin zu spielen. Das Buch ist gut, aber seitdem Hans verstorben ist, der mich immer optimal beraten hat, bin ich unsicher…" „*Böll, Böll, Böll* …", ging es Jana durch den Kopf. „Irgendein Schriftsteller, Scheibenkleister, mir fällt nichts zu ihm ein.", dachte sie und wechselte schnell das Thema. Carina schaute zur Uhr. „Oh, schon halb zwölf, höchste Zeit für mich!" Sie verabschiedete sich von Jana und zog sich zurück. Jana griff nach ihrem Glas und schenkte noch einmal nach. Dann trat sie hinaus auf die Terrasse und atmete die milde Nachtluft ein. Als sie auf den hell erleuchteten Hafen schaute, machte sich Fernweh breit. „Ich sollte eine lange Kreuzfahrt unternehmen, das war doch schon immer mein Traum." Schon als Kind hörte sie ihren Vater oft von Südamerika schwärmen. Damals versprach er seinen Kindern, einmal mit ihnen dorthin zu reisen. Leider kam es dazu nicht mehr. „Dann reise ich für ihn dorthin!", beschloss sie an diesem Abend.

Wie üblich wuselte Carina am nächsten Morgen um sechs Uhr in ihrer Küche herum. Auf der Terrasse genoss sie ihren Cappuccino und aß ihr Müsli dazu. Geburtstagsstimmung wollte noch nicht so richtig aufkommen. Gegen acht Uhr klingelte zum ersten Mal das Telefon. Brigitte Obermoser-Huber übermittelte ihre Glückwünsche, auch im Namen ihrer Partei. Vor Jahren hatte Carina Wahlpropaganda für die *CDU* gemacht und dabei auch Mitglieder der Schwesterpartei *CSU* kennengelernt. Brigitte war einige Jahre bayerische Staatsministerin für Gesundheit, jetzt aber nicht mehr in der Politik tätig. Sie besaß eine Praxis am Starnberger See und widmete sich hauptsächlich der Homöopathie. Ihr Vater Walter Obermoser war jahrelang Ministerpräsident des Freistaates Bayern. Eine Freundschaft konnte man das nicht nennen, was die beiden verband, aber Carina mochte ihre offene und ehrliche Art. In medizinischen Belangen holte sie sich ab und zu Rat bei Brigitte. Sie hatte lange mit sich gerungen, ob sie sie mit ihren Töchtern zu ihrem Geburtstag einladen sollte. Entschied sich dann aber dagegen, da Ornella bereits zugesagt hatte, die politisch genau das Gegenteil der Homöopathin darstellte, obschon das Image der Italienerin eher das einer Salon-Sozialistin war. Dann meldete sich noch Hans' Schwester Luise und gratulierte. Das Gespräch war wie immer kurz. Luise und Carina hatten sich einfach nichts zu sagen, waren zu verschieden. Seit dem Tod ihres Mannes hatte ihre Schwägerin immer wieder versucht die beruflichen Angelegenheiten, im Sinne ihres Bruders, für Carina zu gestalten. Ganz uneigennützig tat sie das aber auch nicht, wie die Schauspielerin feststellen musste. Luise Preiser verlangte dafür ein Drittel der Honorare und Gagen, was sie als Unverschämtheit empfand.

Gegen zehn Uhr tauchte Jana auf der Terrasse auf. Sie sah gut aus an diesem Morgen, hatte ausreichend geschlafen und war hervorragend gelaunt. Herzlich gratulierte sie ihrer Kollegin zum Geburtstag und reichte ihr eine aufwendig eingepackte bunte Schachtel. Vorsichtig zog sie die blaue Schleife auseinander, hob den Deckel des Kartons hoch und entdeckte *L'air du temps* von *Nina Ricci*. „Woher weißt du das denn?" „Was?", fragte Jana. „Na, dass das mein Lieblingsparfüm ist!" „Das weiß doch die ganze Branche, deine Duftnoten bei deinen Auftritten sind ja nicht zu überriechen.", konterte die Gratulantin und holte damit zu einem Seitenhieb auf ihren *Barolo-Konsum* von gestern Abend aus. „In der Küche liegen frische Croissants auf dem Tisch, wenn du etwas dazu haben möchtest schau in den Kühlschrank. Die Kaffeemaschine bietet dir alle italienischen Köstlichkeiten!" „Doppelter Espresso reicht mir erst mal.", mit diesen Worten verließ Jana das Geschehen und machte sich in der Küche ihr Morgengebräu.

Carina hing fast den ganzen Vormittag am Telefon und nahm Glückwünsche entgegen. Jana langweilte sich ein wenig und beschloss einen Spaziergang zum Hafen zu machen. In der Calata Marconi entdeckte sie den Juwelier *Cusi*. Sie schaute sich lange die Auslagen im Schaufenster an. Plötzlich fiel ihr Blick auf eine schlichte Halskette aus Weißgold, die mit kleinen Elefanten verziert war. Als sie das Preisschild sah zuckte sie ein wenig zusammen. Zweitausendfünfhundert Euro sollte das Schmuckstück kosten. „Ich gehe erst mal ins Café und trinke einen Cappuccino und dann werden wir sehen." Als sie am Hafen saß und dem bunten Treiben zusah, ließ sie der Gedanke an die Kette aber nicht los. Sie sprang auf und rief: „Il conto per favore!". Nachdem sie bezahlt hatte ging sie schnurstracks erneut zu *Cusi*. Der freundliche junge Mann hinter dem Tresen sprach bestes Englisch. Sie ließ sich die Halskette zeigen. Vorsichtig legte er ihr das Teil um den Hals. „Molto bene!", gab er ehrlich zu. Er log wirklich nicht, denn was sie im Spiegel erblickte, gefiel ihr sehr. Jana versuchte noch ein wenig zu handeln, hatte aber keinen Erfolg damit. Kurz darauf verließ sie glücklich mit der Elefantenkette das Geschäft.

Als sie ins Haus zurückkam telefonierte Carina immer noch. In den kurzen Pausen zwischen den Glückwunschgesprächen kam keine wirkliche Unterhaltung zwischen den beiden Frauen auf. „Wohin hast du uns heute Abend eigentlich eingeladen?" „Ins *Zi' Ninella*, das Beste, was Portofino zu bieten hat, du wirst begeistert sein!" „Ich hatte ja erst überlegt, alles hier selbst zu machen, aber du siehst ja, wie es hier heute zugeht.", sagte sie entschuldigend, da sie natürlich mitbekommen hatte, dass Jana sich nicht wirklich zu beschäftigen wusste. Inzwischen hatte sie sich in eine Decke gehüllt, legte sich auf einen der Liegestühle und genoss die Frühlingssonne. Sie musste tief und fest geschlafen haben, als sie vom mehrfachen Läuten am Tor des Gartens geweckt wurde. Von Carina war weit und breit nichts zu sehen. Sie stand auf und ging zur Pforte. Ein kleiner dicklicher Mann in Uniform drückte ihr einen Stapel Briefe in die Hand, grinste sie an und verschwand grußlos. Jana stellte fest, dass es bereits siebzehn Uhr war. Sie ging zurück ins Haus und hörte, wie sich Carina in ihrem Badezimmer zurechtmachte. Durch die geschlossene Tür rief sie: „Ich habe eben jede Menge Post für dich entgegengenommen!" „Leg alles auf den Küchentisch, ich bin gleich fertig!" Jetzt fiel ihr ein, dass sie sich ja auch noch aufhübschen musste. Eilig ging sie die Treppe hinauf und verschwand im Bad. Eine Stunde später schritt sie fast königlich die Treppe hinunter. Jana trug ein bodenlanges schwarzes Etuikleid und hatte das neue Geschmeide angelegt. Ihr Makeup war perfekt, die zarten Farben betonten die Schlichtheit und Eleganz ihrer Robe. Das Weißgold korrespondierte perfekt mit ihrem aschblonden Haar. „Wow, du siehst großartig aus!", platzte es aus Carina heraus, die bereits im Salon auf sie wartete. Ihr weißer Hosenanzug wirkte zwar nicht so elegant wie Janas Outfit, passte aber zu ihr. Carina wirkte bei ihren Bühnenkostümen immer eleganter als im Privatleben, hier bevorzugte sie Schlichtheit. Zum x-ten Mal dachte die Jubilarin: „Wenn sie doch bloß auch diesen Geschmack bei ihren Bühnenklamotten hätte."

Pünktlich um neunzehn Uhr trafen die beiden im *Zi' Ninella* ein. „Ich habe alle anderen erst für halb acht bestellt!", teilte Carina dem Ober mit. Sie wurden in einen ballsaalähnlichen

Raum verwiesen, dessen bis zum Fußboden reichende Fenster einen fantastischen Blick aufs Meer boten. Jana war von der eleganten Tafel entzückt. „Fast wie im Parkhotel!", hauchte sie, sichtlich ergriffen. „Aguro alle donne un aperetivo?", fragte der Kellner. „No, solo quando tutti gli ospiti sono `li, per favore.", entgegnete Carina. „Oder möchtest du jetzt schon?" „Was?", fragte Jana, die kein Wort verstanden hatte. „Einen Aperitif?", runzelte sie die Stirn. Die Sängerin machte eine abweisende Handbewegung. Die Jubilarin nahm ein Messer vom Tisch und betrachtete es. Dann zog sie ein Papiertaschentuch aus ihrer Handtasche und polierte das Teil. „Das Besteck ist doch sauber, warum bist du so nervös?" „Ich habe lange keinen Geburtstag mehr gefeiert, mich machen private Menschenansammlungen von mehr als vier Personen immer kirre!", sagte sie leicht gereizt. „Sind doch alles alte Bekannte und Freunde, ganz zwanglos." „Du kennst ja unsere lieben Kollegen, jeder hat seine eigene Marotte und Neurose!", entgegnete die Schauspielerin. „Auch dein Tennislehrer?" „Mike? Ja, der auch, dass er schwul ist, ist noch das Normalste an ihm!" Jana war richtig gespannt auf diesen Typen. Sie pflegte gern den Umgang mit Gays und fand, dass sie als Frau von denen ganz anders gewürdigt wurde als von jedem Heteromann. Auch unter ihren Fans waren jede Menge Homosexuelle zu finden, die ihre Kunst wirklich schätzten. Sie erinnert sich heute noch mit Grausen an einen Satz von einem Veranstalter, als ein Saal mal nur halbvoll war: „Schau dir dein Publikum doch an. Woraus besteht es? Ich sage es dir ganz deutlich: Aus Schwulen, alten Leuten und alten Schwulen!" Damals hatte sie ihm eine Ohrfeige versetzt und ihn angebrüllt, dass er diese Diffamierung bitte unterlassen solle. Sie haben nie wieder ein Wort miteinander geredet.

Mike war der erste Gast des Abends, im Schlepptauch hatte der Enddreißiger einen jungen attraktiven Burschen, den er als Felix vorstellte. Von seiner Erscheinung her deutete nichts darauf hin, dass er ein Homo war, dachte Jana. Groß, dunkelhaarig, durchtrainiert ging er auf die Sängerin zu, nachdem er der Schauspielerin gratuliert hatte. „Ich bin Mike und bewundere sie schon seitdem ich zehn Jahre alt bin!" „Oh, ein Fan der ersten Stunde", lächelte sie ihn an. „Das ist Felix, mein Freund.", stellte er seinen blonden Begleiter vor. Jana taxierte ihn unauffällig und dachte: „Eine Idealbesetzung für den *Felix Krull*" der Junge wirkte etwas schüchtern, man merkte ihm an, dass er wohl sonst keinen Umgang mit Prominenten hatte. „Bitte verzeihen Sie, aber Felix hat mit Gesang oder Schauspiel gar nichts am Hut, er studiert in München Zahnmedizin.", erklärte Mike das scheinbare Desinteresse an ihrer Person. „Mir ist so etwas immer ganz lieb, ich habe so lange im Rampenlicht gestanden und hatte oft wenig Privatleben. Mir sind Menschen, die mir unvoreingenommen begegnen am liebsten!" Die Plauderei wurde jäh unterbrochen als Madonna Nera – die schwarze Madonna – Ornella Barese die Szene betrat. „Eine Diva hält Hof!", ging es Jana durch den Kopf. „Congratulationi, cara mia!", umarmte sie Carina. Dann ging sie mit ausladenden Bewegungen auf Jana zu und küsste ihr die Stirn: „Bellissima, tu es la ici, long time ago, ware longe nikt in Germania!" „Oh je, und das den ganzen Abend …", Jana dröhnte jetzt schon der Kopf. Als Elena und Gert eintrafen waren alle erstaunt. Sie war in ihrem hohen Alter jetzt jäh erblondet. Ornellas Mundwinkel gingen nach unten. „Unmöglich tststs …", schoss es Carina durch den Kopf. „Das ist Dottore Andotti und seine Frau Angelina.", stellte das Geburtstagskind das nun eintreffende Paar vor. „Beide sprechen hervorragend Deutsch.", schob sie nach. Fast ein wenig schüchtern betrat Merete Pling-Larsson den Raum.

Die Schwedin war seit den späten 1960 er Jahren in Skandinavien und Deutschland eine echte Größe. Sie hatte 1968 in Saarbrücken die *Goldene Europa* als beste Nachwuchssängerin erhalten, sang eingängige Schlager, ihre wahre Passion war aber Hardrock, mit dem sie jetzt seit über zwanzig Jahren Hallen füllte. Auch sie war in Janas Alter, wirkte aber in ihren schwarzen Lederoutfits auf der Bühne wie höchstens vierzig. 1969 gewann sie den *Goldenen Löwen* von *Radio Luxemburg*, als erste Sängerin überhaupt. Ihr Titel *Liebe ja – Hochzeit nie* ist heute ein Evergreen. Manchmal singt sie den sogar noch bei ihren Konzerten in einer Rockversion. Bei der damaligen *Löwenverleihung* in Essen war Lavinia Smith Stargast, die schon in den 1930 er Jahren in die USA emigriert war. Sie war Hamburgerin und hatte erste Erfolge als Schauspielerin und Sängerin. Mit den Nazis wollte sie aber ab 1933 nicht sympathisieren, deshalb floh sie und machte in Amerika eine Weltkarriere. Als *Radio Luxemburg* sie damals bat als Gast in der *Grugahalle* aufzutreten sagte sie zu. Es war das erste Mal, dass sie in ihre alte Heimat zurückkehrte. Sie hielt die Laudatio für Merete und war überaus freundlich zu ihr. Die junge Schwedin erzählte später in einem Interview von dieser Begegnung: „Als die Show vorbei war, bat Lavinia mich in ihre Garderobe und lud mich zu einem Glas Champagner ein. Ich war damals knapp sechzehn und hatte eigentlich von nichts eine Ahnung. Sie bat mich, dass ich mich auf ihren Schoß setzen sollte. Ich dachte mir nichts dabei und tat es. Wir tranken noch ein bisschen weiter und sie sagte immer wieder zu mir *‚Kindchen, du wirst es schaffen‘*. Als Jana das Interview in *Bunte* las, musste sie schmunzeln: „Na ja, es wird nicht nur beim auf dem Schoß sitzen geblieben sein, weiß doch jeder, dass die Smith nicht nur auf Männer stand." Getreu ihres Titels hatte Merete wirklich nie geheiratet. Es gab immer wieder Gerüchte, dass sie in Göteborg mit einer Frau leben würde, aber dazu äußerte sie sich nie. Inzwischen war sie um die sechzig und lebte überwiegend in Leipzig. Auf der Bühne erkannte man sie, aufgrund ihrer Klamotten sofort, im Privatleben lief sie wie eine Alt-Achtundsechzigerin rum. Oft wirkte das wie aus einer Altkleidersammlung, was sie anhatte, es waren aber teure Designerstücke, die eigens für sie angefertigt wurden.

Als letzte stießen Charyn Sand und ihr Ehemann Martin in die Runde. Charyn hatte einen belgischen Vater und eine deutsche Mutter. Auch sie fing in den 1970 er Jahren an erste Erfolge in Deutschland zu feiern. Die gelernte Arzthelferin tingelte seit ihrem dreizehnten Lebensjahr, mit eigener Band, durch die Benelux-Länder und hatte gute Charterfolge. Der Kölner Produzent und Komponist Horst Schlüssel erkannte sofort ihr Potenzial und verpasste ihr Titel wie *Hallo Freunde* oder *Riss im Herz*. Inzwischen ist sie seit über zehn Jahren mit dem Versicherungsagenten Martin Maiser verheiratet, nachdem ihre erste Ehe, nach zwanzig Jahren, scheiterte. Vor einiger Zeit übernahm er sogar das Management seiner Frau.

„Darf ich dann zu Tisch bitten, posso quindi chiedere un tavolo!", forderte Carina die Gästeschar auf. Zunächst bedankte sie sich, dass alle ihrer Einladung gefolgt waren, dann parlierte sie ein wenig über ihr Leben und wie sehr ihr Hans doch immer noch fehlen würde. Mike unterbrach sie eine Spur zu schroff und meinte: „Lasst uns anstoßen auf dich!" Er hielt sein Glas in die Höhe: „Salute!"

Zunächst verlief die allgemeine Unterhaltung etwas schwerfällig. Die Paare redeten miteinander, Merete blieb ganz still. Charyn fragte, ob sich Jana jetzt wirklich auf ihr Altenteil zurückziehen möchte, worauf sie entgegnete, dass sie Pläne habe, diese aber noch nicht preisgeben wolle. „Ich hätte schon zehn Jahre früher den Tingeltangel beenden sollen und mich mit wesentlicheren Dingen beschäftigen müssen.", schob sie nach. „Nein, meine Liebe, der Zeitpunkt ist jetzt genau richtig!", fiel Elena ihr ins Wort. „Dann ist ja mehr Platz für deine Alterskarriere!", meinte Charyn schnippisch und sah die Zarzidou an. Merete taute allmählich etwas auf: „Ich plane noch mal das Fach zu wechseln." „Was?", schrien Ornella und Angelina wie aus einem Mund. „Wir planen Vertonungen von *Selma Lagerlöf* und *August Strindberg* im nächsten Jahr!" „Interessante!", prostete die Barese der Schwedin zu. „Die hat doch gar nichts verstanden!", zischte Jana Carina eine Spur zu laut an woraufhin Ornella konterte: „Capito german, äh, nikt nett von dick" „Könnten wir uns mal auf eine Sprache einigen!", versuchte jetzt Felix etwas Klarheit in den Abend zu bringen. „Poi italiano!", forderte die Italienerin. „Liebe Elena, du bist ja jetzt erblondet, steht dir ausgezeichnet!", log Jana die Zarzidou katzenfreundlich an. „Ich hatte keine Lust auf grau, es war Gerts Idee, wir haben das in Hamburg bei *Marlies Möller* machen lassen!" „Muss ja ein Schweinegeld gekostet haben?", setzte Jana noch eins drauf. Sie bekam richtig Lust darauf sich mit der Griechin anzulegen, war sie doch, nach Juanita

Gonzalez, die zweite Hasskappe in ihrem Beruf. „Es hat ihren Typ angenehm verändert, quasi eine ganz neue Frau, in die ich mich verliebt habe!", schaltete sich Gert plötzlich in das Gezicke ein. „Auch deine Stirn ist gut gemacht!", holte Jana erneut aus. Elena sah sie fragend an: „Was meinst du?" „Wieviel die Botox-Behandlung heute kostet, ich überlege auch etwas machen zu lassen." „Das ist kein Botox, ich lebe einfach gesund und ernähre mich ausgewogen!", keifte Elena jetzt zurück. Jana, die gerade den Mund voll hatte, prustete den Inhalt fast über den Tisch, konnte sich gerade noch rechtzeitig die Serviette vor den Mund halten. Elena hatte für den Abend genug und sagte zu Carina: „Entschuldige uns bitte, aber die Anreise heute war lang, wir gehen ins Hotel zurück, ich bin sehr müde." „Ach wie schade, ich dachte wir könnten noch …", weiter kam die Schauspielerin nicht, denn Jana, die inzwischen beim vierten Glas *Barolo* war, sagte den Aufbrechenden: „Schlaft schön, das braucht man in deinem Alter, ist besser als Botox!" Das saß! Elena und Gert standen auf und verließen erhobenen Hauptes die Gesellschaft. „Musste das jetzt sein?", rügte Carina die Sängerin, die die Frage mit einem Achselzucken beantwortete.

Der Rest des Abends verlief dann halbwegs harmonisch, jeder bemühte sich um Freundlichkeit. Gegen halb eins saßen Merete, Carina und Jana noch als Einzige am Tisch und ließen die vergangenen Stunden Revue passieren. „War's schön für dich?", fragte die Schwedin. „Überflüssig wie ein Kropf!", entgegnete Carina.

Die folgenden Tage verbrachten Jana und Carina gemeinsam auf der Terrasse. Es war inzwischen warm geworden. Ein Ausflug nach Turin brachte noch etwas Abwechslung in den Alltag. Am Sonntag nach dem Geburtstag trat Jana ihre Heimreise an und versprach bald wiederzukommen.

7. Zwischenstopp bei Gladys Grace

Die Rückreise aus Portofino verlief anders als geplant. Durch Überbuchung einer Maschine von *KLM* ging es nun via München nach Bremen zurück. Jana ärgerte sich, als ihr in Genua mitgeteilt wurde, dass sie auf dem *Franz-Josef-Strauß-Flughafen* mehr als acht Stunden Aufenthalt haben würde. Per Bahn ihre Reise von dort fortzusetzen kam nicht infrage. Auf einen Einkaufsbummel in der bayrischen Landeshauptstadt hatte sie auch keine Lust, zumal es dort einen erneuten Wintereinbruch gegeben haben sollte. Sie überlegte nicht lange und rief ihre Kollegin Gladys Grace an.

Das bayrische Urvieh, wie sie von der Presse oft bezeichnet wurde, sang seit Ende der 1960 er Jahre Jazz und Soul in Mundart und war mit diesem ungewöhnlichen Projekt überaus erfolgreich. Ihr Lied *Sei stad und küss mi* hatte damals einen tollen Groove und wird bis heute im Radio gespielt. Grace besitzt nach wie vor eine Stimme, die fast vier Oktaven umfasst. Sie wurde Mitte der 1940 er Jahre als Agnes Hirtleitner in Berchtesgaden geboren, entstammte einfachsten Verhältnissen und hatte schon als Kind nichts anderes als Musik im Kopf. Ihre Mutter nahm das zur Kenntnis und meldete ihre Tochter immer wieder zu Talentwettbewerben an. Als sie als Kind einmal beim Staubsaugen lauthals sang, meinte ihre Mutter zu ihr: „Kind, mach mal das Radio lauter und schalte den Sauger aus, wer singt da so schön?" „Das bin doch ich!", sagte die Kleine nicht ohne Stolz. Später zog die Familie nach Augsburg wo Agnes eine Lehre als Friseurin absolvieren musste. Lust hatte sie dazu nicht, aber ihr Stiefvater ließ ihr keine andere Möglichkeit und drohte mit Prügel, wenn sie sich immer wieder weigerte, den Großteil ihres schmalen Ausbildungsgehaltes in die Haushaltskasse einzahlen zu müssen. Vor Alois Schmid, den ihre Mutter nur ein Jahr nach dem Tod ihres Vaters geheiratet hatte, hatte Agnes Angst. Er kam oft betrunken nach Hause, verprügelte erst seine Frau und dann die drei Kinder. Nach dem ersten Lehrjahr zog sie aus der elterlichen Wohnung aus und quartierte sich bei ihrer Tante Bruni ein, die gutmütig war und Agnes gewähren ließ. Die Liebe zum Singen und die Musik wurden stärker. Durch Zufall erfuhr Bruni Mair, dass in den Clubs der *GIs* Sängerinnen gesucht wurden, die dort mit einer kleinen Band die amerikanischen Soldaten unterhalten sollten. Beim Vorsingen im Offizierskasino hatte ein älterer Sergeant Tränen in den Augen. Zunächst hatte er das Mädchen nur von seinem Büro aus gehört und war überzeugt, dass die Stimme einer Schwarzen gehören müsse. Er kam ins Kasino und war verblüfft. „Stop, she is committed!", unterbrach er das Procedere. „Do you speak english?" „A little bit.", antwortete das Mädchen verschüchtert. „Take lessons in english, your pronincuatuion is bad, but your voice is unique!" Das Mädchen verstand kein Wort, spürte aber, dass sie hier große Anerkennung gefunden hatte. Mildred, eine Sekretärin, die dem Vorsingen beiwohnte, übersetzte ihr alles. „Du bekommst jeden Abend vor deinen Auftritten Englischunterricht, bis dahin lernst du die Texte in Lautschrift, das wird schon gehen. Wie alt bist du?" „Achtzehn." „Oh, also noch nicht volljährig, dann brauchen wir das Einverständnis deiner Eltern!" „Das geht nicht, mein Stiefvater wird das nicht erlauben, außerdem habe ich keinen Kontakt zu ihm und möchte das auch nicht.", sagte sie traurig. „Ist das da hinten nicht deine Mutter?", fragte Mildred und zeigte dabei auf Bruni Mair, die sich ganz hinten im Raum aufhielt. „Meine Tante, bei der wohne ich!" „Also hat sie die Verantwortung für dich?" „Kommen Sie doch bitte mal zu mir!", forderte sie Bruni auf. „Ich bin Mildred Williams und Sie?" Agnes' Tante stellte sich vor. „Sie haben ja eben erlebt, was Ihre Nichte hier geleistet hat. Wie ich hörte, haben Sie die Erziehungsgewalt über das Mädchen." Bruni bestätigte das und beantwortete alle weiteren Fragen. Nach einer Stunde waren alle Formalitäten geklärt und Agnes hatte ihr erstes Engagement. Man drückte ihr einige Schallplatten in die Hand und wies sie an, dass Agnes versuchen sollte alles nachzusingen. Die erste Probe mit Band war schon für übermorgen geplant. Sie sollte sich um siebzehn Uhr in der *Broadway-Bar* der *Sheridan-Kaserne* einfinden und proben.

Als sie zwei Tage später dort auftauchte war sie zunächst sehr enttäuscht über das Ambiente. *Broadway-Bar* klang doch nach großer Welt. Was sie vorfand war aber eine Kaschemme in der angetrunkene Soldaten rumlungerten und Titel grölten, die aus der Jukebox klangen. Im hinteren Teil des Raumes stand ein Podest, auf dem ein paar Instrumente lagen. Ein schwarzer Uniformierter stellte sich als Jack vor und erklärte ihr, dass er von jetzt ab ihr Englischlehrer sei. Agnes fand ihn sympathisch und lernte sehr schnell. Nach den Unterrichtseinheiten probte sie mit vier Musikern, die Stücke, die sie von den Schallplatten gelernt hatte. Nach drei Wochen durfte sie das erste Mal vor Publikum agieren. Wieder fand sie die laute Meute an *GIs* vor und war überzeugt, dass sich keiner für ihre Stimme interessieren würde. Die Band begann zu spielen, Agnes griff zum Mikrofon und stimmte *Somewhere over the rainbow* an. Von einer Sekunde zur anderen wurde es mucksmäuschenstill. Als das Lied beendet war brach frenetischer Applaus auf sie ein. „Encore, once again!", schrie das Publikum. Sie war außer sich vor Freude, wusste aber nicht, ob sie in der Lage war, getragen von diesem Gefühl, weitere Songs zu singen. Die Band fuhr fort und spielte *Diamonds are the a girl's best friend*. Dieses Lied liebte sie besonders und fing an, es auf ihre ganz eigene Art zu interpretieren. Wieder und wieder tobte der Beifall. Nach zehn Liedern sollte Schluss sein an diesem Abend, mehr war nicht einstudiert. Die Soldaten nötigten sie aber zu einer Zugabe und so sang sie den *Monroe-Titel* noch einmal. Dann verschwand sie im Hinterzimmer, wo man ihr notdürftig eine kleine Garderobe eingerichtet hatte. Gegen halb elf kam Tante Bruni vorbei und holte sie ab. Dieses Ritual sollte sich nun zwei Jahre lang ständig wiederholen.

Schnell wurden andere Lokale in Augsburg auf sie aufmerksam. Heiner Brandt galt zu der Zeit als einer der angesagtesten Produzenten Deutschlands. Eines Abends saß er mit Freunden zufällig in einem Club, in dem Agnes auftrat. Ihr Repertoire hatte sich inzwischen auf fast dreißig Lieder erweitert, ausschließlich amerikanische Standards. Er konnte nicht glauben, was er da hörte und sprach das Mädchen direkt nach ihrem Auftritt an. „Mit dir mache ich was!", kam er euphorisch auf sie zu. Agnes schaute ihn verwundert an und fragte naiv, was er denn wolle. „Eine Langspielplatte mit eigenen Liedern werde ich mit dir aufnehmen, die wird ein Knüller!" Die Sängerin lächelte ungläubig: „Aber ich singe doch nur zum Spaß!" „Zum Spaß, dass ich nicht lache, deine Stimme ist Gold wert, bares Gold, bist du schon volljährig?" „Ich werde in einem Monat einundzwanzig."

„Dann ist ja alles geritzt, hier ist meine Karte, ruf mich an sobald du großjährig bist!" Dann verschwand Herr Brandt. Agnes war überhaupt nicht klar, wer sie da eben angesprochen hatte, sie steckte die Visitenkarte in ihre Tasche, ging in ihre Garderobe und zog sich um.

Das ist jetzt schon fünfzig Jahre her, dass sie angefangen hat.", dachte Jana Levin, als sie ihre Kollegin anrief. Jana und Gladys Grace waren die einzigen beiden Sängerinnen, die stets mit Hochachtung voneinander sprachen. So schlampig sie auch mit Geburtstagsglückwünschen umging, so akkurat war sie, wenn es um Agnes' Jubeltag ging. Zugegeben, sie hatte eine Fanclubleiterin Petra, die sie immer per SMS daran erinnerte. Jetzt war es halb zwölf, sie hatte also noch locker sechs Stunden Zeit, bis es von München nach Bremen ging. Sie winkte ein Taxi zu sich und ließ sich in die Milchstraße 3 in Haidhausen fahren, wo Gladys seit Jahrzehnten in einer Riesenwohnung lebte. „Tut mir leid, dass ich dich einfach so überfalle, aber ich hatte keine Lust sechs Stunden am Flughafen auf den Anschluss zu warten." „Des passt scho, mir werd'n au so vie Spoaß ham!", freute sich die Jazzröhre sichtlich. „I hob uns schnei wos zua essn gemacht, Woasswuascht und Krautsalod.", fuhr sie fort. Jana hasste die deftige bayrische Küche, wollte aber keine Spielverderberin sein. „Wie geht es dir denn?" „Jo, woasst du, de Gschicht mit Ferdl hosd du jo gehört?", antwortete Agnes. „Welche Geschichte?" „Ea hod mi valossn, de Neie is zwoaundzwanzig und 'etz schwanga vo eahm. Mua da oide Bogg ihr mid fünfundfünfzig no a Kind neipumpe." Jana verstand nicht so recht, wusste zwar, dass es in der Ehe von Agnes und Ferdinand Gläser nicht zum Besten stand, aber dass sie sich jetzt getrennt hatten war ihr neu. „Und die

Neue ist schwanger von ihm?" „Jo, schom im fünfdn Monod!". Graces Stimme wurde immer lauter. „Aba i hob aa oan Nein. So goidig, Manuel aus Madrid, ea is Gitarrist in moana Band und hod ordentlich wos in da Hosn." Die Besucherin meinte sich verhört zu haben. Okay, Grace redete so, wie ihr der Schnabel gewachsen war, manchmal unterste Schublade, aber sie war ein herzensguter Mensch, jedenfalls Jana gegenüber. Wenn sie aber jemanden nicht mochte – davon gab es einige – dann konnte sie derb austeilen. Horst Schlüssel hatte gerade ein Album mit ihr produziert, das nicht den gewünschten Erfolg brachte. Sie hatten wochenlang an dem Projekt gearbeitet, trotzdem waren beide Seiten unzufrieden mit dem Ergebnis. Mehr als einmal warf sie ihm vor, dass er von Musik überhaupt keine Ahnung habe und dass er ihr nicht zu nahekommen solle, was er gern bei seinen Künstlerinnen versuchte.

„Wie läuft dein Album, dass du mit Horst gemacht hast?", warf sie ein, um von diesem leidigen Thema Trennung-Schwangerschaft wegzukommen. „Gar ned, da hod jo aa koa Ahnung vo am, wos i wui. I konnte sei Nähe aa ned mehr eatrogn, ständig vasuchte ea an ma rumzufummeln. Und dea Mundgruch, riecht wia a Kua aus am Oasch!", fing sie an, sich erneut in Rage zu reden. „Wieder das falsche Thema.", dachte Jana und zog ihre Mundwinkel nach unten. Irgendwie fühlte sie sich heute unwohl in der Gegenwart von Gladys. Geschickt wechselte sie wieder das Thema und begann mit dem berühmten: „Ach weißt du noch, damals …" Jetzt hatte sie es geschafft ihre Kollegin umzupolen. Die nächsten drei Stunden tratschten sie über alte Zeiten, hetzten über Kollegen, die sie beide nicht mochten und tranken. Agnes liebte das Kristallweizen und genehmigte sich ein

Glas nach dem anderen. Janas Vorliebe für Rotwein kannte sie und stellte ihr die Flasche hin. „Dass du so kuaze Streckn fliagst, fia mi waarad des jo nix. Noch Brema kimmsd du doch aa guad mid am ICE." „Aber nach Sopot in Polen sind wir doch damals gemeinsam zum Festival geflogen." „Do hob i ma fünf Milligram Valium voaha reingepfiffa und oan Whiskey gsuffa.", lachte sie.

Das polnische Musikfestival war damals sehr wichtig für beide gewesen. Anders als in Bulgarien beim *Goldenen Orpheus* schickte jedes Land zwei Teilnehmer. Deutschland ging mit Jana Levin und Gladys Grace an den Start. Während der Probentage und bei den Pressekonferenzen galt Gladys als haushohe Favoritin. Ihre großartige Stimme zu einer Ballade im bayrischen Dialekt war absolut exotisch und fand bei der anwesenden Presse großen Anklang. Janas Lied wurde eher mittelmäßig eingestuft landete aber zum Schluss auf Platz zwei. Gladys' Lied bekam keinen einzigen Punkt. Als sie zurück nach Deutschland kam, musste sie diese Schmach erst einmal ertragen lernen. Alle, die sie vorher so hochgelobt hatten ließen sie jetzt wie eine heiße Kartoffel fallen. Dem einen sang sie zu laut, dem anderen war sie zu dick, noch ein anderer Journalist meinte, dass sie nicht einen einzigen Ton getroffen habe. Sie kommentierte das alles nur mit einem einzigen Satz: „Mir ist es egal, ob jemand weniger falsch singt als ich, ich muss mich vor den ganzen Piepsstimmen und Hupfdohlen nicht verstecken. Meine Kunst kommt von Können!" Später versuchte sie noch dreimal an diesem Wettbewerb teilzunehmen, scheiterte aber jeweils knapp in den deutschen Vorrunden. Wie oft war zu lesen, dass sie zu den ganz Großen der Show Welt gehören müsste, aber mit ihrer stets direkten und undiplomatischen

Art fiel sie oft unangenehm auf und man nahm Abstand von ihr. Ihre Fans liebten sie über alles. Konzerte gab sie nur noch in kleiner Besetzung, manchmal genügte nur ein Gitarrist als Begleitung. Die mittelgroßen Hallen waren stets ausverkauft, egal wo sie auftrat. Dabei wäre es fast nicht so weit gekommen. Als sie damals in den Ami-Clubs anfing, wurde sie nach einem Jahr ungewollt schwanger. Ihr war nicht wirklich klar, wie das passiert sein konnte. Ihrer Tante vertraute sie sich an, die im ersten Moment entsetzt und hilflos war. „Wie konnte denn das passieren?", schrie und weinte sie. „Des woass i aa ned. Diam noch den Auftritdn hod da a oda andere Soidot im Hiterzimma an ma a bissal rumgefummelt und mi geküsst. Oamoi tod 's im untern Bereich wos weh und i blutete. I hob ma nix dabei dachd, meine Muada hod ma jo üba solche Dinge nie wos eazählt. Jo, batsch, 'etz bin i schwanga. Und i krieg des Kind, aa wenn 's schwoaz is!", stellte sie sich selbstbewusst vor Bruni. Frau Mair merkte, dass es zwecklos war ihr das auszureden. Sieben Monate später wurde ihr Sohn Ullrich geboren. Gerüchten zufolge hatte sie finanziell ausgesorgt. Irgendwann sickerte mal durch, dass sie zwei Millionen Mark im Lotto gewonnen haben soll. Sie besaß nicht nur die Wohnung in München, sondern auch noch einen aufwendig sanierten alten Bauernhof in Niederbayern. Neben dem Singen entwarf sie hin und wieder Mode für Kinder, die sie erfolgreich bei *QVC* vertreiben konnte. Trotz ihrer gerade laufenden Trennungsgeschichte war sie eine zufriedene Person. Ihren neuen Freund Manuel liebte sie, auch wenn es manchmal zu Reibereien kam. Oft war Manuel genervt, wenn sie vor dem Spiegel stand und meinte: „Findest du ned aa, dass i hübsch bin und guad aussehe?" Er verdrehte dann nur die Augen und verließ den Raum. Manchmal kamen aber auch Kommentare, die ihr nicht gefielen und sie wütend machten. „Ja, ja, du bist die Schönste, die Madame, der große Star!" Dann fuhr sie ihn an: „Wenn i dia ned gefoie, zeige i dia wo da Zimmermo des Loch gelossn hod!" Der Spanier sagte dann gar nichts mehr. Sie war einfach überzeugt von sich und schob dann noch nach: „I woass, dass du mi mogst, du liabst Wuchtbrummen, gell!"

Jana blickte zur Uhr und stellte fest, dass ihre Zeit zusammen fast um war. Jetzt wo sie schön im Redefluss waren, wäre sie gern noch länger geblieben. „Rufst du mir bitte ein Taxi, mein Flieger geht in zwei Stunden?" „Koa Problem, 's war schee, di moi wiederzuseng. Bin im Mai in Brema-Vegesog fia a Konzert, dann besuche i di.", versprach Grace und umarmte Jana zum Abschied.

Der Wagen musste sich ein wenig durch den Feierabendverkehr von München quälen. Der Chauffeur erkannte seinen prominenten Fahrgast und stellte unentwegt Fragen. Als sie im Erdinger Moos am Abflugterminal aussteigen wollte, sprang er aus dem Auto, riss ihr die Tür auf und verabschiedete sich mit einer Verbeugung. „Okay, Stil hat er.", dachte sie und eilte zum Gate.

8. Das Königreich ruft

Trotz der Zickereien, etwas Langweile und Reisestress hatte Jana die letzten Tage in Italien genossen, war aber auch froh jetzt wieder daheim zu sein. Als sie an diesem Morgen ihren Espresso zubereitete hielt sie die Stille in ihrer Wohnung nicht aus. Sie ging zum CD-Schrank und wühlte darin herum. In der hintersten Reihe entdeckte sie die remasterte CD von *bear family*, die ihre im Königreich veröffentlichten Schallplatten, zu einer Doppel-CD verarbeitet hatten. *My english collection*, wurde das Album betitelt, das vor zwei Jahren erschienen war. Da man damals nicht an einen wirklichen Erfolg in Großbritannien glaubte, wurden englische Texte für ihre deutschen Erfolgstitel geschrieben dazu gesellten sich ein paar gängige Songs aus UK, die Jana einfach coverte.

Jana war damals knapp zwanzig als sie Brian Shaw kennenlernte. Er arbeitete gastweise als Ingenieur bei der *PTB* in Braunschweig und kam aus Glasgow. Sie verliebte sich Hals über Kopf in den großen schlaksigen Engländer und heiratete ihn kurz darauf. Obwohl sie, bis auf ein paar Achtungserfolge, noch keinen künstlerischen Durchbruch erzielt hatte, war auch Brian sehr angetan von ihrer Musik. Neben seiner Tätigkeit als Projektleiter wurde er mehr und mehr für seine Frau zum Berater. Irgendwann meinte Jana: „Es läuft doch ganz gut mit uns. Du fängst an ein Netzwerk zu Produzenten und Veranstaltern aufzubauen. Mach das doch hauptberuflich für mich." Anfänglich sträubte er sich immer wieder und meinte, dass er von der Branche keine Ahnung habe. Dann bot ihr Mike Marett einen Titel an, den sie erst ablehnen wollte. *Fremder aus New York* war mit einer Technik aufgenommen, die bis dahin unbekannt war. Der Sound war modern, der Groove stimmte, klang ein wenig nach Brit-Pop. Der Text war zunächst nicht der Rede wert und wurde, unter der Mitarbeit von Brian, nochmals umgeschrieben. Dann war alles perfekt. Als die Single erschien tat sich allerdings erst einmal wochenlang gar nichts. Dann nahm sie mit dem Song an den *Deutschen Schlagerfestspielen* teil und wurde lediglich Fünfte. Die Enttäuschung war groß, aber nicht der Siegertitel des Wettbewerbs sollte nachhaltigen Erfolg haben, sondern *Fremder aus New York*. Die Single hielt sich acht Monate in den Verkaufscharts ganz oben. Jana Levin wurde 1970 zur erfolgreichsten Sängerin Deutschlands mit der *Goldenen Note* geehrt. Ein kurz darauf produziertes Album wählten die Leser der Zeitschrift *Musicpole* zur besten Langspielplatte des Jahres.

Brians Zeitvertrag bei der *PTB* in Braunschweig lief aus und wurde nicht verlängert. Jetzt waren die Würfel gefallen für die Eheleute Shaw. Er agierte ab sofort als Manager seiner Frau. Die Nachfrage nach Jana Levin war groß. Jede Fernsehshow riss sich um die aparte Blonde. *Radio Bremen* bot ihr sogar eine eigene Show an, die über längere Zeit einmal jährlich ausgestrahlt werden sollte. Unter dem Titel *Jana's Jive* waren bis 1975 mindestens sieben Sendungen á neunzig Minuten geplant. Brian erwies sich als guter Verhandlungspartner mit der Produktionsgesellschaft des Senders. Von Jahr zu Jahr bekam sie höhere Gagen für ihre Sendungen. Auch ihre Liveauftritte wurden teurer. Jana und Brian hatten sich inzwischen eine Wohnung in Hannover-Kirchrode gekauft, die zum Teil natürlich finanziert werden musste. Oft fragte sie ihren Mann: „Was verdiene ich eigentlich, wenn ich da oder da auftrete?" Sie hatte wirklich nicht den Hauch einer Ahnung, wie hoch ihr Marktwert inzwischen war. Ihr Gatte ging mit dieser Art Fragen immer sehr geschickt um: „Wenn du das Auftrittsangebot annimmst, können wir das Badezimmer renovieren oder uns die tolle Einbauküche leisten." Jana fand das einleuchtend, sie liebte ihre Wohnung auch wenn noch nicht alles perfekt und nach ihren Wünschen gestaltet war.

Ab und zu reisten die Shaws nach England, um Brians Familie und Freunde zu besuchen. Janas Englisch war zu diesem Zeitpunkt keinesfalls perfekt. Es passierten immer wieder kleinere Katastrophen und komische Dinge. Bei einem Aufenthalt in London fragte sie Brian, was denn das Wort Kräuter auf Englisch heißen würde. „Herbages, warum fragst du?" „Ach, nur so!" Kurz darauf verließ sie allein das Hotelzimmer und suchte einen Friseur auf. In der Oxford Street betrat sie einen Laden und versuchte der Friseurin klarzumachen, was sie wollte. „Please cut my hair a bit and make herbages on it!" Die Frau sah sie fragend an. „Cut and what?" „Herbages!", betonte Jana noch einmal. Die Coiffeurin trat kurz zur Seite und griff nach einer Dose auf dem *Tea* zu lesen war. Sie öffnete den Deckel und hielt Jana den Doseninhalt unter die Nase. Ein Wohlgeruch von Kamille, Salbei und Hagebutten machte sich breit. „Are you sure, that this mix of teas is good enough for your hair?" Jana sah sie verdutzt an und sagte plötzlich: „Ah, Shampoo!" Beide mussten laut lachen. „Chamomile-shampoo for your blond hair, very good!", damit machte sie sich ans Werk, wusch ihrer Kundin das Haar und schnitt die Spitzen.

Da sie in Deutschland eine Plattenfirma hatte, die international agierte tauschten sich die europäischen Promoter oft untereinander aus und schickten sich Press-Kits von neuen Produktionen hin und her. Als Jana und Brian wieder einmal bei seinen Eltern in Glasgow zu Besuch waren, erhielten sie einen Anruf von Bo Heister, der für ihre Produktwerbung zuständig war. Er erklärte Brian, dass der Londoner Produzent Roy Light auf die letzte Langspielplatte von Jana aufmerksam geworden sei und dass er sie kennenlernen möchte. Brian glaubte sich verhört zu haben: „Light interessiert sich für eine deutsche Sängerin, das kann ich nicht glauben!" „Du wirst es ja sehen, hier ist seine Nummer, ruf ihn an und trefft euch, viel Glück!", entgegnete Bo. Jana war ganz aus dem Häuschen, über das, was ihr ihr Mann gerade erzählt hatte. Nachdem sich die erste Euphorie gelegt hatte, sah sie den Tatsachen aber doch ins Auge: „Du weißt aber wie ich Englisch spreche und welchen Akzent ich habe." „Das sollte nicht das Problem sein, was du nicht kannst, lernst du phonetisch, ist doch letztes Jahr sogar mit dem Lied auf Dänisch gelungen.", beruhigte sie ihr Mann. Dann griff er zum Hörer und rief Mr. Light an. Brian war verwundert, dass er sofort wusste, worum es ging, dass er obendrein noch bestes Deutsch sprach erleichterte die Sache um ein Vielfaches. Sie verabredeten sich für den nächsten Nachmittag in seinem Büro in London. Zwar hatten sie geplant noch ein paar Tage in Glasgow zu bleiben, packten aber jetzt die Koffer und reisten am nächsten Morgen in die Hauptstadt. „Du musst nicht nervös sein, Darling, Light spricht gutes Deutsch.", beruhigte er seine Frau immer wieder. Per Taxi ging es von *Paddington Station* in die *Lyndhurst Road Hampstead, London NW3 5NG.* Beide waren überaus verwundert, dass der Chauffeur sie vor einer alten Kirche absetzte. Ihre Zweifel zerstreuten sich aber, als sie das Messingschild entdeckten, auf dem *Air Studios* zu lesen war. Im Eingangsbereich wandte sich Brian an eine hübsche Rothaarige und fragte nach Mr. Light. „Oh, you must be the manager of Jana Levin, Roy is expecting you soon, wait a minute!", lächelte sie ihn an. Kurz darauf kam ihnen ein grauhaariger Mitfünfziger mit ausgebreiteten Armen entgegen. „Ich bin Roy, du musst Brian sein, wir hatten telefoniert.", gab er seinem Gegenüber die Hand und küsste Jana auf die Wangen. „Kommt, wir gehen in mein Büro, Tee und ein kleiner Imbiss sind schon vorbereitet." „Ungewöhnlich Ihr Studio, eine alte Kirche.", merkte Jana an, die sich noch nicht an das typisch landesübliche Du gewöhnt hatte. „Die Räumlichkeiten sind optimal für die Akustik, wir arbeiten hier fast ohne großen technischen Aufwand.", erklärte ihr Light. „So, du bist also die erfolgreichste Sängerin in good old Germany!" Jana schlug die Beine übereinander und fühlte sich geschmeichelt. „Wir sind hier in UK der drittgrößte Musikmarkt der Welt, Deutschland liegt knapp dahinter auf Platz vier. Die Gepflogenheiten sind ähnlich wie bei euch. Man arbeitet professionell und versucht ständig am Puls der Zeit zu sein. Nicht alles, was mir gefällt trifft immer den Breitengeschmack, aber meistens habe ich ein glückliches Händchen. Dein Titel *Fremder aus New York* ist exzellent. Ich habe einen englischen Text schreiben lassen *Stranger from L.A.*, Los Angeles passt besser vom englischen Versmaß, werdet ihr auch gleich feststellen." Mit diesen Worten drückte er Brian zwei Seiten Papier in die Hand. Jana nippte an ihrem Tee und biss ein Stück vom Sandwich ab. „Die Übersetzung ist ja fast eins zu eins.", stellte Brian fest. „Das war beabsichtigt, wir wollen so nahe wie möglich am Original bleiben.

Wollen wir mal runter ins Studio gehen und eine Probeaufnahme machen? Das Playback hat mir unsere deutsche Niederlassung schon geschickt." Jana bekam weiche Knie. So aus dem Stegreif einen englischen Text zu singen war nicht einfach. „Ich bin heute nicht so gut bei Stimme.", log sie. „Dann machen wir es morgen oder übermorgen, kein Problem!" Den Rest des Nachmittages sprachen sie über Verträge, Werbung und anstehende Auftritte. Jana rauchte der Kopf, als sie wieder im Taxi zum Hotel saßen: „Ich weiß nicht, ob ich das alles schaffe. Du weißt ja, die Kampagne läuft momentan in Deutschland auch wie verrückt. Ich kann nicht alle zwei oder drei Tage nach England fliegen und nebenher noch meine deutschen Fans bedienen." Brian sah sie wortlos an. „Ruf Roy Light morgen bitte noch mal an und versuche, dass ich jeweils ein paar Tage am Stück hier bin, vielleicht einmal im Monat für eine Woche." „Ich denke, das wird möglich sein.", erwiderte ihr Mann. Nach dem Abendessen setzte sich Brian an die Hotelbar. Jana zog sich in ihr Zimmer zurück und lernte den Text zu *Stranger from L.A.*. „War ja leichter als ich dachte!", strahlte sie Brian an, als er das Zimmer betrat. Er sah sie fragend an. „Den englischen Text zu verstehen. Kann den morgen gern mal im Studio versuchen." „Der Tag war lang und anstrengend, ich bin so müde.", gähnte Brian sie an. „Ja, Darling, ich auch."

Auch wenn ihr England immer noch ein wenig fremd war, so war sie begeistert vom Frühstück, auf das sie sich jeden Morgen freute. Mit einer wahren Inbrunst und Heißhunger stopfte sie Rührei, Jam, Bratwürstchen, Sandwiches, Obst und Porridge in sich hinein. Brian beobachtete sie dabei und amüsierte sich. „Du isst hier für zwei. Wenn ich es nicht genau wüsste, würde ich vermuten, du bist in anderen Umständen.", witzelte er. Sie grinste ihn an: „Noch nicht, Cherie!" Gegen zehn Uhr rief Brian Mr. Light an und vereinbarte einen Termin für den Nachmittag im Studio.

Wieder kam ihnen der Produzent freundlichst lächelnd entgegen. Nachdem sie mit dem Techniker alles besprochen hatten, trat Jana vors Mikrofon, hörte das Intro ihres Liedes und begann zu singen. Sie brach abrupt ab: „Brian, kannst du bitte veranlassen, dass das Arrangement einen halben Ton nach oben gesetzt wird. Der englische Text hat viel mehr Vokale als der deutsche!" Der Typ am Mischpult hantierte einige Minuten an den Reglern herum dann gab er ihr ein Zeichen und rief: „Second try!" Nach einigen Takten wurde Jana eins mit der Musik und dem neuen Text, mühelos schwang sich ihr Vibrato in nicht enden wollende Höhen. Nach drei weiteren Aufnahmen war alles im Kasten. „Wir bringen das nächste Woche raus als Single!", klatschte Roy begeistert in die Hände. „Könnt ihr noch eine Woche bleiben?", fuhr er fort. Brian überlegte: „Heute ist Dienstag, am Freitag haben wir ein Interview mit *Bild*, das kann man verschieben, nächsten Montag die *Drehscheibe* im *ZDF*, auch da lässt sich was machen." „Ich muss ein paar Gespräche mit Deutschland führen, sage dir in einer Stunde Bescheid.", ließ er den Produzenten wissen, dann bat er in Roys Büro telefonieren zu dürfen. Mr. Light und Jana blieben zurück, er fing bereits an, ihre Auftritte im Kopf zu inszenieren, selten konnte man ihn so euphorisch erleben.

Nach knapp dreißig Minuten kam Brian strahlend zurück. „Alles okay, wir haben noch zwei Wochen Zeit bis wir zurückmüssen!"

Die nächsten Tage verliefen voller Hektik. *Air Studios* agierte in Windeseile: Shooting, Promotion Kampagne, Schallplattenpressung. Beim Interview mit dem *Daily Mirror* war Brian anwesend und fungierte als Dolmetscher, wenn Jana nicht weiterwusste. In einer Rekordzeit von vier Tagen kam *Stranger von L.A.* auf den Markt. In der darauffolgenden Woche war Jana Levin zu Gast bei der *BBC* in *Top of the Pops*. Aufgrund der kurzen Produktionszeit presste man einfach die Originalversion auf Deutsch auf die B-Seite.

„Wenn das so weitergeht, müssen wir uns hier in London auch eine Wohnung zulegen.", meinte Brian am Abend vor dem Rückflug nach Hannover. Jana schaute ihn skeptisch an, sagte aber nichts. Ihr ging das alles zu schnell. Noch ließ sich der Erfolg nicht wirklich messen, aber die Nachfrage für Shows und Auftritte waren da. „Warten wir erst einmal ab, wie sich das hier alles wirklich entwickelt.", beschloss sie das Thema.

Am nächsten Morgen flogen sie von *Heathrow* nach Hause. An Entspannung und Freizeit war nicht zu denken. Jana musste die Verpflichtungen nachholen, die sie durch den Londonaufenthalt nicht wahrnehmen konnte. Außerdem suchte ihr Team händeringend nach einer Nachfolgesingle von *Fremder aus New York*. Alles, was eingereicht wurde taugte nichts. „Bevor wir nicht wirklich etwas Neues und Innovatives haben, legen wir keine neue Single vor!", beschloss Brian und war mit Mike Marett einer Meinung. Auch der deutschen Presse blieben Janas Aktivitäten in UK nicht verborgen. Noch nie war es einem deutschen Künstler gelungen in *Top of the Pops* aufzutreten. Sie festigte dadurch ihre Position als die neue Nummer Eins in Deutschland. Das

Büro von Alexander White fragte an, ob Jana in seiner Weihnachtssendung auftreten würde. White war Schweizer und seit den 1950 er Jahren Entertainer allererster Garnitur. Seine jährliche Weihnachtsshow war eigentlich sein einziger Fernsehauftritt pro Jahr. Dort sang, parodierte, tanzte, schauspielerte er und erzielte damit Einschaltquoten von fast siebzig Prozent. Ansonsten unternahm er alle zwei Jahre große Tourneen. Im Hintergrund stand immer seine Frau Brigitte, die selbst einmal Sängerin gewesen war, sich aber jetzt ausschließlich um die beruflichen Belange ihres Gatten kümmerte.

Jana war überrascht über die Anfrage, meinte aber: „Vor zwei Jahren hätten die mich mit dem Arsch nicht angeguckt." Trotzdem konnte man so ein Angebot nicht ausschlagen. Brian schaffte es bei den Verhandlungen eine sehr gute Gage vereinbaren zu können, worüber sich seine Frau sehr freute. Merkwürdigerweise erhielten sie aus Großbritannien überhaupt keine Reaktion. Sie waren jetzt schon über zwei Wochen wieder in Deutschland und dermaßen eingespannt, dass ihnen das erst jetzt auffiel, wo mal zwei Tage nichts los war. „Dann war es eben doch nur eine Seifenblase.", sinnierte Jana und nahm einen kräftigen Schluck *Barolo*. „Warts ab, noch ist nicht aller Tage Abend.", lächelte Brian sie an.

Als sie am nächsten Morgen beim Frühstück saßen, klingelte das Telefon. Noch leicht verschlafen hob sie ab. Sie verstand kein Wort. Ein lauter englischer Redeschwall dröhnte aus dem Hörer. „Für dich anscheinend, auf Englisch." Sie reichte Brian den Apparat. „Oh Roy, good morning, what's the matter?" Er hatte völlig vergessen, dass Mr. Light auch Deutsch sprach. Erst nach zwei Minuten lenkte er ein und bat Roy auf Deutsch weiterzuerzählen. „Ich schalte mal den Lautsprecher an, dann kann Jana gleich mithören!" Aufmerksam lauschte sie dem Gespräch der beiden Männer. Jetzt ergoss sich eine Lobeshymne, die sie noch nie vorher über sich erleben durfte. Der Titel *Stranger from L.A.* war auf Platz fünf der Charts eingestiegen und hielt sich jetzt schon zwei Wochen in den Top Ten mit steigender Tendenz.

Nachdem das Gespräch beendet war schauten sich die Shaws wortlos an und nickten. „Wir müssen umdenken und planen, wie du ja gehört hast, möchte er ein Album mit dir machen. Es liegt eine Anfrage für einen Mitternachtsauftritt vom *Talk of the town* vor.", fasste Brian noch einmal das Wesentliche zusammen. Sie beschlossen in circa drei Wochen wieder nach London zu fliegen, um das Album aufzunehmen, die Kompositionen und Texte wollte man ihnen spätestens bis zum Wochenende zuschicken. „Ich brauche jetzt mal etwas Abstand, lass uns drei Tage nach Sylt fahren.", schlug Jana vor. „Diese Woche liegt ja nichts mehr an, also warum nicht!", Brian gefiel die Idee, er blätterte in seinem Adressbuch und rief das Hotel *Reethüüs* in Kampen an. „Wir können morgen früh starten!", rief er Jana, die gerade im Bad war, zu. Als Echo kam ein lautes „Juchu!".

Am nächsten Morgen fuhren sie Richtung Norden und verbrachten drei erholsame Tage in ihrem Lieblingshotel in Kampen. Als sie am Samstag nach Kirchrode zurückkamen war der Briefkasten randvoll. Natürlich lag Janas Augenmerk auf dem Umschlag aus England. Gierig riss sie das braune Papier auf, setzte die Tonbandspule ins Gerät und hörte die Playbacks. Alle zwölf Titel waren ihr bestens bekannt und sie fand, dass die Tonart zu ihrer Stimme passte.

Mit den beiliegenden Texten hatte sie zu kämpfen. Einerseits verstand sie nicht alles, was sie singen sollte, andererseits waren ihr die Worte, die Brian ihr übersetzte, für ihre eigenen Lieder zu platt. „Wir können das jetzt nicht mehr ändern.", tröstete ihr Mann sie. „Ja, das ist wohl wahr, also mache ich mich mal an die Arbeit und übe die Aussprache."

Nach und nach freundete sie sich mit den Texten an, nach einigen Tagen hatte sie alle drauf und verstand sogar den Sinn, dank der Hilfe ihres Gatten. Die Zeit schritt voran. Mit der Samba-Nummer *Sternennacht* hatte sie auch endlich einen Nachfolgetitel für den deutschen Markt gefunden, die noch vor ihrer Abreise aufgenommen werden sollte. Aber das hatte jetzt erst mal keine Priorität. Mit ihrem Kassettenrekorder nahm sie immer wieder englische Texte auf, die sie einsprach und verbesserte merklich ihre Aussprache. „Du hast keinen deutschen Akzent mehr, Darling!", lobte sie Brian eines Abends. *Sternenhimmel* ging in der ersten Woche nach der Veröffentlichung zwar in die Charts, aber nicht so hoch wie erwartet, was Jana nicht weiter störte. Bo Heister allerdings umso mehr. Täglich rief der Promoter sie an und bemängelte die Verkaufszahlen. Heute Morgen war ihr der Kragen geplatzt und sie ranzte ihn an, dass das ein guter Titel sei, sie aber zurzeit ganz andere Sachen im Kopf habe. „Ja, ja willst ja jetzt Weltstar werden ... in Deutschland!", schrie Bo zurück. Dann legte sie einfach auf, die Ironie seiner Aussage verstand sie nicht.

Es war so weit, es ging zurück nach London! Leider bekamen sie nur einen Flug nach *Gatwick*. Roy war nicht begeistert, sie dort abholen zu müssen und brüllte in den Hörer: „Fuckin' Gatwick, more than two hours drive from downtown!" da ihr Flug auch noch Verspätung hatte kamen sie erst spät abends an. Roy hatte einen Fahrer geschickt und ließ Grüße ausrichten. Als sie sich nach fast zwei Stunden der Innenstadt näherten war Jana fasziniert von den grellen Leuchtreklamen. Am *Piccadilly* bog der Wagen in die *Park Lane* und hielt direkt vorm *Dorchester* am *Hyde Park.* „Here we are!", sagte der Fahrer. „Nobel geht die Welt zugrunde.", stieß Jana aus. „Nein, steigt sie auf!", grinste Brian. An der Rezeption wurde sie britisch-kühl, aber höflich begrüßt. Die ältere Dame gab ihr ein Kuvert, als Absender las sie nur die Initialen *R. L* .. Sie riss es auf und las auf einem kleinen Zettel: ,*Erwarte euch morgen elf Uhr im Studio - Love Roy'*

Am nächsten Morgen saßen Brian und Jana im eleganten Frühstücksraum des *Dorchesters* und waren erstaunt über den Prunk dieses Hauses. Die Sängerin fühlte sich ein wenig unwohl, gut, sie liebte Komfort und Eleganz, aber in diesem Ausmaß war ihr das alles noch nicht begegnet. Mathilde Müller tauchte wieder ein wenig aus der Versenkung auf. Sie erinnerte sich an einen Auftritt als Kind im Hotel *Deutsches Haus* in Braunschweig, das damals als das eleganteste der Stadt galt. Die Bäckerinnung hatte eine Weihnachtsfeier dort veranstaltet und ihre Mutter sorgte für die Unterhaltungsprogrammpunkte. Natürlich sollte ihre Tochter dort auftreten und zwei Weihnachtslieder singen, was sie mit Bravour meisterte. „Wie fühlst du dich heute Morgen?", fragte Brian und sah sie etwas mitleidig an. „Eigentlich ganz gut, auf die Aufnahmen im Studio in den nächsten Tagen bin ich gut vorbereitet. Hoffentlich haut mir Roy für die nächsten zwei Wochen nicht zu viele Gigs zusätzlich rein." „Das erfahren wir alles nachher und alles müssen wir auch nicht machen!", nahm ihr ihr Mann etwas von der Nervosität. Sie hatten ein wenig die Zeit vergessen, denn ein Page kam auf sie zu und übergab Jana einen Zettel auf einem Silbertablett worauf zu lesen war ‚*Your taxi is waiting in front oft he entrance*‘. „Oh, schon halb elf, wir müssen los, das Taxi wartet!“. Als beide im Fond des Wagens saßen, musste Jana lachen. „Was ist los?“ „Ach, sogar kleine Notizen werden einem dort auf dem Silbertablett gereicht, ziemlich versnobt!“ Brian grinste sie an: „Du liebst doch so etwas!“ Kurz darauf hielt das *Yellow Taxi* vor dem Studio. Als Brian bezahlen wollte vernahm er nur ein knappes „It’s already done!“ „Die lassen es sich wirklich was kosten, dass du hier singen sollst. Das Taxi war auch schon bezahlt.“, erwähnte Brian beiläufig.

Ohne viel Umschweife brachte Roy die beiden ins Studio. Es lief ausgezeichnet. Bereits nach drei Stunden waren vier Lieder aufgenommen. Jana bat um eine Pause und meinte, dass alles ungewöhnlich schnell ginge und sie durchaus in der Lage wäre heute noch zwei Songs aufzunehmen. Mr. Light war begeistert: „Du bist wirklich ein absoluter Profi, das erspart uns einiges an Produktionskosten. Wenn du meinst, dass es dir nicht zu viel wird, sing heute Nachmittag noch zwei Titel ein!“ Jana fühlte sich gut und war begeistert. Während sie ihre Aufnahmen machte, besprach Brian die nächsten Termine mit Roy. Samstag um Mitternacht war ein Dreißigminuten-Auftritt im *Talk of the Town* vereinbart worden. Sonntag sollte sie bei der *BBC* in einer Talkshow zu Gast sein. „Keine Angst, sie wird simultan übersetzt, kriegt einen Knopf ins Ohr!“, fegte der Produzent gleich alle aufkommenden Zweifel vom Tisch. Brian atmete auf. Schon nächste Woche sollte eine Promo-Tour durch die Rundfunksender des Landes starten, für die fünf Tage eingeplant waren. „Dann lernt ihr gleich noch Land und Leute kennen, meine

Sekretärin Alice wird euch begleiten!", versprach Roy. „Was steht sonst noch an?", wollte Janas Mann wissen. „Eventuell noch die Aufzeichnung der *Paddy Gould Show* in der übernächsten Woche, aber da habe ich noch kein grünes Licht!" Gegen neunzehn Uhr verließen die Shaws das Studio. „Ich brauche heute gar nichts mehr, möchte nur noch ins Bett!", stöhnte Jana. Sie war sichtlich erschöpft von der Arbeit und ging im Hotel sofort auf ihr Zimmer. Brian wollte noch ein wenig frische Luft schnappen und unternahm ein paar Schritte durch den *Hyde Park.*

Der zweite Tag lief nicht so glatt wie der erste. Gestern hatte sie ausschließlich ihre deutschen Lieder auf Englisch gesungen, das war relativ einfach. Heute musste sie sich mit den Arrangements der fremden Songs vertraut machen. Obwohl sie die Titel *Day and Night, Mack the knife* und *In your eyes* bestens kannte, hatte sie zunächst Probleme, die richtigen Töne zu treffen. „Es ist eben noch nicht mein Repertoire.", entschuldigte sie sich immer wieder. Trotzdem waren am Abend drei weitere Lieder für die Langspielplatte fertig. Für die übrigen Titel waren jetzt noch zwei Tage anberaumt, von denen sie nur noch einen benötigte. Auf ein erneutes Shooting für das Cover wurde, aus Zeitgründen, verzichtet. Man verwendete die Fotos, die schon für die Single gemacht wurden. Die Senderreise wurde zu einem großen Erfolg. Jana begeisterte die Radiomoderatoren mit ihrer Natürlichkeit. Langsam merkte sie auch, dass ihr die englische Sprache immer leichter fiel. In der *Paddy Gould Show* sang sie ein Duett mit dem Star und konnte sogar die Fragen beantworten, die ihr Paddy stellte, die natürlich vorher abgesprochen waren.

Ein Fauxpas passierte allerdings bei einer Talkshow. Jana ließ sich vorab die Fragen geben, die sie beantworten sollte.

Sie lernte diese auswendig und Brian formulierte ihr die Antworten dazu, die sie sich ebenfalls einprägte. Sie war sehr stolz, dass sie für die Livesendung keinen Simultanübersetzer brauchte. In der Show waren noch drei weitere Gesprächsgäste anwesend. Worüber sich der Moderator mit ihnen unterhielt wusste sie nicht. Sie war viel zu sehr damit beschäftigt, das auswendig Gelernte nicht zu vergessen. Nach fast einer Stunde wandte sich der Talkmaster Allan Middleton ihr zu: „Welcome Jana Levin, is it your first time in UK?" „I grew up in the north of Germany, my parents had a bakery." Allans Stirn legte sich in Falten: „You have recorded your first LP in english with twelve songs, six are your own songs in the original in german, hits of you in your homecountry. The others are english and american standards. Was it difficult to sing strange songs?" Voller Überzeugung alles verstanden zu haben legte Jana los: „No, my father was very important for my carreer, he helped me, supported me with everything, what I did!" Das Studiopublikum lachte, was Jana nicht verstand. „Do you planning concerts in UK?" „To sing my own songs was very easy, the strange titles were interesting to perform, ist was a challenge for me!" Der Aufnahmeleiter wusste nicht wie ihm geschah und zischte den Kameramann an: „Stop, panning, interruption, she has memorized everything, but in the wrong order! Die Sendung wurde kurz unterbrochen. Brian und Roy eilten auf Jana zu. „Du hast alle Antworten verwechselt, ist dir das nicht aufgefallen?", schrie Mr. Light sie an. „Nein, habe ich nicht. Mir kam das zwar alles etwas merkwürdig vor, was Allan fragte, aber ich habe meinen Text gelernt." „Hast du, hast du, aber er hat die Fragen in einer anderen Reihenfolge gestellt.", versuchte ihr Mann sie zu beruhigen. „Dafür kann ich nichts!" Blitzschnell wurde entschieden doch auf einen Übersetzer zurückzugreifen. Die Sendung ging wieder on Air. Allan erzählte den Zuschauern irgendeinen Quatsch von Mikrofonausfall und begann das Interview noch einmal. Jana hörte jetzt, über den Knopf im Ohr, alles auf Deutsch und konnte auch so antworten.

Die Karriere in Großbritannien lief bis 1979 ganz gut. Jana erreichte zwar nie den Status, den sie in Deutschland innehatte, kam aber dreimal pro Jahr nach UK und veröffentlichte regelmäßig Platten. Als Höhepunkt ist aber mit Sicherheit ihr Gastspiel in der *Royal Albert Hall* zu bezeichnen. Sie sang acht Tage vor völlig ausverkauften Rängen zwanzig Minuten im Vorprogramm von Lavinia Smith. Später erzählte sie dann gern in Interviews von ihrer Arbeit in England. Sie habe ungefähr zehn Langspielplatten aufgenommen und etwa fünfzig Singles und sei acht Wochen ausverkauft in der *Royal Albert Hall* aufgetreten. Je länger ihre Laufbahn in Deutschland dauerte, verlängerte sie auch das Gastspiel in diesem Kulturtempel. Wahrscheinlich glaubte sie das inzwischen selbst.

Sie freute sich über die CD, hielt sie lange in der Hand und schob dann eine in den Player. *Stranger from L.A.* klang aus den Boxen. Sie ging zurück in die Küche und trank ihren Espresso weiter: „Ach ja, die guten alten Zeiten …."

9. Der Clown

Obwohl sie ihre Karriere nun beendet hatte, erreichte sie ein Anruf von dem Alt-Rock'n'Roller Teddy Pick. Sie kannte ihn seit Jahren und mochte ihn, er war jetzt in der zweiten Hälfte der Siebziger und wollte sich nun ebenfalls zur Ruhe setzen, was er seit Wochen überall verbreitete. „Hallo, liebe Jana, hier ist Teddy!" „Oh, hallo, wie geht es?" „Hm, du hast ja sicher gehört, dass ich dir folgen werde und auch aufhöre." „Ja, habe ich, ein guter Entschluss." Teddys Stimme klang keinesfalls wie die eines Mittsiebzigers. Alles was er von sich gab, klang klar, deutlich und immer eine Spur zu aufgeregt. Gerade das mochte die Sängerin an ihrem Kollegen. Optisch ging er für Mitte fünfzig durch. „Der *RBB* möchte eine große Finalshow mit mir machen, mehr eine Talksendung, zu der ich viele Kollegen einladen darf, hast du Lust?" „Teddy, du weißt, dass ich aufgehört habe.", reagierte Jana knapp. „Ja, aber es haben so viele zugesagt, die mir nicht sonderlich am Herzen liegen, bei dir ist das anders. Sag doch bitte zu!" „Ich denke mal darüber nach, wann wäre das denn?" „Übernächste Woche am Samstag in Berlin." „Okay, ich gebe dir morgen Bescheid, ob das was wird, mach's gut!"

Sie öffnete die Flügeltür zu ihrer Terrasse, trat hinaus und blickte wieder mal mit geschlossenen Augen ins Leere. „Eigentlich doch eine schöne Abwechslung, Dannie wollte ich ja sowieso schon lange besuchen, das werde ich damit verbinden.", ging es ihr durch den Kopf. Sie ging wieder hinein und wollte Margarete anrufen, dann fiel ihr aber ein, dass sie es ja ablehnte für sie Fahrkarten zu buchen. Stattdessen rief sie Teddy zurück. „Oh so schnell ….und?", sprudelte es aus ihm heraus. „Ich kann das mit einem privaten Besuch in Berlin verbinden, wie es aussieht, lass mir den Vertrag bitte direkt zukommen, die Zeit ist zu kurz, dass wir noch den Umweg über Frau Loew machen müssen." „Ach, du bist ein Schatz, ich freue mich sehr auf dich!" „Ich auch, aber singen möchte ich nicht!", bekräftigte sie noch einmal nachdrücklich. „Das ist auch nicht geplant, bis dann ciao Bella!" Ihr nächster Anruf galt Dannie May, die seit Monaten im *Theater des Westens* Musical spielte. Leider erreichte sie nur die Mailbox und kündigte dort ihren Besuch an. Sie bat um Rückruf.

Dieser folgte stante pede. „Sorry, ich sprach gerade auf der anderen Leitung, du kommst nach Berlin?" „Hallo Dannie, ja, übernächsten Samstag zur Verabschiedung von Teddy Pick," „Ach, so ein Zufall, da bin ich auch, muss eine große Show werden, denke ich." „Ich habe eben erst die Anfrage von ihm erhalten, habe noch kein Buch gesehen, soll wohl überwiegend Talk sein." „Egal, wäre schön, wenn wir uns sehen. Komm doch einfach einen Tag eher, wohnen kannst du bei mir.", schlug Dannie vor. „Nein, nein, das ist nicht nötig, ich buche einfach im Hotel eine Nacht dazu, das wird kein Problem sein!", warf Jana hastig ein und dachte dabei an den kürzlich gemachten Italienausflug. Sie mochte Dannie zwar ganz gern, aber non stop bei ihr in der Wohnung, zwei Tage lang, nein, diese Erfahrung brauchte sie mit einer Kollegin nicht schon wieder. „Wir telefonieren kurz vorher noch mal und besprechen alles!", verabschiedete sich Jana.

Drei Tage später fand sie in ihrer Post den Vertrag aus Berlin. Eilig überflog sie ihn. „Tausend Euro für eine Talkshow plus Übernachtung, super! Mehr hätte die Loew auch nicht rausgehauen!", fuhr es ihr, mit etwas Schadenfreude, durch den Kopf.

Sie hatte dieses Mal wirklich alles selbst organisiert: Bahntickets, Hotel, Vertragsrücksendung und war ein bisschen stolz auf sich. Einen Tag vor der Fernsehsendung bestieg sie in Bremen den IC und stieg in Hannover in den ICE um. Gegen Mittag erreichte sie die Hauptstadt und ließ sich im Taxi zum *Dormero Hotel* in die Eislebener Straße chauffieren. Sie liebte dieses Haus schon seit Jahren, es war nicht zu groß, hatte Stil und Eleganz und sie war hier bestens bekannt, wurde immer sehr freundlich behandelt. Zum Ku'damm war es nur ein Katzensprung, das bot Abwechslung. Dannie hatte leider nicht viel Zeit, aber sie verabredeten sich für den Abend zu einem Essen in der *Paris Bar*, wo der Musicalstar Stammgast war. Nachdem sie am Nachmittag ein paar Boutiquen abgeklappert hatte kam sie ein wenig erschöpft ins Hotel zurück und legte sich einen Augenblick hin. Um neunzehn Uhr war sie mit Dannie verabredet.

Sie machte sich zu Fuß auf den Weg ins Restaurant, was ja nur ein paar Minuten entfernt lag. Als sie das Lokal betrat, winkte ihr die Kollegin schon freudig zu.

Dannie May galt bei Kollegen als schwierig und war oft zickig. Jana allerdings hatte so ein Verhalten nie festgestellt. Befreundet waren sie nicht wirklich, aber sie kannten sich jetzt auch schon dreißig Jahre. Nachdem sie zunächst ausschließlich als Schauspielerin auf kleinen Bühnen gearbeitet hatte, ergab sich 1990, aus einem Casting heraus, dass sie in Hamburg die Rolle der Christine im *Phantom der Oper* ergattern konnte. Sie spielte damals über zwei Jahre in der Hansestadt und wurde dadurch schlagartig berühmt. Obwohl sie in erster Linie Schauspielerin war, sang sie auch und gab eigene Konzerte. Jetzt lebte sie schon über fünf Jahre in Berlin und spielte hauptsächlich im *Theater des Westens*.

Jana musste zweimal hinsehen. Rothaarig, wie sie jetzt war, erkannte sie sie nicht gleich. Außerdem hatte sie wieder mal etwas zugelegt, sah dadurch aber sehr fraulich aus. Als sie vor ein paar Jahren mal bei einer Musicalproduktion in München bei der Kritik durchfiel schrieb ein gehässiger Journalist ‚*Kleines dickes May – wer hat dir denn zu der Rolle geraten‘*. Ihre Figur war auch immer wieder ein zentrales Thema für sie. Es verging nicht ein Treffen mit ihr, bei dem sich Jana irgendwelche Diättipps anhören musste. Sie war eine Persönlichkeit, keine Frage, sang mühelos drei Oktaven und hatte Witz, warum sie auch immer wieder in Komödien eingesetzt wurde. Schwierig und gereizt war sie nur, wenn sie nicht genug Mitspracherecht bei den Stücken hatte.

Beide freuten sich, dass sie sich hier treffen konnten, allerdings ging die fast zweistündige Unterhaltung über Banalitäten nicht hinaus. Gegen neun war Jana ganz froh, dass ihre Kollegin noch einen Termin hatte und gehen musste. „Wir sehen uns ja morgen im Studio bei Teddy!", verabschiedete Jana sie. „Na, Gott sei Dank, dann habe ich ja alles richtig gemacht heute Abend, sie ist weg." Die Sängerin grinste als sie die *Paris Bar* verließ.

Am Samstagvormittag bummelte sie erneut durch die Geschäfte, war aber nicht in sonderlicher Kauflaune. Eigentlich langweilte sie sich und wusste nicht so recht, wie sie die Zeit bis vierzehn Uhr totschlagen sollte. Im *Waldorf Astoria* trank sie noch einen Cappuccino, dann ging sie zurück zu ihrem

Hotel. Der Shuttleservice zum Studio stand pünktlich um zwei vor der Tür.

Katarina Wundertaler kam gerade aus der Maske als sie Jana auf dem Gang begegnete, beide umarmten sich zur Begrüßung. „Was macht der Ruhestand?" „Ich bin immer noch dabei mich daran zu gewöhnen, aber ich fühle mich wohl." Katarina, Mitte vierzig, leichte Rubensfigur und feuerrote Löwenmähne galt als Allzweckwaffe, wenn es um Moderationen im Fernsehen ging. Die ausgebildete Tänzerin hatte mit Anfang dreißig den Zenit ihrer damaligen Karriere überschritten und suchte nach neuen Aufgaben. Anfangs war das schwer. Die Rothaarige agierte als Assistentin bei Quizshows, bis ihr Witz und ihre Schlagfertigkeit einem Regisseur auffiel, der für ein neues Talkformat eine Gastgeberin suchte. Das war genau Katarinas Ding, sie schlug ein wie eine Bombe. Jetzt war sie schon seit über zehn Jahren Gastgeberin einer Gesprächsrunde beim *Bayrischen Rundfunk*. Die Fernsehmacher überlegten gerade, die Sendung ins *Erste* zu verlegen. Auch heute sollte sie den Abschied von Teddy Pick moderieren. „Ich bin etwas nervös!", erzählte sie Jana. „Warum das denn? Du bist doch Vollprofi!" „Es wird drei Überraschungsgäste geben, von denen selbst ich nicht weiß, wer es sein wird.", antwortete sie etwas skeptisch. „Du kennst doch alle und alle lieben dich, das wird schon.", versuchte Jana ihr die Zweifel zu nehmen. Beim Catering traf sie viele Kollegen wieder. Auch Elena Zarzidou mit ihrer Grinsefresse Gert waren dort. Jana fiel schlagartig die Begegnung in Portofino wieder ein. Beim Eintreten in den Raum nickten sich beide nur stumm zu. Kurz darauf wurde sie in die Maske gerufen. Als sie an der Griechin vorbeiging meinte diese herablassend: „Maske, hast du doch gar nicht nötig!" „Blöde Kuh!", dachte Jana und ging weiter. Profi wie sie war, wusste sie genau, was zu machen war. „Nur ein bisschen Grundierung, ein kurzer Lidstrich, etwas Kajal und fertig.", wies sie die Maskenbildnerin an. Danach waren die Ausleuchtung und Stellprobe im Studio angedacht. Die bequemen Sessel waren als Rund aufgebaut. Katarina saß bereits, optimal ausgeleuchtet in einem grellgrünen Seidenkleid auf ihrem Platz. Teddy saß zu ihrer Linken, dann Elena, daneben ein ihr nicht bekannter junger Comedian. Zwei Sitze blieben frei. Jana las auf den Zetteln, die darauf lagen ‚*Reserviert für Ü-Gast P.*' und ‚*Reserviert für Ü-Gast RB*'. Sie überlegte, wer sich hinter den Initialen verbergen könnte, verwarf den Gedanken aber schnell wieder. Es war eine große Runde, immerhin sollte die Sendung zweieinhalb Stunden dauern. Die Ausleuchtung ging schnell vonstatten. Danach hatten alle noch die Möglichkeit, sich in ihre Garderoben zurückzuziehen oder einen Drink zu nehmen.

Um zwanzig Uhr sollte die Aufzeichnung starten. Diese begann mit einem Intro aus Teddys bekanntesten Liedern. Die Moderatorin begrüßte den Star des Abends überschwänglich. Dann stellte sie weitere Gäste vor. Als Jana an der Reihe war wurde sie von ihr mit den Worten ‚*Wieder da und bleibt sie, Abschied vom Abschied? Das wird sie uns nachher erzählen, freuen Sie sich auf die wunderbare Jana Levin*'. „Die nehmen mich wohl nicht ernst.", dachte Jana. Jetzt begann das Palaver. Zunächst wurden Teddy ein paar harmlose Fragen gestellt, zu deren Antworten sollten die anderen Gäste immer mal wieder den einen oder anderen Satz einwerfen. Dann sang die jetzt erblondete Griechin einen ihrer Folkloresongs. „Diese Griechenkacke!", dachte Jana. Jetzt wurde Katarina ein Zettel vom Regieassistenten gereicht. Sie sah kurz darauf, dann schaute sie Jana verdutzt an. „So meine Damen und Herren, der Weg und die Karriere von Teddy Pick ist lang, nicht nur Rock' n' Roll auch Comedy bestimmte sein Leben. Davon weiß einer genau zu berichten. Hier ist der großartige Peppilito!" Jana glaubte sich verhört zu haben. Sie hatte schon Jahre nichts mehr von ihm gehört und das war gut so. Wenn sie etwas über ihn erfuhr, las sie das in der Klatschpresse. Inzwischen war er wohl zum vierten Mal verheiratet mit einer wesentlich älteren Frau. Sie hatte Mühe, ihre Haltung zu wahren und gute Miene zum bösen Spiel zu machen. Katarinas mitleidiger Blick erreichte sie immer wieder. Ihre Gedanken fuhren Achterbahn.

1979 trennten sich Brian und Jana einvernehmlich. Es gab keinen wirklichen Grund, dass sich das Traumpaar trennen sollte, aber Jana und ihr Mann waren so eingespielt aufeinander und ihr beruflicher Erfolg wuchs und wuchs. Die beiden verband eigentlich nur noch die Karriere der Sängerin. Das private Paar rückte immer mehr in den Hintergrund, die Beziehung hatte massiv an Spannung verloren, wurde langweilig. Jana liebte die Abwechslung und wollte ab und zu Spaß haben, was mit dem spröden Engländer nicht mehr möglich war. Bei *Stars in der Manege* sollte sie die Clownrolle neben Peppilito übernehmen. Sie hatte unglaublichen Spaß daran, mit ihm diesen wirklich guten Act im *Zirkus Krone* zu übernehmen. Schon bei den Proben merkte sie, welche Anziehungskraft Manfred Heise auf sie ausübte. Er war das genaue Gegenteil von Brian, schrill, etwas zu laut, ständig einen Witz parat und gutaussehend obendrein. Es war einfach, sich in ihn zu verlieben. Als Manfred sie nach ihrem gemeinsamen Auftritt küsste, spürte sie Schmetterlinge im Bauch, fühlte sich wie in Trance. Auch Heise musste Feuer gefangen haben. Entgegen ihren Prinzipien trank sie an diesem Abend zum ersten Mal Rotwein. Da sie diesen Genuss nicht kannte, war sie nach dem zweiten Glas angesäuselt. Bis morgens um zwei tanzten sie engumschlungen auf der Aftershow-Party. Tags darauf glaubte sie ihren Augen nicht zu trauen. In der *Bild* war auf der Titelseite die sehr intime Tanzszene zu sehen. Jana war außer sich. Sie hatte stets darauf geachtet, dass nicht zu viel von ihrem Privatleben in die Öffentlichkeit drang. Jetzt war der Skandal perfekt. Die Schlagzeile ‚*Frau Saubermann der Musik auf Abwegen*' war ekelhaft. Brian rief an und stellte sie zur Rede. „Ist da was zwischen euch?" brüllte er sie an. Jana druckste herum, weinte und meinte dann: „Er ist so ganz anders als du, ich spüre eine Leichtigkeit, die uns wohl abhandengekommen ist." „Lass uns darüber reden, wenn du wieder hier bist!", antwortete ihr Mann knapp und legte auf. Im Frühstücksraum des *Bayrischen Hofs* begegnete sie ein paar Kollegen, die bei der gestrigen Zirkusgala ebenfalls mitgemacht hatten, ...und Peppilito, der sie anstrahlte. Er winkte sie zu sich und bat, dass sie an seinem Tisch Platz nehmen solle. Ihr Kopf sagte Nein, aber ihr Bauchgefühl war stärker, so ließ sie sich von ihm Kaffee einschütten. „Hast du die *Bild* heute schon gelesen?", fragte sie vorsichtig. „Ja!" Dann herrschte ein paar Minuten Stille zwischen den beiden, sie blickten sich stumm an. Natürlich war Jana die Vergangenheit ihres Gegenübers bekannt. Heise war zweimal verheiratet, hatte vier Kinder von vier Frauen, galt als charmanter Filou, trank ab und zu einen über den Durst, lebte ein Bohème Leben, war unzuverlässig. All das war Jana klar, trotzdem hatte es sie erwischt. „Ich dich auch!", hauchte Manfred plötzlich und küsste sie auf die Stirn. „Manfred, äh, Manfred, ich muss nach Hannover zurück, muss mit Brian sprechen.", sagte sie zögerlich. „Sprecht euch aus, bei mir in Bremen ist immer ein Platz für dich." Jana lächelte ihn wortlos an.

Am Nachmittag flog sie nach Hause. Ihr war nicht wohl bei dem Gedanken auf Brian zu treffen. Als sie die Wohnungstür aufschloss wartete er bereits in der Küche auf sie und hatte Kaffee gekocht. Mit traurigem Blick sah er sie an, auch ihr liefen Tränen über das Gesicht. Dann fielen sie sich in die Arme. Irgendwann fand Jana die Sprache wieder: „Wir hätten früher miteinander reden sollen, weißt du. Ich war nicht unglücklich in den letzten zwei Jahren mit uns, aber ein Gefühl der Leere und des nur noch Funktionierens war einfach da und ließ sich nicht wegschieben." „Ich habe das auch oft gemerkt, vierundzwanzig Stunden rund um die Uhr nur zusammen sind, trotz Liebe, schwer zu ertragen. Ich glaube, wir haben uns zu wenig Freiräume gelassen." „Was sollen wir jetzt tun?", schrie sie plötzlich und weinte wieder. „Ich weiß es nicht genau, überlege eine Zeit lang zu meinen Eltern nach Glasgow zu gehen, um nachzudenken." „Ich kann erst mal nach Braunschweig zu Henning und Gitta ziehen." „Du bist hier besser aufgehoben als in der Provinz außerdem ist dein Terminkalender voll, warum solltest du ausziehen?", dabei klang Brian ganz überlegt und logisch. „Wer soll mich denn ab jetzt begleiten?" „Lass uns erst mal Abstand bekommen von der Situation, vielleicht kann ich in ein paar Wochen weiter als dein Manager für dich agieren." „Also Trennung?" „Auf Probe, eventuell definitiv!", sagte Brian leise. Er verließ die Küche, ging ins Büro und rief ein

Reisebüro an, um kurzfristig einen Flug nach England zu buchen.

Am Abend beschlossen die beiden Essen zu gehen. Bei einem Italiener in der Georgstraße saßen sie sich zunächst schweigend gegenüber. Langsam entwickelte sich ein Gespräch zwischen ihnen. Nach zwei Stunden wäre niemand der Anwesenden der Meinung gewesen, dass dort ein Paar sitzt, das kurz vor der Trennung steht. Das Ehepaar redete sich alles von der Seele. Arm in Arm verließen sie das Restaurant. Wieder zuhause angekommen war Jana nach einer langen heißen Dusche. Als sie aus dem Bad kam ging sie ins Schlafzimmer. Brian war gerade dabei sein Bettzeug ins Wohnzimmer zu bringen. „Ich denke, es ist so am besten." Jana nickte stumm, zog ihren Schlafanzug an und ging ins Bett.

Am nächsten Morgen wurde sie durch Geräusche im Schlafzimmer geweckt. Brian war dabei seine Sachen für die Glasgow-Reise zu packen. „Du fliegst schon heute?" „Ja, die Maschine geht um fünfzehn Uhr!" Der Vormittag schlich dahin, auf der Titelseite der Zeitung war heute ein Foto von ihr und Brian beim Italiener gestern zu sehen mit der Überschrift *Hat er ihr verziehen?'* „Diese Arschlöcher!", schrie sie und war drauf und dran den Redakteur anzurufen. „Mach gar nichts, dann hört das schnell wieder auf!", ermahnte sie ihr Mann. Jana war schwer davon abzubringen ihr Vorhaben umzusetzen, ließ sich dann aber doch überzeugen. Um halb eins bestellte er ein Taxi zum Flughafen. „Wann kommst du wieder?" „Ich weiß es noch nicht!" Dann gab er ihr einen Kuss auf die Wange und ging.

Nach zehn Tagen erhielt sie einen Brief von ihrem Mann. Jana war verunsichert als sie das Kuvert öffnete:

‚Hallo Darling,

ich komme hier nach und nach zur Ruhe, bin aber auch traurig. Mache mir Gedanken, wie wir jetzt alles regeln sollen. Suche von hier aus eine Wohnung in Hannover oder Hamburg. Habe mit Bo telefoniert, der in den nächsten Wochen dein Booking und Management übernimmt und dir jemanden zur Seite stellt, der dich bei deinen Gigs begleitet. Vielleicht mache ich das zukünftig weiter, kann das aber jetzt noch nicht sagen. Ich denke, wir werden uns einig, wie wir weitermachen werden.

Love Brian!‘

Sie ließ den Brief fallen und weinte bitterlich. Wie ein alter Film, den man gern mal wiedersieht, liefen die Jahre und Situationen mit Brian vor ihr ab. Die letzten Tage waren nicht einfach für sie. Ständig erhielt sie Anrufe von Magazinen und Zeitungen, die Einzelheiten über die Trennung wissen wollten. Sie ließ alle auf dem Anrufbeantworter auflaufen und verkroch sich. Einen Auftritt in *Die aktuelle Schaubude* in Hamburg sagte sie ab, indem sie der Redaktion ein Attest ihres Arztes schickte. Inzwischen hatte sich eine Monika von der *Polygram* gemeldet, die ihr mitteilte, dass sie für die nächste Zeit ihre Assistentin sei. Jana fühlte sich elend, hatte drei Kilo abgenommen und sah aus wie Scheiße auf Reis, wie sie oft sagte. Als urplötzlich Manfred Heise anrief ging die Sonne auf. Trotz aller Trauer sehnte sie sich nach Wärme und Zuneigung. „Ich habe am Dienstag einen Auftritt in Hannover im *GOP* und möchte dich wiedersehen!“, sagte er unumwunden. „Ich weiß nicht, ob das gut ist, was wir machen.", kam als zweifelnde Antwort. Er ließ aber nicht locker. In dem fast einstündigen Gespräch verabredeten sie sich nach der Vorstellung in seinem Hotel.

Jana war nervös, als sie sich an diesem besagten Dienstag für das Date zurechtmachte. Natürlich freute sie sich auf die Begegnung mit Peppilito, war sich aber auch im Klaren darüber, was das für ihre Zukunft bedeutete.

Etwas abseits der Hotellobby hatte sie sich in einen Ledersessel gesetzt und hoffte nicht erkannt zu werden. Manfred kam um halb elf von seiner Vorstellung zurück und erblickte sie sofort. Auf eine innige Begrüßung in der Öffentlichkeit verzichteten sie. Heise meinte, sie sollten auf sein Zimmer gehen und einen Drink nehmen, hier unten an der Bar sei man vor Paparazzis nicht sicher. Das leuchtete Jana ein. Als sie sein Zimmer betraten küssten sie sich. Ihre Leidenschaft wurde mehr und mehr. Sanft drückte er sie aufs Bett und umschlang sie. Sie erwiderte seine Zärtlichkeit mit einer Erregung, die sie Jahre nicht mehr gespürt hatte. Sein durchtrainierter Körper fühlte sich gut an, seine Küsse waren voller Begierde. Erschöpft aber glücklich schliefen sie engumschlungen ein.

„Komm doch ein paar Tage mit nach Bremen.", forderte er sie am nächsten Morgen auf. „Und dann?", fragte Jana verklärt. „Lass uns nicht alles kaputtplanen, lass uns leben und einfach glücklich sein!" „Ich muss erst mal sehen, wie ich unbemerkt aus dem Hotel komme, müsste noch ein paar Dinge regeln." Manfred bestellte das Frühstück aufs Zimmer. Als der Room-Service klopfte verschwand Jana im Bad. Manfred lag nackt im Bett als sie das Zimmer wieder betrat.

„Oh, du hast ja sogar doppelten Espresso bestellt.", dabei schaute sie auf das Tablett, welches neben dem Bett auf dem Fußboden stand. Sie ließ ihren Bademantel fallen und schlüpfte unter seine Bettdecke. Wieder verbrannte sie der Moment.

Erst gegen Mittag kam Jana ungeschminkt und mit großer dunkler Sonnenbrille zu Hause an. „Wie konnte denn das alles passieren? Ich bin doch eine verheiratete ….", weiter kam sie nicht denn die Realität holte sie ein. Morgen wollte sie Manfred in Bremen besuchen, so war es abgemacht. Sie lächelte und musste an ihren Song *Herz über Kopf* denken, der letztes Jahr ein Hit war. Brian wollte sie über die ganz neue Situation aber noch nicht informieren.

Als sie am Donnerstag die Dachwohnung *Am Dobben* in der der Bremer Innenstadt betrat, war sie sehr verwundert. Manfred war zärtlich und charmant wie immer, aber das Ambiente gefiel ihr gar nicht. Sonderlich aufgeräumt war die Wohnung nicht, im Waschbecken lagen Barthaare von der letzten Rasur, in der Küche stapelte sich schmutziges Geschirr, die Einrichtung war, vorsichtig bezeichnet, einfach und schlicht. Manfred bemerkte, was in Jana vor sich ging. „Ich bin so selten zu Hause und dann komme ich hier zu gar nichts, sorry!" „Ist ja nicht schlimm, versuche nachher mal in der Küche klar Schiff zu machen." „Musst du nicht." „Doch doch, lass mich nur machen!", bestand Jana darauf. Als das Telefon klingelte hatte er keine Lust abzunehmen. Der Anrufbeantworter war auf Mithören gestellt. Jana vernahm die Stimme einer jungen Frau „Hallo Darling, hier ist Maggie, wann sehen wir uns, ruf mich an, bin in Bremen bis morgen!" Jana sah Manfred ungläubig an: „Was war das jetzt?" „Ach, Maggie, erst zwanzig, total verknallt in mich und läuft mir ständig hinterher. Habe ihr schon vor Wochen gesagt, dass das mit uns nichts wird, inzwischen habe ich das Gefühl, sie stalkt mich.", erklärte er umständlich. „Aber deine Telefonnummer hat sie?" „Die gebe ich allen, vielleicht sollte ich da mal was ändern." „Ja vielleicht!", kam eine Spur zu zickig. Obwohl sie eigentlich keine Lust dazu hatte ging sie in die Küche und begann das Geschirr zu spülen. „Ich bin gleich wieder da!", rief Manfred aus dem Wohnzimmer. „Geht bestimmt Zigaretten holen.", dachte sie. Nach einer halben Stunde war die Küche sauber. Sie hatte es sich auf der Couch bequem gemacht als Manfred plötzlich mit einem Strauß roter Rosen vor ihr stand. „Mir ist es ernst, ich habe mich in dich verliebt!", beugte er sich zu ihr herunter und küsste sie. Ihre Zweifel von vorhin schob sie beiseite. In den verbleibenden drei Tagen verließen sie nie gemeinsam das Haus. Man wollte der Journaille nicht noch mehr Futter geben.

In den nächsten Wochen telefonierten sie so oft sie konnten, kannten ihre Auftrittstermine in- und auswendig. Immer wenn sich die Möglichkeit ergab trafen sie sich, natürlich heimlich. Trotzdem tauchten regelmäßig in der Boulevardpresse gemeinsame Fotos auf, die beide unkommentiert ließen. Brian war inzwischen aus UK zurück. Noch wohnte er bei Jana in Kirchrode, hatte aber die Aussicht auf eine Wohnung in der Zoogegend. Nach ein paar Wochen zog er aus. Jana war an diesem Morgen etwas wehmütig zumute, hatte aber wieder zugenommen und fühlte sich gut. Die Scheidung von Brian fand 1979 im Herbst statt. Alles lief glatt über die Bühne. Jana überlegte die Hannoveraner Wohnung aufzugeben, um nach Bremen zu ziehen. Es war kein einfaches Unterfangen in der Hansestadt etwas Passendes zu finden. Dann bot man ihr die Wohnung in Schwachhausen an. Manfred und sie waren sich nach der Besichtigung sofort einig, diese zu kaufen. Vorausblickend erwarb Jana die Wohnung allein. Manfred wollte auch kein Wohnrecht oder Nießbrauch im Grundbuch eingetragen haben. Jana machte sich über solche Dinge sowieso keine Gedanken. Alles lief gut zwischen den beiden. Ihre Karriere kam ein wenig ins Schleppen, da die *Neue Deutsche Welle* mehr und mehr den konventionellen Sängern das Wasser abgrub. Wenn auch die Plattenverkäufe etwas lahmten, so wurde sie doch gut im Galageschäft gebucht. Die Fans hatten ihr ihre Scheidung von Brian verziehen. Der Umgang der Ex-Eheleute war freundlich, wenn man sich irgendwo begegnete. Ab und zu telefonierten sie sogar miteinander. Das Management hatte er damals wirklich nicht weitergeführt. Sie machte inzwischen alles selbst, hatte ab und zu von Monika Unterstützung.

Manfred war weltweit unterwegs als Clown und Comedian, dadurch erklärten sich ihre ständigen Reisen ins Ausland. Ihr fiel ab und zu auf, dass er zu viel trank. Wenn sie ihn darauf ansprach, wurde er wütend, manchmal weinte er auch. Das gab ihr immer wieder einen Stich. Es gab Kollegen in dieser Zeit, die ihr nicht wohlgesonnen waren und ihr immer wieder von Seitensprüngen ihres Freundes erzählten. Sie glaubte das nicht, hinterfragte auch nichts, wenn er da war. Manfred war die Liebe ihres Lebens, davon ließ sie sich nicht beirren. Als sie erneut beim *Goldenen Orpheus* in Bulgarien Deutschland vertrat und wieder gewann, erhielt sie in Sofia eine Nachricht von einer Elvira, die ihr mitteilte, sie habe sich mit Manfred verlobt. Jana hielt das für einen schlechten Scherz, war aber doch verstört. Sie rief Manfred an, um ihm mitzuteilen, was sie eben erfahren hatte. Am anderen Ende der Leitung vernahm sie ein lautes Lachen: „Weißt du, was man mir mitgeteilt hat, deine Verlobung mit George Green stünde kurz bevor." Jetzt musste auch Jana lachen. Seit ein paar Wochen arbeitete sie mit dem Hitproduzenten zusammen, eine Verbindung, die Sarah Silver eingefädelt hatte. „Was ist das für eine böse Intrige?", fragte die Sängerin ihren Freund. „Die Leute reden immer und sind neidisch, Jana ich freu mich auf dich, wenn wir nächste Woche wieder zu Hause sind, dann relaxen wir ein paar Tage!"

Durch den erneuten Sieg beim Songfestival verschob sich Janas Terminkalender erheblich. Statt zurück nach Bremen zu fliegen jettete sie durch halb Europa von Auftritt zu Auftritt. Wenn sie zwischendurch mit Manfred telefonierte klang er missmutig. Für den Herbst war ein dreiwöchiger Urlaub auf Lanzarote geplant, darauf freute sie sich. Ihr Siegertitel *Gold regnet in mein Herz* wurde in fünf Sprachen aufgenommen. Die Karriere in England lag, seit der Scheidung von Brian, brach. Obwohl die englische Version *Gold for my heart* in die UK-Charts ging wollte sie dort nichts forcieren und lehnte alle Angebote ab. Bo Heister sprang im Dreieck: „Du hast da so lange nichts gemacht, jetzt raff dich auf!" Jana hatte aber keine Lust und nicht genügend Energie für die permanenten Ausflüge ins Königreich. Einzige Ausnahme war eine Show mit den *Wombles*, die sie für die *BBC* aufzeichnete. Ihre Karriere im Mutterland der Popmusik schien also beendet.

Als sie im Oktober mit Manfred aus Lanzarote zurückkam, stellte sie fest, dass sie schwanger war. Beide waren hyperglücklich und präsentierten sich überall als werdende Eltern. Die Regenbogenpresse war hellauf begeistert. Einen

Tag vor Weihnachten heirateten die beiden. Auch das fand bei den Medien regen Anklang und die *Bild* schrieb ,*Jetzt hat der Clown seine Papagena gefunden*'. „Ein dämlicher Vergleich!", kommentierte Jana knapp. Im Juni des Folgejahres wurde Beatrice geboren. Die Sängerin wollte längere Zeit pausieren und sich ihrer kleinen Familie widmen. Die Auszeit dauerte länger als geplant. Jana wurde zur Übermutter, Manfred liebte das Kind ebenfalls über alles. Sie vermisste nichts mehr, liebte es mit ihrer Tochter in Krabbel- und Spielkreise zu gehen, sich mit anderen Müttern auszutauschen, versuchte sogar hin und wieder zu kochen, was aber regelmäßig misslang. Manfred trat mehr und mehr in den Hintergrund. Manche der angeblichen Affären, die ihm nachgesagt wurden, stellten sich leider als wahr heraus. Jana war immer wieder verletzt. Als sich diese Chinesin am Telefon meldete und mitteilte, dass sie ein Kind von Peppilito erwartete schmiss sie ihn aus der Wohnung und reichte die Scheidung ein.

Die Zeit danach wurde schwierig. Sie musste wieder arbeiten, war jetzt alleinerziehende Mutter. Die Eskapaden von Manfred ertrug sie nach außen kommentarlos. Seine Karriere lief nicht mehr so, wie er es gewohnt war. Engagements wurden rarer. Ab und zu tauchte er im Fernsehen auf, wurde aber jedes Mal auf die Ehe mit Jana reduziert. Ihre Begegnungen fanden immer nur an der Haustür statt, wenn Ihr Ex Beatrice für das Besuchswochenende abholte oder zurückbrachte. Über eine Äußerung ärgerte sie sich aber maßlos. Kürzlich hatte Manfred in einer Talkshow behauptet, dass sie es mit der ehelichen Treue auch nicht so genaugenommen habe. Man habe sich aber bei der Scheidung gütlich geeinigt. Selbst seinen *Porsche* habe er ihr überlassen. Jana überlegte einen Anwalt einzuschalten. Bo Heister riet aber ab: „Nur nicht noch Dreck hinterherwerfen, halt die Klappe und sing weiter!" Es fiel ihr schwer, aber sie fasste allmählich wieder Fuß im Geschäft. In Margarete Loew hatte sie eine wunderbare Sekretärin gefunden. Lutz Feiner, mit dem sie vor zehn Jahren schon einmal eine erfolgreiche Schallplatte gemacht hatte, kam wieder auf sie zu und bot ihr eine erneute Zusammenarbeit an.

Sie war ganz in Gedanken an ihre Vergangenheit versunken, als die Kamera auf sie gerichtet wurde und Katarina sie fragte, wie sie denn Teddy Pick kennengelernt habe. Jana stockte einen Moment, blickte in die Talkrunde und verweilte zwei Sekunden bei Manfred. Dann sprudelte sie los. Als die Aufzeichnung beendet war, hatte die Produktion zu einem Essen eingeladen. Manfred kam auf sie zu und sagte: „Lass uns in alten Zeiten schwelgen!" Sie drehte sich wortlos um und ging.

10. Die Ochsentour beginnt wieder

Immer noch verärgert und irritiert fuhr sie am nächsten Morgen nach Bremen zurück. Bei *Relay* am Hauptbahnhof entdeckte sie die *Berliner Morgenpost* mit zwei Fotos von ihr und Manfred auf der Titelseite. Sie stöhnte laut auf und dachte: „Hört diese Scheiße denn nie auf!" Reißerisch übertitelt war der Artikel mit ‚*Kommt das Traumpaar wieder zusammen?*'. Sie nahm das Blatt, ging zur Kasse und bezahlte. In ihrem Abteil saß sie einer älteren elegant gekleideten Dame gegenüber, die genau diese Zeitung in der Hand hielt und las. Immer wieder sah sie auf und schaute Jana an, dann verglich sie ihr Gegenüber wieder mit dem Foto. Plötzlich meinte sie: „Sie sind gut getroffen, sehen aber in Natur wesentlich besser aus." Jana ließ sich zu einem knappen „Danke" hinreißen und kramte in ihrer Handtasche nach einem Buch. Für Situationen wie diese hatte sie immer ein altes Taschenbuch bei sich. Gelegentlich kam es in Zügen vor, dass sie natürlich erkannt wurde, aber keine Lust auf Fragen hatte. Dann zog sie den abgegriffenen Lesestoff heraus und tat so, als wäre sie darin vertieft. Das wirkte immer. Zu spät, heute leider nicht! „Haben Sie noch Kontakt zu ihm?", fragte die Frau unumwunden. „Wie bitte, was?" „Na das ist doch Peppilito, mit dem Sie verheiratet waren!". Einsilbig verneinte sie die Frage. „Ich möchte nicht neugierig erscheinen, entschuldigen Sie bitte!" „Schon gut!" Jana schlug das Buch auf und tat so, als würde sie darin lesen, bemerkte aber, dass ihr Gegenüber sie immer wieder ansah. „Sie müssen das Buch umdrehen!", lächelte sie Jana an. Die Sängerin blickte auf den Text und merkte, dass sie ihn tatsächlich verkehrt rum in der Hand hielt. „Wissen Sie, wie lange mir das schon nachhängt?", hörte sie sich plötzlich sagen. „Was denn?", fragte die alte Dame erstaunt. „Die Geschichte mit ihm." „War es denn wirklich so schlimm damals?" „Schlimmer, vor allem die Zeit danach!" „Ich habe so etwas Ähnliches selbst erlebt, wurde immer wieder von meinem Mann betrogen und merkte das erst viel zu spät, damals war es nicht so einfach sich scheiden zu lassen. Ich hatte drei Kinder, die er mir wahrscheinlich weggenommen hätte. Das wollte ich nicht riskieren, deshalb habe ich alles hingenommen und mich gefügt. Heute würde ich es anders machen, aber es besteht kein Grund mehr. Mein Mann ist jetzt schon fast zehn Jahre tot." Jana war erstaunt über die Offenheit der Fremden. „Was meinen Sie, wie oft ich das insgeheim gedacht habe, aber den Tod wünscht man ja wirklich keinem, außerdem ist er der Vater meiner Tochter und um die hat er sich immer gekümmert." „Meiner ja auch, die Kinder waren sein ganzer Stolz, nur an mir hatte er kein Interesse mehr und pflegte seine Affären." Langsam entwickelte sich zwischen den beiden Frauen ein Gespräch. Jana war ganz erstaunt über sich, wie redselig sie wurde. „Ich bin übrigens Elsa von Reet!" „Angenehm, Jana Levin!" „Sie erwähnten gerade die Zeit danach, mögen Sie darüber sprechen?" Die Sängerin sah eine Zeitlang aus dem Abteilfenster. Der ICE hielt gerade in Potsdam. Einige neue Fahrgäste stiegen ein, aber keiner setzte sich in ihr Abteil. Plötzlich nahm Jana den Gesprächsfaden wieder auf: „Meine Tochter war fünf als wir uns trennten. Ich hatte mir damals eine lange Auszeit genommen vom Geschäft, trat nur gelegentlich auf. Dann merkte ich aber, dass man am Ball bleiben muss, um Erfolg zu haben. Das hatte ich unterschätzt! Ich lernte bei einem Konzert meine spätere Sekretärin und ihren Mann kennen.

Sie hatte damals noch keine Ahnung wie man Engagements ergattert, arbeitete sich aber schnell ein. Diese Glitzerbranche ist einfach erbarmungslos, wenn man zwei drei Jahre raus ist, bist du weg vom Fenster. Ich kam mir in dieser Zeit oft vor wie eine Anfängerin." „Das waren Sie doch gar nicht mehr, Sie müssen doch um die dreißig gewesen sein!", warf Frau von Reet ein. „Etwas älter schon, aber es ging alles sehr langsam. Hier ein Altstadtfest, dort eine Modenschau für *Adler*, kleinere Sendung im Fernsehen, aber meine Margarete biss sich durch für mich. Sie erarbeitete sich schnell einen Ruf, der die Branche aufhorchen ließ. Kontinuierlich erhöhte sie meine Gagenforderungen und vermittelte mir viele Auftritte. Ich sang in Orten, von denen ich vorher nie etwas gehört hatte, dazu kam das permanente schlechte Gewissen meiner Tochter gegenüber." „Hatten Sie keine Betreuung für das Kind?" „Doch schon, eine Schweizerin, die sich sehr rührend um Beatrice kümmerte. Aber ich fehlte ihr und sie fehlte mir. Sie überall hin mitzunehmen kam nicht in Frage. Ich wollte, dass das Kind normal aufwächst." „Die Kinder können ja nichts für unsere Umstände und Entscheidungen, wir haben immer die Aufgabe uns um sie zu kümmern. Das war auch für mich damals schwierig.", warf ihr Gegenüber fast mitleidig ein. Jana hörte nicht auf zu erzählen, das Zerwürfnis zwischen ihr und ihrer Tochter klammerte sie aber wohlweißlich aus. Je länger sie redete, je mehr verklärte sie auch einiges und schmückte manche Situation von damals auch aus. „Ab und zu traf ich eine Kollegin aus Holland, die in einer ähnlichen Situation war wie ich. Sie hatte drei Kinder und war das dritte Mal geschieden. Von ihrem vierten Mann lebte sie getrennt. Er war ein sehr bekannter Fernsehregisseur in Benelux und Deutschland, hatte aber massive Probleme mit Alkohol und Drogen. Die Presse spielte ihr übel mit, stellte sie als Ehebrecherin dar. Er sackte ab, versäumte wichtige Termine. Seine Frau versuchte über alles den Mantel des Stillschweigens zu werfen. Das gelang aber überhaupt nicht. Die Journaille war gnadenlos. Dann passierte etwas ganz Furchtbares. In einem Hotel in Monte Carlo schoss er sich in den Kopf. In Deutschland fand das damals kaum Beachtung. Meine Kollegin rief mich an und war völlig apathisch. Ich fuhr zu ihr nach Utrecht, wo die Beerdigung stattfinden sollte und versuchte sie zu unterstützen, begleitete sie zur Trauerfeier. Komischerweise brachte mich das einen Schritt weiter und ich bekam noch mehr emotionalen Abstand zu Manfred, weil ich dachte, dass es ihr viel schlechter ergangen war als mir. Die Zeremonie in der Trauerhalle war furchtbar. Da er katholisch war, hielt der Pfarrer eine Predigt, die hauptsächlich auf die Sünde des Suizids abzielte. Ich verstand damals nicht viel, da alles auf Niederländisch ablief. Auf dem kurzen Weg zur Beisetzung begleitete uns ein Blitzlichtgewitter, das seines Gleichen suchte. Plötzlich trat eine Fotografin hervor, die erst auf meine Kollegin mit dem Finger zeigte, dann auf das offene Grab und meinte *‚Dat is waar je thuishoort‘*, was wohl so viel bedeutete wie *‚da gehörst du hinein‘*. Es war schlimm, sie brach weinend zusammen. Auch das wurde kaltblütig in den Medien ausgeschlachtet." „Das ist ja furchtbar, wem und was Sie sich aussetzen müssen!", warf Frau von Reet ein. „Merkwürdigerweise kam ich gestärkt aus den Niederlanden zurück. Man kann vieles bewältigen, wenn die Situation es verlangt". Danach saßen sich die beiden Frauen wieder einige Minuten schweigend gegenüber.

Als Janas Telefon klingelte war Margarete dran, die ihr wohl wieder ein Auftrittsangebot unterbreitete. „Ich habe dir doch gesagt, dass du alles absagen kannst, wie oft denn noch?", sagte sie, eine Spur zu laut, unfreundlich in die Muschel und drückte das Gespräch weg. „Sie erhalten immer noch Angebote?" „Ja, es hört nicht auf!" Aus Janas Stimme klang hörbarer Stolz. „Als ich damals aus Holland zurückkam, lag meiner Sekretärin ein Angebot für eine Tournee vor, nichts Besonderes, hieß, glaube ich, *Schlager der goldenen Siebziger.* Zirka zwanzig Termine durch Kleinstädte mit ein paar Kollegen. Da sind witzige Dinge passiert. Jacky & Ron waren damals auch dabei." „Ach ja, Jacky & Ron, die waren immer so nett, haben diese schönen Liebesballaden gesungen!", erinnerte sich Elsa und summte den größten Hit des Duos *Sommer mit dir am Meer.* „Mit Jacky habe ich noch sehr guten Kontakt, sie lebt jetzt in Frankfurt." „Sind die nicht auch geschieden?" „Ja, schon seit Jahren. Ihr ging es ähnlich wie mir." „So?" „Na ja, sie erzählte mir mal, dass sie in den ersten zehn Jahren ihrer Ehe wirklich das Traumpaar waren, das sie auf der Bühne präsentierten, aber nach der Geburt ihrer Tochter bröckelte auch diese Fassade. Jacky wandte sich einem norwegischen Jazzpianisten zu, der versuchte sie solistisch aufzubauen im Chansonbereich. Das fruchtete aber überhaupt nicht. Trotzdem fanden sie privat zueinander. Noch heute pendeln die beiden ständig zwischen Oslo und Frankfurt hin und her." „Davon habe ich nie etwas gehört.", entgegnete die Frau. Jana hatte mehr und mehr Lust über alte Zeiten zu plaudern, fand ja in Frau von Reet eine eifrige Zuhörerin also fuhr sie fort: „Piet Penk war auch dabei, der wird einfach nicht älter. Sieht heute noch aus wie ein Zehnkämpfer, obwohl seine Lockenpracht ergraut ist. Er war ein unheimlicher Mädchenschwarm, was er auch gnadenlos ausnutzte." Jana lachte auf. „Wie meinen Sie das?" „Er nahm sich, was er wollte und schleppte jeden Abend ein junges Ding mit in sein Hotelzimmer ab." Ron, Jacky und ich hatten eine lustige Idee. Ich glaube es war in Fallingbostel, wo eine Cousine von Jacky lebte. Sie war eine kleine rundliche Frau um die vierzig, nicht besonders hübsch, aber eine quirlige Person, die jeden Quatsch mitmachte. Wir besorgten uns den Zimmerschlüssel von Piet und quartierten Adelheid dort ein. Sie sollte es sich auf dem Bett gemütlich machen. Nach der Show hatte der Sonnyboy wieder etwas junges Blondes im Arm, das er aufgerissen hatte. Als die beiden sein Zimmer betraten, räkelte sich Jackys Cousine auf dem Bett und schrie die beiden an, was ihm denn einfallen würde, er hätte ihr doch die Ehe versprochen. Wir drei standen vor der Hotelzimmertür und konnten uns vor Lachen kaum halten. Die Blonde stürmte aus dem Zimmer, Piet rannte ihr hinterher und fauchte uns an, dass wir das noch bereuen würden. In den nächsten Tagen sprach er nicht mehr mit uns." Frau von Reet amüsierte sich köstlich: „Hat er Ihnen verziehen?" „Ja, ja, alles alte Kamellen. Durch diese Gastspielreise kamen wieder vermehrt Angebote auf mich zu. Vorwiegend fanden diese am Wochenende statt, sodass ich meine Tochter anfangs oft mitnehmen konnte, was aber auch kein Zustand auf Dauer war. Deshalb entschieden wir uns für ein Internat.", überspielte sie die dramatische Situation von damals gekonnt. Jana merkte aber schnell, dass sie aufpassen musste, was sie hier von sich gab in ihrem Redefluss. Das Kapitel *Louisenlund* sollte auf keinen

Fall an die Öffentlichkeit kommen. Sie legte wieder eine Erzählpause ein und blätterte in ihrem Taschenbuch, dieses Mal hielt sie es richtig rum.

Kurz vor Hannover nahm sie noch einmal den Faden auf. „Die Arbeit auf den Veranstaltungen der Radiosender im Osten waren immer sehr schön. Da habe ich Kollegen kennengelernt, die in der früheren DDR richtige Größen waren. Leider haben die meisten den Spagat zwischen Ost und West ja nicht geschafft. Aber es entwickelten sich nette Kontakte vor allem zu Michael Scheiter, der ja auch der Alexander White des Ostens genannt wurde. Er besucht mich ab und zu in Bremen.

Dann fuhr der Zug in Hannover ein. Die beiden Frauen verabschiedeten sich. Jana stieg um in den IC nach Bremen. Als sie ihren Platz in der ersten Klasse gefunden hatte, verstaute sie ihr Gepäck. Plötzlich fiel ihr Blick auf das *DB Journal*, das ihr Konterfei zierte. „Das ist ja Monate her, dass ich denen ein Interview gegeben habe.", dachte sie und blätterte neugierig in der Zeitschrift. Sie fand einen sechsseitigen Bericht mit vielen neuen und alten Fotos, die ihr alle vertraut waren. „Witzig, da habe ich doch gerade drüber geredet.", lachte sie als sie ein Bild von einem Auftritt im *Gaypeople Zelt* auf dem Hannoveraner Schützenfest entdeckte. Aufmerksam las sie den Text, der sich tatsächlich viel mit der Zeit des Neuanfangs nach Beatrices Geburt beschäftigte. Übertitelt war alles mit der Headline *Die zwei Karrieren der Jana Levin*. Ihr fielen wieder Ortsnamen ein, die sie längst aus dem Gedächtnis gestrichen hatte: Watzum, Walkenried, Grimma, Schalksmühle, alles Dörfer und Kleinstädte, in denen sie damals auftrat. Mitte der 1990 er Jahre wurde sie als Stargast zum deutschen Vorentscheid des *Goldenen Orpheus* eingeladen.

Hier begegnete sie Lutz Feiner wieder, der damals ihren zweiten Siegertitel in Bulgarien komponiert hatte. Bei der Aftershow-Party kamen sie wieder ins Gespräch. Lutz hatte die geniale Idee, dass sie sich selbst covern sollte und machte den Vorschlag ihren damaligen Siegertitel *Gold regnet in mein Herz* in einem neuen modernen Arrangement aufnehmen solle. Es erwies sich wirklich als guter Schachzug, denn der Song stürmte erneut die Charts. Margarete kam mit den Verträgen gar nicht so schnell nach, wie sie gefordert wurden. Plötzlich war der Name Jana Levin wieder in aller Munde. Das *ZDF* bot eine Neuauflage von *Jana's Jive* an, aber an einer eigenen Fernsehshow hatte sie kein Interesse. *Show me the way* von Mr. President nahm sie unter *Zeig mir den Weg* auf. Damit gelang eine zehnwöchige Platzierung in den Top Ten. Schritt für Schritt erhöhte Frau Loew damals die Honorare. Sie galt inzwischen als eisenharte Verhandlungspartnerin, machte ihre Arbeit ausgezeichnet, war freundlich, aber bestimmt.

Als sie in Bremen ankam packte sie das Journal in ihre Tasche. „Ich sollte Margarete mal anrufen, sie hat wirklich viel für mich getan. Das muss ich unbedingt noch mal zum Ausdruck bringen.", überkam sie ein Gefühl, in dem leichte Melancholie mitschwang.

11. Die Schöne aus dem Morgenland

Bereits seit ein paar Tagen verspürte Jana eine Unruhe in sich. Das Telefon blieb still, bis auf Werbung und Rechnungen fand sie nichts im Briefkasten vor und in ihrem Mailaccount landete nur Spam. Gestern hatte sie mit Beatrice eine Ausstellung mit Werken von Paula Modersohn-Becker in der *Bremer Kunsthalle* besucht. Ihre Tochter liebte die Bilder der Malerin. Jana fand sie zu düster und fast unheimlich. Trotzdem war sie froh, mal wieder etwas mit ihrem Kind unternommen zu haben, das passierte immer noch viel zu selten. Hinterher nahmen sie noch ein paar Gläser *Barolo* und einen Snack im *Teatro* am Goetheplatz. Wirklich tiefgreifende Gespräche bekamen Mutter und Tochter, trotz ehrlicher Bemühungen, nicht zustande. Abends vor dem Fernseher hatte sie wieder Gewissensbisse bekommen, sich doch nicht genügend um sie gekümmert zu haben und ertränkte ihre Gedanken dann mit weiteren Gläsern vom guten Roten. Sie fröstelte ein wenig, ihr fiel ein, dass sie neulich mal ein beheizbares Kunstfell in ihren nächtlichen Kaufattacken geordert hatte. Jana fiel ein, dass sie dieses direkt nach dem Eintreffen im Archiv, wie sie ihre Rumpelkammer gern nannte, abgestellt hatte. Sie stand auf und suchte nach dem Ding in der Unordnung. Ungeschickt stieß sie dabei einen Karton von einem Regal. Sie hob ihn auf und öffnete ihn. Der Inhalt bestand aus unzähligen Bühnenfotos mit Kollegen. Jana wühlte ein wenig darin herum. Ein Anflug von Nostalgie erreichte sie. „Ach, so viele sind schon gar nicht mehr da!", seufzte sie laut. Sie trug alles ins Wohnzimmer, schüttete sich noch etwas Rotwein nach und versank in Erinnerungen.

Immer wieder kamen Aufnahmen von Aviva Arazi zum Vorschein. „Sie war wirklich bildschön!", sinnierte Jana. Aviva begann 1968 eher zufällig eine Karriere als Sängerin. Geboren wurde sie im Nahen Osten und hatte wohl irgendwie deutschstämmige, aber auch muslimisch-jüdische Vorfahren. Genaueres wusste die Sängerin nicht darüber. Vor drei Jahren verstarb sie plötzlich in London, wo sie mit einem russischen Oligarchen verheiratet war, der in Öl machte. Viel Kontakt hatten sie damals eigentlich nicht, aber Jana war eine echte Bewunderin von ihr. Zunächst arbeitete sie als Schauspielerin, ursprünglich wollte sie Opernsängerin werden, musste die Ausbildung aber wegen einer chronischen Kehlkopfentzündung abbrechen. In den letzten Jahren vor ihrem Tod trat sie nur noch sporadisch auf. 2010 zog sie sich ganz zurück und widmete sich der Malerei und ihrer Familie in London.

Jana erinnerte sich noch genau, wie sie die Todesnachricht erhalten hatte. Ganz untypisch drückte sie nachmittags die Fernbedienung ihres TV-Gerätes und kam auf die Taste für den Bildschirmtext. Was sie da las, konnte sie nicht fassen: *Sängerin Aviva Arazi verstirbt mit siebzig Jahren in London.* Jana war fassungslos. Sie erinnerte sich noch genau daran, wann sie das letzte Mal mit ihrer Kollegin telefoniert hatte. Die beiden Frauen riefen sich jedes Jahr zu ihrem Geburtstag an. Auch dafür sorgte Margarete. Da Aviva überwiegend in England lebte, vernachlässigte sie ihre Deutschkenntnisse und so liefen die Unterhaltungen auf Englisch ab. Es gab so etwas wie einen Running Gag zwischen den beiden. Immer wenn Jana anrief und sagte: „Hi Aviva, this is Jana!", hörte sie die Frage: „Jana, Jana, oh, which Jana is it?" Dann lachten beide in den Hörer. Das letzte Mal passierte das vor fast vier

Jahren. Aviva und Jana hatten in den 1970 er Jahren einen ähnlich hohen Marktwert, wobei die Orientalin immer noch den Bonus des Exotischen und der Fremdheit innehatte. Durch die Kehlkopfentzündung klang ihre Stimme rauchig. Sie interpretierte in erster Linie ihre Lieder. Hohe Töne waren ihr fremd, das merkte man vor allem, wenn sie Konzerte gab. Als Schauspielerin war ihr nie der ganz große Wurf gelungen, obwohl sie auf der ganzen Welt gedreht hatte. Als sie 1968 im spanischen Fernsehen ein Volkslied aus ihrer Heimat sang entdeckte sie zufällig ein deutscher Produzent, der ihr Chansons und Lieder auf den Leib schneiderte. Ihre erste Single wurde auf Deutsch, Englisch, Französisch und Italienisch aufgenommen und in fast ganz Europa veröffentlicht. Den größten Erfolg hatten *Gitarren im Feuer* in Deutschland. Daria Manow, die eigentlich Lyrikerin war, schieb hochanspruchsvolle Texte für Aviva. Bis 1975 reihte sich ein Erfolg an den anderen. Zu dem Zeitpunkt hatte sie bereits zwei Ehen hinter sich. Ihre zwei Kinder wurden von ihren Eltern im Nahen Osten erzogen. Mitte der 1970 er Jahre verabschiedete sie sich von der Bühne und ihren Fans. In den USA hatte sie einen Börsenmakler kennengelernt und geheiratet. Die Ehe hielt aber nur kurz und sie kam nach Europa zurück, um ihre Karriere fortzusetzen. Ähnlich wie Jana, musste auch sie feststellen, dass das nicht ganz einfach war. Man hatte sie zwar nicht vergessen, aber an ihre Erfolgsjahre konnte sie nie wieder richtig anknüpfen. Irgendwann lernte sie den Öl-Multi Dimitri Patinow kennen und heiratete ihn, verschwand dann wieder für Jahre von der Bildfläche. Ihre gelegentlichen Fernsehauftritte wurden immer mit großem Pathos angekündigt, was Jana, soweit sie dort auch gerade verpflichtet war, jedes Mal nervte. Selbst zu Juanita Gonzalez sagte sie einmal: „Aviva kann wohl machen, was sie will. Sie wird hier immer ein Star sein." Worauf ihr die Kollegin hochnäsig entgegnete: „Die wird Geld brauchen, warum kommt die alte Schachtel sonst zurück, wenn es noch die Gagen von damals geben würde, wäre sie jede Woche hier!" „Die ist doch steinreich verheiratet!", pustete sich Jana auf. Juanita ließ das unkommentiert stehen und wandte sich ab.

Tatsächlich wurde ihre letzte CD dann aber doch zum größten Erfolg ihrer Karriere, sie hielt sich über zwanzig Wochen in den Verkaufszahlen ganz oben. Neu waren die Lieder nicht wirklich. Aviva hatte ihre alten Songs neu arrangieren lassen und eingesungen. Sämtliche Noten wurden einen Ton nach unten transponiert und der gereiften Stimme angepasst. Zusätzlich fand man drei neue Titel auf dem Album, zu denen Daria Manow wieder die Texte verfasst hatte. Ihre Abschiedstournee wurde zu einem unglaublichen Erfolg. Die Presse war damals skeptisch und kommentierte ‚Abschied vom Abschied?'. Aviva selbst erzählte in allen Interviews, dass sie so lange nicht beruflich in Deutschland gewesen sei, da sie nichts vermisst habe. Sie sei heute glückliche Ehefrau, Mutter und Großmutter von sieben Enkelkindern. Tatsächlich war sie mindestens zehn Jahre nicht hier gewesen. Es war jetzt an der Zeit sich zu verabschieden, sie habe damals einfach vergessen ihren Fans Lebewohl zu sagen. Danach verschwand sie dann wirklich von der Bühne. Auch wenn immer wieder Anfragen in London eintrafen, blieb sie bei ihrem Entschluss. „Die hat alles richtig gemacht, hat ja auch Mann und Familie.", dachte Jana oft, wenn ihr Aviva in den Sinn kam. Sie galt als verschlossen, pflegte nur zu ganz wenigen Kollegen etwas Kontakt. Als sie fünfundsechzig wurde lud sie nach London ins *Ritz* ein. Jana freute sich sehr darüber, steckte aber gerade in einer CD-Produktion und musste absagen. Noch verklärter wurde sie als ihr einfiel, dass ihr Vater ein Riesenfan von Aviva war. Als diese 1970 zum ersten Mal auf Tournee ging, saß er natürlich mit ihrer Mutter in der ersten Reihe der Braunschweiger Stadthalle und summte noch Tage nach dem Ereignis ihre Lieder. Die Verehrung ging sogar so weit, dass ihre Eltern einmal einen Urlaub in Eilat am Roten Meer verbrachten. Hier wurde Aviva geboren. Albert Müller hatte vor der Abreise damals alles recherchiert, wusste sogar die Adresse von ihren Eltern in dem Badeort, machte Fotos vom Haus, die er allen stolz präsentierte. Gertrud sagte dann immer, dass er wohl verrückt geworden sei, wenn es um die Exotin ging.

Als Aviva später den *Goldenen Otto* der Jugendzeitschrift *Bravo* erhielt, lag Jana nur ganz wenige Stimmen hinter ihr und wurde mit der Silbertrophäe ausgezeichnet. Bei der Preisverleihung kamen sich die beiden Künstlerinnen das erste Mal näher. Eine wirkliche Freundschaft wurde aber nie daraus, trotzdem schätzten sie sich. Jana musste wieder lächeln als sie das Foto erblickte, das Aviva mit Oleg Graf Orminsty zeigte. Sie waren damals ungefähr zwei Jahre ein Paar. Der Adlige stammte aus Polen und war im europäischen Jetset zu Hause. Einige Jahre später hatte auch Jana eine kurze Affäre mit ihm. „Wie klein die Welt doch ist", ging es ihr durch den Kopf. Ihren letzten Mann Dimitri, den die Branche immer nur als den Russen bezeichnete, hatte sie nie kennengelernt. Als sie die Todesnachricht erhielt schrieb sie ihm aber und kündigte an, dass sie zur Trauerfeier nach Evron kommen würde. Aus Termingründen kam diese

Reise aber nicht zustande. Einige Wochen nach dem Tod schrieb ihr Dimitri Patinow zurück, dass er sich über ihren Brief und die Beileidsbekundung sehr gefreut habe und bot ihr an, sollte sie ihr Weg mal nach London führen, ihn zu besuchen.

Als Jana feststellte, dass es schon nach Mitternacht war erhob sie sich aus ihrem Stressless, ging zum CD-Schrank und suchte Avivas letzte CD. Sie lauschte jetzt *Gitarren im Feuer,* erhob ihr Glas, in dem sich noch eine Neige *Barolo* befand und hob es in die Luft: „Rest in peace, Aviva!"

12. Nicht alle Tassen im Schrank

Nach wie vor erreichten Jana Autogrammwünsche. Ihr wurden auch oft alte Singles zugeschickt, die in muffigen Plastiktüten eingepackt waren. Mit spitzen Fingern packte sie diese aus signierte alles, steckte die Sachen in den beigelegten Rückumschlag. Während dieser Prozeduren wusch sie sich mehrfach die Hände. Sie hatte sich schon früher oft geekelt, wenn Fans am Künstlerausgang auf sie warteten und nach Autogrammen fragten und darum baten, dass sie ihnen alte Schallplattenhüllen unterschreiben solle. Das Verhältnis zu ihren Anhängern war immer ein ambivalentes. Einerseits wusste Jana, dass sie natürlich auf die Zuneigung angewiesen war, andererseits war ihr das auch oft zu viel, sich nach dem Auftritt dieser Pflicht noch zu unterwerfen. Obwohl das so auch wieder nicht stimmte. Margarete griff oft ein, wenn der Star es dann doch zu sehr genoss und sich von den Fans anhimmeln und lobhudeln ließ. Jana bekam dann oft nicht genug davon. Margarete und Heinz standen immer im Hintergrund und wollten nach den Auftritten nach Hause oder ins Hotel.

Es kam nicht nur einmal vor, dass es auf dem Heimweg zum Streit zwischen ihnen kam. „Du warst doch der Menschenmenge schon vor der Veranstaltung überdrüssig und hattest uns klare Anweisungen gegeben, dass heute kein Bad in der Menge stattfinden solle!", murrte die Sekretärin. „Man kann die Leute doch nicht enttäuschen, wenn sie so lange gewartet haben!", kam die patzige Antwort aus dem Dunkel des Fonds. Wenn sich in diesen Momenten auch noch Heinz einschaltete und versuchte zwischen den beiden Frauen zu vermitteln, war die Stimmung ganz dahin. Er probierte dann das Thema zu wechseln indem er beispielsweise meinte: „Marina Meiners war heute Abend ganz groß, so spitzenmäßige Lieder, die solltest du auch mal singen!" Das saß! Jetzt keifte Jana von hinten erst richtig los: „Das ist jetzt nicht dein Ernst, Heinz! Diese Tusse sieht aus wie ein umgebauter Kerl, ein Lied klingt wie das andere und ständig dieses Nutten-outfit, wo den Kerlen im Saal der Sabber runterläuft, wenn sie fast ihren Opferstock zeigt!" Margarete wünschte sich dann oft, dass sie sich wegbeamen könnte und nicht noch eine stundenlange Fahrt vor ihr läge. Dieses Gezeter war nervenaufreibend, es ging doch um nichts. Meistens dauerten diese Auseinandersetzungen nur wenige Minuten, danach herrschte eisige Stimmung im Wagen. Manchmal stieg Jana in Bremen einfach aus, ohne sich zu verabschieden.

Ihre Fans waren mit ihr älter geworden. Nicht selten begleiteten sie sie schon seit Jahrzehnten. In den letzten Jahren waren aber auch jüngere Leute dazugekommen, die bildeten aber eine Minderheit. Es gab zwar keine statistischen Erhebungen, deutlich erkennbar war aber, dass die Frauenquote weit über der ihrer männlichen Verehrer lag. Es waren zumeist Hausfrauen, die die fünfzig deutlich überschritten hatten. Die Kinder waren aus dem Haus, sie gingen eventuell einem Halbtagsjob nach. Diese Frauen sahen in Jana Levin ein Stück von sich selbst, meinten sie. Für sie war die Künstlerin nett, natürlich und allen zugewandt. So wie sich ihr Star kleidete und frisierte war ansprechend, manche versuchten das zu kopieren. Jana unterlief dabei auch mal ein schwerer Fehler. Sie gab den Menschen das Gefühl, einer von ihnen zu sein. Bis heute ärgert sie sich über eine Birgit aus Dorsten, die sie aus einer Laune heraus zu einem Fernsehdreh eingeladen hatte, der über mehrere Tage lief. Birgit tauchte bei jedem Auftritt ihres Idols auf. Jana kannte sie inzwischen gut und mochte sie eigentlich auch. Wie so oft kam sie zu ihr in die Garderobe vor dem Auftritt und palaverte mit ihr. Birgit Bahle wollte immer alles ganz genau wissen, wo sie aufgetreten war, welche Fernsehsendung ansteht, wie es ihrer Tochter Beatrice ging und und und. Jana beantwortete alle Fragen mit einer Engelsgeduld. Später regte sie sich dann bei Frau Loew darüber auf, was diese Birgit das eigentlich alles angehe. Vor ein paar Jahren in Dortmund führten Margarete und Jana ein Planungsgespräch über anstehende Auftritte in einer Theatergarderobe, wo sie als Stargast einer *Prämienspar-Gala* der *Sparkasse* auftreten sollte. Birgit hatte natürlich ihr Kommen angekündigt. Frau Loew hatte den Pförtner informiert, Frau Bahle Eintritt zu gewähren. Sie unterbreitete Jana gerade ein Angebot für einen mehrtägigen Dreh am Bodensee. Der *SWR* plante ein musikalisches Frühlingsspecial als es an die Tür klopfte. Margarete rief: „Herein!" Dann stürmte Birgit auf Jana zu und küsste sie links und rechts auf die Wange. „Am liebsten würde sie ihr noch die Füße küssen!", rollte die Sekretärin mit den Augen und begrüßte den Fan mit einem stummen Nicken. „Frau Loew und ich müssen noch kurz etwas zu Ende besprechen, aber du kannst ruhig bleiben.", sagte Jana. „Also, die brauchen dich Ende Mai nächsten Jahres für vier Tage. Du kannst mit Begleitung anreisen, der Sender zahlt zwei Einzelzimmer und den Flug von Bremen nach Stuttgart. Heinz und ich sind zu der Zeit aber im Urlaub und können nicht mitkommen.", erklärte sie ihrer Künstlerin. „Wie, ich soll allein dorthin?" „Ja, bist ja schon groß.", witzelte

Margarete. In diesem Moment fiel Janas Blick auf Birgit und sie hörte sich fragen: „Hast du Lust mich zu begleiten?" Frau Loew glaubte sich verhört zu haben. Birgit strahlte und rief: „Ja, ja, natürlich!" „Nachher, spätestens nach der Reise darf ich mir wieder anhören, wie nervig das alles mit ihr war.", erahnte die Sekretärin schon jetzt und damit lag sie goldrichtig. An diesem Abend war die Bodenseereise dann kein Thema mehr. Aber als Jana nach dem Dreh, ein halbes Jahr später, mit Margarete telefonierte ergoss sich ein Redeschwall von ihr, der seines Gleichen suchte. „Die hat sich aufgespielt wie eine Managerin, stellte ständig blöde Fragen, biss wartende Fans weg und hing mir ständig am Rockzipfel, bitte kein zweites Mal!" „Bitte?", fragte Frau Loew pikiert. „Du hast sie doch quasi eingeladen." „Das habe ich ganz bestimmt nicht, das wüsste ich!" Margarete kannte auch diese Situationen zur Genüge. Jana plapperte oft etwas vor sich hin, machte Zu- oder Absagen und konnte oder wollte sich dann nicht mehr daran erinnern, manchmal versuchte sie sogar ihr oder ihrem Mann die Schuld in die Schuhe zu schieben. Die Assistentin ließ sich neuerdings auf diese Diskussionen nicht mehr ein, passierten sie im direkten Gespräch, wechselte sie das Thema. Am Telefon sagte sie dann oft, dass es auf der anderen Leitung klingele und sie jetzt Schluss machen müsse.

Dann gab es seit Jahren einen Paul, der bereits im Rentenalter war. Er lebte wohl in Berlin und war Mitglied des Fanclubs, den Petra Gosch damals gegründet hatte. Irgendwie muss er Janas Adresse in Bremen herausgefunden haben, denn er rief eines Tages die Fanclubleiterin an und fragte, welche Janas Lieblingsblumen seien. Petra war etwas irritiert sagte aber, dass er mit roten Rosen nichts falsch machen würde. Dann fuhr er fort und erzählte, er sei gerade in Bremen-Schwachhausen und wolle jetzt einen Strauß vor ihrer Wohnungstür niederlegen. „Niederlegen?", dachte Petra und überlegte, was zu tun sei. Sie beendete das Gespräch und rief Margarete an. „Noch einer, der nicht alle Tassen im Schrank hat, mich nervt er auch dauernd, sieht wohl so etwas wie seine beste Freundin in mir, weil ich ja Verbindung zu Jana habe. Lass ihn einfach gewähren. Er wird sie schon nicht belästigen, dafür hat er viel zu viel Ehrfurcht vor ihr.", beruhigte sie ihre Gesprächspartnerin.

Petra Gosch war auch sehr speziell. Sie kannte Jana seit fast vierzig Jahren und war im gleichen Alter wie sie. Inzwischen war sie Rentnerin und lebte in Rüsselsheim. Manche, auch Jana, vermuteten gelegentlich, dass sie lesbisch sei, da es einen Mann an ihrer Seite niemals gegeben hatte. Für Petra gab es immer nur Jana. Ihre erste Begegnung muss Mitte der 1960 er Jahre stattgefunden haben, als die Künstlerin noch relativ unbekannt war. Im Frankfurter *Palmengarten* war ein Schlagernachmittag angesagt. Einige Newcomer, so auch Jana, mischten sich unter das Publikum und fühlten sich geehrt, wenn jemand um ein Autogramm bat, so auch Petra. Die beiden jungen Frauen kamen ins Gespräch und tauschten sogar Adressen und Telefonnummern aus. Das war ein schwerer Fehler, wie sich schnell herausstellte. Petra Gosch, die damals gerade ihre Lehre bei der Post abgeschlossen hatte, meinte jetzt eine neue Freundin gefunden zu haben. Die Popularität von Jana Levin wuchs und sie verfolgte das mit Akribie und Hingabe, die manchmal bis zur Selbstaufgabe ging. Immer wieder, wenn Jana einen Fernsehauftritt hatte, rief sie ihren Star an und war hingerissen von den Gigs. Als Brian dann in Janas Leben trat, versuchte er den Spuk zu beenden, indem er eine Geheimnummer beantragte. Damit war das Problem Petra Gosch aber nicht endgültig gelöst. Bei öffentlichen Auftritten in und um Rüsselsheim stand sie immer Gewehr bei Fuß. Bis heute stellt sich Petra überall als älteste Freundin von Jana vor. Zugegeben, ihre Arbeit als Fanclubleiterin macht sie bravourös, aber die Art wie sie mit den Fans umgeht ist grenzwertig. Es passierte leider auch immer wieder, dass sie in ihrem doch kleinbürgerlichen Denken Situationen falsch einschätzte oder sich einfach wichtigmachen wollte. Als vor fünf Jahren der Frankfurter Weihnachtsmarkt eröffnet wurde, tauchte sie einige Tage vor dem geplanten Auftritt von Jana dort auf. Das Gelände war noch abgesperrt, Buden und Stände sowie eine Open-Air-Bühne des *Hessischen Rundfunks* wurden aufgebaut. Irgendein Aufseher sprach Petra damals an und fragte, was sie denn hier wolle. Sie war fast empört über diese Frage und erklärte, dass sie eine Freundin von Jana Levin sei und sich hier alles schon mal vorab ansehen wolle, damit beim Auftritt ihres Stars dann alles glatt läuft. Der Aufseher verständigte dann wohl seinen Vorgesetzten, der wiederum bei Frau Loew anrief und fragte, was diese Inspizierung solle. Margarete war entsprechend verärgert, sich mit so einem Blödsinn befassen zu müssen, rief Petra an und wies sie in ihre Schranken.

Richtig unangenehm wurde es, wenn einmal pro Jahr zum Fanclubtreffen in Bremen eingeladen wurde. Petra stand dann fast Kopf und organisierte alles bis ins Detail. Die Fans bekamen in Rundschreiben Anweisungen wie sie sich Jana gegenüber zu verhalten haben. Sie hatte sich eine Art Speed-Dating ausgedacht, bei dem jeder Gast maximal fünf Minuten Redezeit mit dem Star haben sollte. Als Jana das erfuhr, platzte ihr der Kragen. Sie rief Petra an und beschimpfte sie auf das Übelste. Die Rüsselsheimerin brach während des Telefonates in Tränen aus, auch das konnte Jana nicht erweichen. „Petra, du machst deine Aufgabe wirklich gut, aber bitte, vergrätz mir meine Fans nicht. Du bist auch nur Fan, bedenke das bitte und verhalte dich zukünftig so!" Als das Gespräch beendet war, weinte sie bitterlich. „Wir sind doch Freundinnen, so kann sie doch mit mir nicht umgehen, ich verstehe das nicht, will doch nur ihr Bestes!" Trotzdem machte sie weiter, allerdings schaltete sie einen Gang zurück. Ein Zerwürfnis mit ihrer Freundin Jana Levin wollte sie auf keinen Fall riskieren. Als Heinz später ernsthaft erkrankte übernahm sie hin und wieder den Fahrdienst für ihre Künstlerin, was Jana nicht unrecht war. Aber auch hier musste ihr die Sängerin immer wieder klare Anweisungen erteilen. Petra war einfach in allem, was sie tat, maßlos.

Als sie einmal mit ein paar Kollegen auf Tour war, stellte man fest, dass der Vorverkauf in Saarbrücken nur mäßig lief. Der Konzertveranstalter organisierte dann kurzfristig eine Autogrammstunde aller teilnehmenden Künstler bei *Saturn*. Auch Linda Lorré gehörte dem Tour-Ensemble an. Die Fans kamen scharenweise in den Markt und ließen sich Autogramme geben, baten um Selfies und brachten alte CDs und Platten mit zur Unterschrift. Plötzlich keifte Linda einen jungen Mann an, der ihr eine CD von ihr vorlegte, die sie nicht kannte: „Was ist das denn? Wo haben sie die her? Die habe ich nie aufgenommen!" „Äh, äh, die habe ich bei *Schlecker* für zwei Euro fünfundneunzig gefunden." „So was unterschreibe ich nicht, das müssen Raubpressungen sein, ich bin eine ernstzunehmende Künstlerin!", brüllte sie weiter. Petra, die natürlich auch hier anwesend war und wusste, dass Jana diese Linda überhaupt nicht ausstehen konnte, grinste die gerade ausgerastete Sängerin hämisch an.

Wahre Tumulte gab es hin und wieder auch. Jana fiel ein Auftritt im Rathaushof in Köpenick ein. Sie spielte dort ein Konzert mit einer fünfköpfigen Band. Eine Garderobe zum Umziehen und Schminken gab es nicht. Man hatte neben der Bühne einen Paravent aufgebaut, hinter den sie sich zurückziehen konnte. Ganz ungewöhnlich war an diesem Abend, dass sie in der Pause einem fast befreundeten Journalisten ein Interview geben sollte. Leider verdeckte der Raumteiler nicht den gesamten Bereich und so spähten immer wieder Fans in den improvisierten Umkleidebereich. Das Gespräch zwischen ihr und dem Reporter wurde immer wieder unterbrochen von Zwischenrufen der Anhänger: „Jana, Jana bitte noch ein Foto mit dir!", rief ein Mitsechziger. Sie schaute auf und rief ihm zu: „Haben wir doch schon gemacht!" „Ja aber noch keines im Sitzen und von der Seite!", beharrte er weiter. „Nach dem Konzert, versprochen!", entgegnete sie. Dann bestritt sie den zweiten Teil des Abends. Danach zog sie sich mit dem Interviewer ins Restaurant *Rathauskeller* zurück. Der Mitsechziger bemerkte das und folgte ihnen. Eigentlich war sie zu erschöpft, um jetzt noch Fragen zu beantworten, aber Michael Steiner von *Bunte* musste versorgt werden. Der Fan hatte sich ein Bier bestellt und lauerte an der Theke. „Bleib bitte sitzen!", zischte ihn Jana immer wieder nach ihren Antworten an. „Da drüben sitzt der Typ der noch zig Fotos möchte, ich habe keine Lust darauf." Bereitwillig stellte er weitere Fragen. Plötzlich kam Margarete herein. Jana gab ihr ein Zeichen und zeigte vorsichtig auf den wartenden Fan. Frau Loew begriff sofort, was gemeint war und sprach ihn an: „Guter Mann, Sie sehen ja, dass Frau Levin noch zu tun hat, das wird dauern. Bitte versuchen Sie es demnächst wieder." Wie immer war sie freundlich, aber bestimmt. Dann tickte der Typ aus und schrie: „Diese blöde Kuh, was bildet die sich eigentlich ein. Sagt mir zu, dass ich sie nach dem Konzert fotografieren darf und jetzt schmeißt ihr mich raus!" „Sie hat Ihnen gar nichts zugesagt und Sie gehen jetzt bitte und lassen uns in Ruhe!" Dann schrie er laut durch das Restaurant, dass er so etwas überhaupt noch nicht erlebt hätte und sie solle doch auf ihren Scheiß-Cds sitzen bleiben, sich ausstopfen und ins Panoptikum stellen lassen. Jetzt kam der Wirt auf ihn zu und erteilte Hausverbot. Wütend verließ der Alte die Szenerie. Am darauffolgenden Montag titelte die *Bild ‚Altstar brüskiert Fan'*. Als Margarete das las schüttelte sie den Kopf und meinte: „Noch einer, der nicht alle Tassen im Schrank hat."

Jetzt saß Jana an ihrer Küchenbar und öffnete den zweiten Umschlag, den ihr Frau Loew geschickt hatte. Wieder enthielt dieser eine Vielzahl von Briefen ihrer Anhänger. Sie machte sich einen weiteren Espresso und vertiefte sich in die Inhalte des Geschriebenen. „Hm, früher hatte ich dafür gar keine Zeit, lange Texte zu lesen, das ist schon ein Vorteil meines neuen Lebens.", lächelte sie.

13. Das monatliche Schlagerderby

Soeben hatte Jana einen Anruf von *ARTE*, erhalten. Jetzt, wo sie ihre Karriere beendet hatte, plante der Sender eine fünfundvierzigminütige Dokumentation über sie und bat um altes Filmmaterial, Fotos und Dokumente. Das schmeichelte ihr. Vieles, was der deutsch-französische Kultursender brachte, gefiel ihr. Sie hielt das für Kunst. Einen aktuellen Dreh vom jetzigen Leben lehnte sie ab, stimmte aber zu, das Projekt am Telefon zu unterstützen, sollten Fragen auftauchen.

Diese tauchten natürlich auf. Immer wieder rief in den Folgetagen eine Redakteurin des Senders an und wollte Einzelheiten wissen, was damals in der Sendung *Schlagerderby* in der *ARD* passiert war. Jana erinnerte sich nur zu gut daran, welchen Skandal sie seinerzeit ausgelöst hatte.

Die Sendung *Schlagerderby* wurde ungefähr 1967 ins Leben gerufen und flimmert bis heute über den Bildschirm. Alle vier Wochen hatten Schlagersänger die Möglichkeit dort ihre Titel vorzustellen und auf die Gunst des Publikums zu hoffen. Die drei Künstler, die die meisten Stimmen erhielten, waren automatisch in der darauffolgenden Ausgabe wieder mit von der Partie. 1970 stellte Jana ihren Song *Fremder aus New York* dort zur Diskussion und wurde zweimal hintereinander auf Platz eins gewählt. Eine *Goldene Schallplatte* dafür wurde ihr in der Livesendung auch überreicht. Weitere Lieder von ihr fanden in den Folgejahren aber nicht mehr in dieser Sendung statt. Gelegentlich sah sie sich das Spektakel am Bildschirm an und wunderte sich, warum ihre Lieder dort nicht zur Aufführung kamen. In den offiziellen Verkaufslisten von *Media Control* mischte sie, vor allem mit ihren Langspielplatten, immer vorne mit. Die Singleproduktionen waren ihr nie so wichtig gewesen. Sie wollte immer eine Bandbreite zeigen mit dem, was sie machte. Natürlich ärgerte sie sich, wenn ihre Cousine Milly Mirror dort auftrat und ihre Schlager trällerte. Als diese sich einmal unter den Top Three mit einer Stimmungsnummer platzierte, wurde sie im anschließenden Kurzinterview vom Moderator gefragt, wie es denn ihrer Cousine gehe, worauf sie mit einer Gegenfrage antwortete: „Ach die macht so schöne Titel, aber glaubst du, das kauft einer?" Als Jana das mitbekam war sie schockiert, über die öffentliche Bloßstellung ihrer Verwandten und rief sie tags darauf an. Es kam zum ersten Zerwürfnis zwischen den beiden und dauerte Jahre bis sie halbwegs wieder normalen Umgang miteinander pflegten. Der zweite Krach, der bis heute anhält, passierte ja kurz nach dem Tod ihrer Eltern. Jana drohte ihrer Angehörigen damals mit einer Anzeige wegen Rufmordes, wurde dann aber von Brian ausgebremst, dass das viel zu viel Wirbel auslösen würde und negative Publicity mit sich bringt. Also ignorierte sie das dümmliche Geschwätz. Wenn sie in Interviews darauf angesprochen wurde, tat sie so, als wüsste sie von nichts und antwortete immer nur: „Was meinen Sie bitte?"

Der Moderator der Sendung Alfi Boysen war ein ausgeflippter Spät-Achtundsechziger und passte eigentlich nicht in so eine Schlagersendung. Folk oder Balladen hätte man ihm mehr abgenommen, aber er machte seine Sache gut und präsentierte die Schlagersänger immer optimal. Mit Brian sprach Jana oft darüber, warum sie dort nicht stattfindet. Er hatte auch keine Erklärung dafür, aber eine Idee. „Ich werde dem Redakteur Kurt Landes mal fünftausend Mark anbieten." „Wofür?", wollte Jana wissen. „Dass du da auftreten darfst, mal sehen, wie er reagiert!" „Das wäre ja Schmiergeld, das kannst du nicht machen!", zischte ihn Jana an. „Ist ja nur ein Versuch, denn es ist doch merkwürdig, dass du dort seit vier Jahren keinen Fuß mehr in die Tür kriegst." „Meinst du, dass andere Kollegen auch dafür zahlen, dass sie da auftreten dürfen?" „Vorstellbar ist das!". Brian Shaw kannte Kurt schon seit Jahren. Er war ein unauffälliger Mann Mitte vierzig. So ganz hatte er ihm nie über den Weg getraut, wagte es aber auch nicht seinen Auflagen für einen Auftritt in anderen Sendungen für Jana zu widersprechen. Dafür war er einfach zu wichtig. „Dann versuch dein Glück.", lächelte ihn Jana an. „Ich denke mal darüber nach, wenn deine nächste Single erscheint. Im Spätsommer 1974 war es dann soweit. Jana Levin veröffentlichte *Der Mann mit dem Hund* und ging mit der Single auf Promo-Tour. „Du wolltest doch Landes ansprechen, erinnerst du dich?", fragte ihn Jana während einer Autofahrt. „Ach ja, werde das morgen mal machen, da sind wir in Hamburg. Nehme deine Single mit und besuche ihn im Büro, ganz zwanglos und quasi zufällig!" Jana grinste.

Als Brian am nächsten Tag beim *NDR* in der Rothenbaumchaussee an Kurts Bürotür klopfte, hörte er ein lautes, nicht unfreundliches „Herein!". Die beiden begrüßten sich und tauschten eine Zeit lang harmloses Zeug aus. Jeder stöhnte, wie schlecht das Geschäft läuft, dass Pläne und neue Sendeformate kaum noch Zukunft hätten. Dann zog Brian die Single seiner Frau aus der Tasche und legte sie Landes auf den Schreibtisch. „Oh, ihr habt etwas Neues gemacht wie originell *Der Mann mit dem Hund*!", amüsierte sich Kurt. „Ja, das wäre doch mal was für das *Schlagerderby*!", konterte Brian. „Mein Lieber, du weißt ja, dass ich das nicht allein entscheide, wer da auftritt. Es gibt ein Gremium, das jeweils zwei Wochen vor der Sendung die Neuerscheinungen sichtet und dann die Künstler einlädt!" „Das ist mir alles bekannt, aber Jana überseht ihr regelmäßig." Kurts Miene verfinsterte sich etwas und er fragte barsch, was Brian eigentlich wolle, seine Frau sei doch sehr gut im Geschäft. „Könnte besser laufen momentan!", entgegnete er und setzte ein Gesicht auf, mit dem er Mitleid erhaschen wollte. Das misslang aber. Kurt Landes hatte keine Lust mehr auf das Gespräch und wandte sich einigen Papieren zu, die vor ihm lagen. Brian rückte etwas näher, griff erneut in seine Tasche und zog fünf Tausendmarkscheine heraus, die er seinem Gegenüber unter die Nase hielt. „Was soll ich damit?", fragte er, jetzt wieder mit netterem Gesichtsausdruck. „Bar auf die Hand, steuerfrei und Jana ist in eurer nächsten Sendung dabei!" Brian glaubte schon, ihn jetzt ertappt zu haben und dachte, dass er den Fisch an der Angel hätte. Landes lehnte sich zurück lächelte süffisant und meinte dann: „Du verlässt jetzt ganz schnell mein Büro und lässt dich hier nie wieder blicken!" Damit hatte Janas Mann nicht gerechnet. Er stand auf und ging zur Tür. Plötzlich stand Kurt Landes hinter ihm und griff ihm an den Kragen: „Ich bin nicht erpressbar, du kleines Arschloch!" Brian konnte Angst in seinen Augen erkennen. Als er wieder im Auto saß, dachte er: „Der hat Dreck am Stecken, damit müssen wir an die Presse gehen!"

Leider war Landes ihm damit zuvorgekommen. Am übernächsten Tag stand überall die Schlagzeile zu lesen *Jana Levin erpresst Schlagerderby.* Jedes Mal, wenn die Shaws die

Sendung zufällig verfolgten war ihnen klar warum beispielsweise Tim Bravo wieder auf Platz eins gewählt wurde. Jacky & Ron wie üblich ausschieden und Carina Coreen ab und zu ihre Stimmungslieder trällerte. Für Jana bedeutete das weiterhin eine jahrelange Auszeit für diese Sendung. „Es ist also doch was dran!", meinte Brian jedes Mal mit voller Überzeugung. Kurz darauf verlängerte die Plattenfirma ihren Vertrag nicht. Der Imageschaden war zweifelsohne vorhanden. Jana machte ein paar Monate Pause und konzentrierte sich auf ihre Karriere in England, dort hatte man von den Vorkommnissen nichts mitbekommen. Erst nach einem Dreivierteljahr unterschrieb Brian einen Vertrag mit der *Ariola*.

Erst Ende der 1970 er Jahre fand Jana im *Schlagerderby* wieder statt, konnte sich aber nie platzieren. Das Redaktionsteam war zwar ausgetauscht worden, aber Alfi Boysen war jetzt mit der Produzentin der Fernsehshow verheiratet. Hannaliese Boysen hatte einen ganz eigenen Musikgeschmack und mochte die Lieder von Jana Levin nur zum Teil. Wenn sie ab und zu dort auftrat, kam Hannaliese immer freundlichst auf sie zu: „Ach Jana-Liebling, du hast ja einen so schönen Titel, da drücke ich mal ganz fest die Daumen!" Die Sängerin wusste, dass ihrem Gegenüber ihre Musik nicht wirklich gefiel, sagte aber nichts und dachte: „Egal, Hauptsache den Leuten gefällt es!" Statt der obligatorischen Postkarten, die das Publikum nach der Sendung schreiben sollte und damit über ihren Liebling abstimmen konnte, hatte der Sender nun seit Monaten eine Telefonabstimmung eingeführt, die sich *TED* nannte. Jeder in der Branche hielt das damals für manipulierbar.

Als Jana der Redakteurin, die für ihre Doku verantwortlich war, die damaligen Ereignisse erzählte, war sie sehr behutsam in ihrer Wortwahl. Es hing zwar nichts mehr davon ab, aber sie wollte nicht erneut einen Sturm im Wasserglas auslösen. Viele Kollegen, die damals dort erfolgreich waren, gab es ja auch schon gar nicht mehr. Entweder bereits verstorben oder sie haben sich nach und nach aus der Glitzerbranche zurückgezogen.

Einige Wochen später strahlte *ARTE* die Sendung unter dem Titel *Legende Jana Levin* aus. Die Künstlerin war sehr glücklich über das Format, musste hin und wieder sogar nachdenken, wenn es mal kontroversere Sätze über ihre Karriere gab. „Die haben mich gut charakterisiert.", freute sie sich, den manchmal bissigen Unterton ignorierte sie.

14. Alles nur Theater

Wieder einmal war Beatrice bei ihrer Mutter zu Gast. Für Jana war das immer eine willkommene Abwechslung. Beim Frühstück blätterte ihre Tochter lustlos im *Weserkurier* herum. „Im *Theater am Goetheplatz* wird heute *Szenen einer Ehe* gespielt.", durchbrach sie plötzlich die Stille. „Die habe ich selbst genug erlebt!", lachte Jana auf. „Nein, Mama, das ist eine Original *Bergman-Inszenierung*, soll ich mal schauen, ob es noch Karten gibt?" „Wenn du da unbedingt rein willst, komme ich gern mit, erinnere mich noch an den Film damals. Vielleicht nicht ganz uninteressant, wie die das auf der Bühne umsetzen." Beatrice holte ihren Laptop und schob das Frühstück beiseite. „Es gibt noch welche, Mitte, erster Rang, soll ich die nehmen?" „Ja gern, wann beginnt das?" „Um halb acht, sollten wir ja wohl locker hinkriegen." „Okay, ich habe um zwei einen Friseurtermin, da werde ich gegen fünf zurücksein, dann können wir hinterher noch etwas essen gehen, wenn du magst.", schlug sie ihrer Tochter vor. Dass sie selbst einmal Theater gespielt hatte, hatte sie ihr bisher nie erzählt. „Ach ja, Theater lange her!" „Wie, wie lange warst du denn nicht dort?", fragte Beatrice. „Nein, ich meinte, dass es lange her ist, dass ich selbst Theater gespielt habe." „Laiengruppe, meinst du!", fiel ihr ihre Tochter ins Wort. „Nein, das war ungefähr zwei Jahre vor deiner Geburt in Hamburg im *Thalia-Theater*. Fritz Dünnhahr inszenierte damals *Professor Unrat* von Heinrich Mann als Musical und suchte jemanden für die Rolle der *Lola-Lola* beziehungsweise *Rosa Fröhlich*. Seine erste Wahl war Ornella Barese, aber die hat das auf Deutsch nicht hingekriegt. Dann fragte er mich, ob ich mir das zutraue. Dein Vater war sowieso nie da und durch Deutschland fegte die *Neue Deutsche Welle*. Ich hatte nicht viel zu tun und habe die Herausforderung angenommen. Das war kein einfaches Unterfangen, ich hatte keine Ahnung von dieser Art Bühnentiming, wusste nicht, wie schwer es war Komik zu spielen, war eben keine Schauspielerin!" „Dafür wurdest du es später, wenn du beispielsweise Interviews gegeben hast.", spöttelte Beatrice. Jana rümpfte die Nase: „Kannst es ruhig komisch finden, aber ich war damals glücklich über das Angebot. Dünnhahr selbst führte Regie und spielte die Hauptrolle, also den *Unrat*. Sogar Tilda von Tellheim, die ja ein Star war im Kino und auf der Bühne, übernahm eine kleine Rolle, die der Haushälterin des Professors." Ihre Tochter sah sie ungläubig an: „Wie, die Lesbe, die später zur Volksschauspielerin der Nation wurde?" „Ja, genau die!" „Alle Achtung, das hätte ich dir nicht zugetraut!" „Ich mir anfänglich auch nicht, aber der Regisseur hatte viel Geduld mit mir und probte oft bis in den späten Abend hinein meine Szenen, das Singen fiel mir leicht. Aber diesen Wandel von der Tingeltangel-Tänzerin zur Akademikergattin zu verkörpern fiel mir schwer. Frau von Tellheim war da nicht so kooperativ, manchmal sogar etwas intrigant. Mehr als einmal hörte ich sie sagen, dass sie Fritz noch unter vier Augen nach den Proben sprechen wolle. Ein anderer älterer Kollege, der schwul war, war sehr nett zu mir und versuchte mir die Launen der Theaterdiva zu erklären." „Was denn erklären?" „Na ja, Tilda lebte allein in einer Villa außerhalb von Hamburg und hatte sich in diesen … ach wie hieß der doch gleich … ach ja, Thoralf Hansen, verliebt und wollte, dass er zu ihr zieht." „Ein Schwuler und eine Lesbe, was für ein Gespann!", amüsierte sich Beatrice. Jana fiel auf, dass sie sich seit langer Zeit zum ersten Mal wieder richtig unterhielten und freute sich darüber. Gut, es ging jetzt hier nicht um Emotionen oder Weltbewegendes, aber vielleicht war das ein guter Anfang. „Lach nur, aber für diesen Thoralf war das bestimmt nicht leicht. Der pflegte und liebte sein Leben in Hamburg, glaube ich, sehr. Warum sollte er das aufgeben, und zu einer alten Frau aufs Land ziehen. Das muss er ihr dann wohl irgendwann, während der Proben, gesteckt haben. Sie hatte daraufhin nichts Besseres zu tun als ständig an seiner schauspielerischen Leistung rumzumäkeln. Es wurde sogar noch schlimmer für ihn. Als ich ihn zwei Jahre später zufällig wiedersah, verabredeten wir uns auf einen Kaffee und sprachen über alte Zeiten. Ich wunderte mich, dass er so ganz von den Bühnen verschwunden war. Auch kleinere Rollen im Fernsehen bekam er kaum noch. Tja, er packte aus und ließ an der von Tellheim wirklich kein gutes Haar. Nach dem Projekt am *Thalia-Theater* hat sie ihn bei allen Produzenten übelst angeschwärzt und erzählt, dass er unzuverlässig und launisch sei und ständig wechselnde Sexpartner habe. Man müsse sich vor ihm vorsehen. Zu der Zeit schwappte Aids gerade aus den USA zu uns herüber, in die Richtung gingen ihre Verleumdungen dann auch noch. Eigene Kinder hatte sie ja nicht, aber einen Neffen, den sie adoptiert hatte, er war wohl irgendwie körperlich oder geistig behindert. Jedenfalls erzählte er mir, dass er den jungen Mann mal kennengelernt hatte und dieser auf ihn einen klaren und vernünftigen Eindruck gemacht habe. Dieser Neffe hat dann wohl einen Satz losgelassen, der den Charakter der Schauspielerin am besten beschreibt." Beatrice sah ihre Mutter an, als würde sie ihr gerade ein Märchen vorlesen, fühlte sich fast ein wenig zurückversetzt in die Zeit als ihr geliebter Papa noch bei ihnen wohnte, der ihr oft abends Geschichten vorlas. „Was hat er denn gesagt?" „So genau kriege ich das nicht mehr zusammen, aber es hieß wohl, dass die Tante Tilda immer nur Geld gibt, ein Herz hätte sie nicht." „Krass!", platzte es aus Beatrice heraus. „Tja, eben alles nur Theater, sogar im wahren Leben!"

Inzwischen war es fast halb eins. Jana sah zur Uhr und stellte fest, dass sie sich fertigmachen musste für den Friseurbesuch. Beatrice zog sich mit ihrem Laptop in ihr Zimmer zurück und musste sich noch mit dem Monatsabschluss ihres Ladens beschäftigen, was sie alle vier Wochen vor sich herschob, da ihr der Teil ihrer Selbstständigkeit überhaupt keinen Spaß machte.

Um kurz nach sieben betraten die beiden Frauen das Theater. Natürlich wurde Jana immer wieder erkannt. Ein gut gekleideter Typ um die vierzig bat um ein Selfie, Jana fühlte sich geschmeichelt und willigte ein. Beatrice waren solche Situationen schon als Kind immer peinlich gewesen, je älter sie wurde, umso mehr störte es sie. Schon als Vierjährige hatte sie den Eindruck, ihre Mutter gehöre jedem, aber nicht ihr. Sie wollte aber jetzt keine miese Stimmung aufkommen lassen und belächelte die Szene. Danach suchten beide ihre Plätze im ersten Rang. In der Pause sprachen sie wie aus einem Munde: „So ein Mist, gefällt mir überhaupt nicht!" Schnell entschlossen sie sich zu gehen. Als sie auf dem Goetheplatz standen hatte Jana die Idee, noch auf einen Sprung ins *Teatro* zu gehen, um eine Kleinigkeit zu essen. Auch wenn sie nicht wirklich kochen konnte servierte sie früher gern, nach solchen Theaterbesuchen, ihren Begleitern zu Hause ein Zwiebelsüppchen mit Parmesan, das natürlich aus der Dose stammte. Diese Begegnungen mit Freunden waren aber höchst selten. Jetzt saßen sie im Lokal und ihnen war nach Zwiebelsuppe. „Leider nein, sagte die Bedienung, so etwas wird hier nicht mehr nachgefragt, ein Relikt aus dem letzten Jahrhundert." Beide griffen wieder zur Speisekarte. Jana bestellte einen halben Liter *Barolo* und einen Tomatensalat mit Oliven. Beatrice war nach etwas Süßem, sie genehmigte sich ein Tiramisu.

„Und wie ist *Professor Unrat* damals gelaufen?" „Ganz gut, wir haben fast vier Wochen am Stück gespielt und waren anschließend auf einer Tournee, verdient habe ich da nicht viel, es gab wohl fünfhundert Mark pro Abend, aber das ist eben auch Theater." „Hättest du nicht Lust so etwas mal wieder zu machen an einer kleineren Bühne?" „Kind, da müssten erst mal Angebote kommen, an einem festen Theater ein paar Wochen lang gern, am liebsten natürlich hier in Bremen. Auf Tournee möchte ich nicht mehr gehen, diese elende Reiserei und jeden Tag woanders, nein!", sagte sie entschlossen. „Onkel Henning erzählte mir neulich, dass es ja auch in Braunschweig so eine Komödie gäbe." „Ja, die *Komödie am Altstadtmarkt*, ein früheres Kino, das kenne ich noch gut. Der Leiter ist sehr nett, hat mir sogar schon mal ein Angebot gemacht, aber dann hätte ich wieder wochenlang durch die Republik tingeln müssen, bevor es in Braunschweig rausgekommen wäre. Nein, das kommt nicht in Frage!" „Das Publikum war damals ganz angetan, vor allem von Dünnhahr als Unrat, er spielte ja zu der Zeit schon sehr selten. Die Kritik war freundlich und zurückhaltend, aber ich war Anfängerin auf dem Gebiet und habe keine Ovationen erwartet." „Ich könnte mir das durchaus vorstellen, dich und das Theater!", warf ihre Tochter ein. „Abwarten, ich müsste alles neu lernen und es sollte auch etwas sein, dass mich persönlich interessiert. Ich habe damals in Hamburg genug Jungschauspieler erlebt, die sich für den Stoff des *Unrats* einen Scheißdreck interessiert haben. Denen war es nur wichtig genügend Soloparts zu bekommen und richtig ausgeleuchtet zu sein, das habe ich nicht mehr nötig."

Gegen Mitternacht riefen sie sich ein Taxi und fuhren zurück nach Hause. Beatrice hatte endlich mal den Eindruck wirklich mit ihrer Mutter gesprochen zu haben, auch wenn es wieder fast ausschließlich um sie ging. Als sie sich auf dem Rücksitz zur Seite drehte, war Jana eingenickt.

15. Martin

Um sechs Uhr morgens klingelte der Wecker. Martin musste um zehn nach Paris fliegen, wo er mit seiner Dance-Company eine neue Inszenierung *Heaven and Earth* probieren sollte. Durch die Geräusche im Badezimmer wurde auch Jana wach, sie stand auf und tastete sich durchs Halbdunkel, im Türrahmen blieb sie stehen und beobachtete ihn unter der Dusche. „Was für ein Mann, durchtrainiert, Topfigur für sein Alter.", dachte sie, ließ den Bademantel fallen und stieg zu ihm unter die Regenwalddusche. Es passierte nicht oft, dass sie sich am Morgen liebten, aber heute war ihr danach.

Die letzten Tage hatten sie in Bremen verbracht. Es war eine untypische Beziehung, die die beiden pflegten. Er wohnte in München und arbeitete als Choreograph auf der ganzen Welt. Dass er zwölf Jahre jünger war als sie spielte nie eine Rolle. Vor knapp zehn Jahren hatten sie sich bei einer Fernsehshow kennengelernt. Die Sängerin verarbeitete zu dem Zeitpunkt immer noch ihre Ehe mit Manfred und war eigentlich nicht bereit, sich schon wieder auf einen neuen Mann einzulassen. Martin aber ließ nicht locker, er rief sie sporadisch an und sie versuchten ihre Termine so abzustimmen, dass sie sich zwischen den Auftritten immer wieder sehen konnten. Martin Steenquist war Schwede und pendelte zu der Zeit zwischen seinen zwei Wohnsitzen München und Malmö hin und her. Irgendwann hatte er aber das Gefühl, drei Wohnungen zu haben. Die Beziehung zu Jana war ihm wichtig, er liebte sie, wenn diese auch als unkonventionell bezeichnet werden konnte. Beide hatten nie das Gefühl, den anderen zu besitzen, sie sahen sich, wenn es zeitlich möglich war. Vor einem Jahr hatte ihr der Schwede einen Antrag gemacht. Sie hatte damals lange überlegt, aber dann doch ganz klar Nein gesagt. „Lassen wir es einfach so, wie es ist, das ist gut so!" Martin verstand das erst nicht und war enttäuscht. In letzter Zeit hatte sie immer wieder mal an diese Situation gedacht, aber irgendwie war ihr klar, dass das gar nichts ändern würde. Sie lebte, seit der Scheidung von Heise, quasi allein und das nicht ungern, meisterte die Dinge des Alltags ganz gut. In den Gazetten war immer wieder zu lesen, was für eine starke Frau sie sei. Das stimmte sogar, wenn sie tiefer darüber nachdachte. In einem ihrer letzten Interviews plauderte sie, ziemlich offen, drauf los: „Ich bin ein halber, aber glücklicher Single und liebe meinen Partner sehr. Wir sind sehr eingespielt aufeinander und können uns immer auf uns freuen, wenn wir uns länger nicht gesehen haben. Ich glaube, dass die jeweilige räumliche Entfernung zwischen Martin und mir eine Art Frischhaltefolie für unsere Beziehung ist." Martin gab seinen schwedischen Wohnsitz irgendwann auf. Er fand es überflüssig und anstrengend, neben seinen Aufenthalten bei Jana, noch ein weiteres Domizil halten zu müssen. Liebgewordene Dinge wie Bilder, Bücher, ein Schaukelstuhl seiner Großmutter, von denen er sich nach der schwedischen Haushaltsauflösung nicht trennen mochte, lagerten nun in Janas Archiv und hofften dort wohl auf eine Renaissance.

Jetzt saßen sie am Frühstückstisch und schauten sich wortlos an. „Wie lange bleibst du in Paris?", durchbrach sie die Stille. „Ich denke ungefähr vier Wochen, dann ist die Premiere in Barcelona. Schau doch einfach ab und zu mal vorbei, ich arbeite dort ja nicht ununterbrochen, die Truppe ist wirklich gut und macht erstaunliche Fortschritte." Jana gefiel der

Gedanke, sie stand auf und holte aus ihrem Arbeitszimmer den Terminkalender. „Nichts, was von Bedeutung wäre, kann alles verschoben werden, bei Bedarf." Mit diesen Worten blickte sie auf die wenigen Notizen. „Bedarf, was hast du denn für einen Bedarf?" Jana lächelte und sagte: „Dich, mein Schatz!" Martin stand auf und küsste sie. „Wir sollten uns fertig machen, die Maschine geht kurz vor zehn!", warf er plötzlich ein. „Ich brauche nicht lange, geduscht sind wir ja schon.", spöttelte sie mit einem süffisanten Lächeln.

Um halb neun setzte Jana ihren Freund am Flughafen ab. Martin küsste sie noch einmal und versprach am Abend anzurufen. In der kleinen Abflughalle zog er seine Bordkarte aus der Tasche und ließ am Gate drei den Sicherheitsscheck vornehmen. Die Maschine startete pünktlich. Um elf Uhr fünfzehn landete er in *Charles de Gaulle*. Der Produzent hatte sich nicht lumpen lassen. Im *Les Jardins du Marais,* nahe dem *Centre Pompidou* war für ihn für die nächste Zeit ein Apartment reserviert worden. Wohlweislich hatte er auf ein Doppelbett bestanden, sollte Jana zu Besuch kommen.

Die erste Probe mit der Truppe war für sechzehn Uhr angedacht. Martin hatte also genügend Zeit sich einzurichten, ein paar Dinge einzukaufen und die Unterlagen mit den Choreografien zusammenzustellen. Im nahen gelegenen Supermarkt griff er zunächst zu einer Flasche *Barolo* und dachte an Jana. Zurück im Hotel legte er sich noch einen Moment aufs Ohr. Mit ein paar Minuten Verspätung begrüßte er seine Formation auf Deutsch, Englisch und Französisch und teilte ihr mit, dass man sich auf die Arbeitssprache Englisch verständige. Conchita Nunez, eine junge Brasilianerin maulte ein wenig rum, da sie lediglich Portugiesisch und

Französisch sprach. „If you have questions, ask the company!", wies der Choreograph sie an. „Das hat sie nicht verstanden!", rief ein Schweizer auf Deutsch. Martin schenkte der Szene keine Beachtung und wies seine Leute an, sich in einem Kreis aufzustellen. In der Mitte breitete er seine Aufzeichnungen mit den Schritten aus. Da alle absolute Profis waren, begriffen sie schnell worum es ging. Jetzt zeigte er auf Conchita und eine Französin sowie auf Chang, der aus China kam. Sie sollten sich nebeneinanderstellen und sich an den Knien berühren, ihre Arme mussten dabei in der Luft Kreise formen. Martin machte ihnen das vor, presste sein Knie gegen das von Chang und sagte zu ihm: „And circle with your arms!" Die Company bestand aus zwölf Tänzern. Nachdem die drei die Szene gezeigt hatten, stellte Martin die verbliebenen Tänzer zu Trios zusammen. „Music please!", wies er den Techniker an. Avantgardistische Töne klangen aus den Boxen des Übungsraumes. „Jump, jump, jump as high as possible!", schrie er. Jetzt sprang das Ensemble fast synchron in die Höhe. „Great, once again!" Immer wieder trommelte Martin die Truppe zusammen und erklärte die nächsten Schritte. Um einundzwanzig Uhr war der Probentag beendet.

Da der Abend mild war, verzichtete er auf ein Taxi und schlenderte ins Hotel zurück. Auf ein großes Essen hatte er keine Lust mehr. Bei *McDonald's* am Boulevard des Italiens orderte er zwei Cheeseburger. Ihm fiel ein, dass er am Nachmittag eine Flasche *Barolo* gekauft hatte und freute sich auf ein Glas, das er sich gleich in seinem Hotelzimmer genehmigen wollte. Kurz darauf betrat er das Apartment, zog sich aus und nahm eine Dusche. Danach entkorkte er den Roten und goss sich ein Glas ein, griff in die Papiertüte, holte den

Burger heraus und biss hinein. Dann machte er es sich auf dem Bett gemütlich, schaltete den Fernseher ein und zappte sich durch die Programme. Wirklich Lust hatte er nicht dazu, deshalb verwarf er die Idee, drückte auf die rote Taste und sofort war wieder Ruhe im Raum. Plötzlich fiel ihm Jana ein. Er suchte nach seinem Handy und wählte ihre Nummer. „Bonsoir chérie, tu me manques!" „Ich vermisse dich auch, mein Schatz. Wie war der erste Tag?" „Lief sehr gut, ich bin wirklich überrascht über das Können und die Professionalität der Truppe!" „Ach, ihr habt heute schon gearbeitet, das war mir gar nicht klar." Jana wusste, wenn Martin ein neues Projekt beginnt, ist er immer wie besessen, es ist dann fast unmöglich, ihn ab und zu mal abzulenken, ihn da rauszureißen. Manchmal war er direkt abweisend zu ihr. Sie fühlte sich in diesen Situationen meist etwas abserviert. Je näher aber die Premiere rückte, desto zugänglicher wurde er wieder. Bei ihr war das früher genau umgedreht, sie ging die Auftritte locker an, glühte aber vor der Performance vor Lampenfieber, war eigentlich unausstehlich. „Wie war dein Tag?" „Ach, ich habe wieder eine Anfrage bekommen, *Nachtcafé* beim *SWR* stellt eine Gesprächsrunde zum Thema ‚*Ruhestand und dann?*' zusammen. Ich habe aber keine Lust auf das Thema und habe abgesagt." „Gut so, genieße deinen Unruhestand!", erwiderte Martin leicht ironisch. „Amüsiere dich nur über mich!", kam eine Spur zu gereizt. Jana war wirklich leicht verärgert über die Äußerung eben. „Warum denkt eigentlich jeder Ruhestand wäre so einfach, wenn man jahrzehntelang wie ein Pferd gearbeitet hat und plötzlich auf null schaltet. Verdammt noch mal, so einfach ist das nicht!" „Du hättest dir früher Gedanken darüber machen sollen, wie das Danach für dich mal aussehen soll!" „Ich denke, es ist besser, wir telefonieren ein anderes Mal, gute Nacht!" Dann drückte sie das Gespräch weg. Martin war richtig pikiert und schüttete sich ein weiteres Glas ein. „War doch bis heute Morgen ganz harmonisch, was ist der denn passiert?" Zugegeben er hatte Vorahnungen, als sie vor einem Jahr ihren Rücktritt bekanntgab. Ihm war auch bewusst, dass sie keine wirklichen Hobbys hatte, kaum Freundschaften pflegte und ihn in letzter Zeit mehr anrief und sehen wollte als in den Jahren davor, in denen sie ausgefüllt schien. Noch konnte Martin nur vorsichtig vermuten, wie sich Janas Leben weiterentwickeln würde. Manchmal überkam ihn schon eine Angst, denn er hatte Bedenken, ob die neue Jana wirklich noch die richtige Partnerin für ihn sei. Er stand auf, öffnete das Fenster und steckte sich eine Zigarette an, was höchst selten passierte. Danach ärgerte er sich über den blauen Dunst in seinem Zimmer und vor allem über sich selbst. Er checkte noch seine Mails, putzte sich die Zähne und legte sich hin.

Am nächsten Morgen wurde er durch das Klingeln des Telefons geweckt. „Es tut mir leid wegen gestern Abend, Liebling!" Er antwortete mit einem verschlafenen „Guten Morgen" weiter kam er nicht. „Ich überlege nächsten Dienstag nach Paris zu kommen, freust du dich?" „Ja", gähnte er sie an. „Dann lass uns heute Abend, nach der Probe alles besprechen, ich liebe dich!" So abrupt der Anruf kam, so schnell war er wieder beendet. Martin stand auf und kochte sich Kaffee. Heute waren Gespräche mit dem Dramaturgen und dem Produzenten des Stücks angesagt. Die Proben mit der Company waren erst auf den Nachmittag terminiert. Er war erstaunt über die Großzügigkeit des Produzenten Gerard Pietté, kannte so etwas sonst überhaupt nicht. Der hatte ihm mitgeteilt, dass er in erster Linie an einer Aufführung mit Weltniveau interessiert sei, egal, wie lange es dauern würde mit den Proben. Der Ruf war *Heaven and Earth* schon so weit vorausgeeilt, dass es jetzt bereits eine Option für das nächste *Movimentos* in Wolfsburg gab, ohne, dass jemand wirklich etwas über die Inszenierung wusste. Das gab Martin nochmals Ansporn alles perfekt werden zu lassen. Mit dem Dramaturgen waren die Verhandlungen schwieriger. Er konnte mit den Aufzeichnungen des Choreographen nicht viel anfangen und hatte nicht unwesentliche Änderungen vorgenommen. Ihn interessierten auch Martins Einwände nicht, das gestern geprobte Kreisen der Arme der Tänzer zu streichen. Der Nachmittag verlief dann aber sehr harmonisch. Die kleine Brasilianerin begrüßte ihn mit: „Hi Martin, how are you?" Er lächelte sie an und sagte: „Geht doch!"

Abends führte er ein sehr schönes Telefonat mit Jana. Der gestrige Streit schien vergessen. Sie hatte sich einen Flug für nächste Woche organisiert. Beide freuten sich auf das Wiedersehen. Entspannt und gelassen sah Martin den kommenden Wochen entgegen.

16. Paris, mon Amour

Knapp eine Woche nach der Abreise von Martin machte sich auch Jana auf den Weg nach Paris. Glücklicherweise hatte sie bei *Air France* einen Direktflug bekommen, so war die Reise überhaupt nicht aufwendig. Das Hotel *Les Jardins du Marais* kannte sie nicht und auch Paris selbst war ihr nicht so geläufig wie andere Metropolen Europas. Sie hatte zwar in den 1970 er Jahren auch in Frankreich einen Versuch gestartet sich dort zu etablieren, kam aber beim Publikum nicht sonderlich an. Ihre Französischkenntnisse waren so lala. Martin konnte sie erst am Abend treffen, bis dahin wollte sie sich die Zeit mit Einkäufen vertreiben. Sie hatte etwa eine Woche für den Aufenthalt geplant, die Buchung des Rückfluges stand noch aus.

Als sie die Lobby des Hotels betrat war sie ergriffen von der schlichten Eleganz des Hauses. Ein freundlicher älterer Herr hinter der Rezeption begrüßte sie: „Bonjour, Madame, que puis-je fair pour vous?" Jana bat darum auf Englisch zu kommunizieren. „Pas de próbleme, may I help you?" Als sie um die Karte für das Apartment von Martin bat, leuchteten die Augen ihres Gegenübers: „Ah, the great Master oft the dance-company!" Die Sängerin lächelte zurück.

Beim Betreten der Räume ihres Freundes war sie ein wenig ernüchtert. „Wohnlich und behaglich sieht anders aus." Es lag nicht an der an sich geschmackvollen Einrichtung, eher daran, dass Martin seine Sachen überall unordentlich verteilt hatte. Nicht mal seine Reisetasche hatte er vollständig ausgepackt. „Auf geht's!", dachte sie und fing an ein wenig Ordnung in das Zimmer zu bringen. Dann packte sie ihren

Koffer aus und verstaute alles im geräumigen Einbauschrank. Da sie doch etwas müde war, legte sie sich danach auf das Doppelbett und schlief ein. Erst am späten Nachmittag wurde sie wieder wach. Sie vernahm ganz zart den Geruch von Martins Eau de Cologne auf dem Kopfkissen, ein Glücksschauer durchfuhr sie. Es war wieder einer dieser Momente, in denen sie sich ganz sicher war, er ist der Richtige und wollte dieses Gefühl noch eine Weile genießen. Irgendwann stand sie dann aber auf, ging ins Bad und nahm eine heiße Dusche. Sorgfältig begann sie danach sich für ihren Freund zurechtzumachen. Gegen neunzehn Uhr verspürte sie ein Hungergefühl und ging hinunter ins Restaurant, wo sie sich ein Mineralwasser und ein Omelett bestellte. Martin meldete sich kurz und versprach gegen einundzwanzig Uhr im Hotel zu sein. Noch gut eine Stunde versuchte sie die Zeit totzuschlagen. Sie ging wieder nach oben, um ihren Mantel zu holen, wollte sich noch ein wenig die Beine vertreten.

Es dämmerte bereits als Jana auf die Straße trat. Als sie das *Centre Pompidou* erreicht hatte, nahm sie sich vor, dieses in den nächsten Tagen zu besuchen. „Schade, dass Beatrice nicht hier ist, sie hat das weitaus größere Kunstverständnis als ich." In letzter Zeit hatte sie wirklich gemerkt, dass die Unternehmungen in diese Richtung, zusammen mit ihrer Tochter, für sie bereichernd waren. Wenn Jana auch nach wie vor wenig über Stilrichtungen und Kunstepochen wusste, so entwickelte sie doch Geschmack und konnte zumindest sagen, was ihr an Bildern oder Statuen gefällt oder auch nicht. Kurz vor neun war sie wieder im Hotel. Martin wartete bereits auf sie. Stürmisch riss er sie an sich und küsste sie, zog sie aufs Bett. Wenig später schliefen sie eng-umschlungen ein.

Das Frühstück am nächsten Morgen verlief sehr harmonisch. „Was hast du heute vor?" „Ich schaue mal ins *Beaubourg,* Beatrice hat mich auf den Geschmack gebracht!" Martin stutzte etwas: „Oh, ganz neue Züge an dir, Jana entdeckt die Kunst." „Ja, stell dir vor, früher hatte ich ja keine Zeit dafür, aber jetzt fängt es an, dass mir diese Besichtigungen Spaß machen." „Schau dir vor allem *Brancusi's Studio* an, ein Rumäne, der hat großartige Skulpturen geschaffen." „Ich werde mir das gleich mal aufschreiben. Sie kramte nach einem Stift in ihrer Handtasche und schrieb ‚*Brankusy*' auf eine Papierserviette. „Mit C und hinten mit I.", schmunzelte Martin. „Du hast aber auch immer was zu meckern!" Er ließ das unkommentiert. „Ich werde auch Noelle Nordier anrufen." „Lebt die noch?" „Martin, du glaubst ja nicht, was wir damals für einen Spaß hatten, ohne dass die eine die Sprache der anderen wirklich verstehen konnte. Wir waren bis in die 1980 er Jahre häufig Gäste in der *Alexander-White-Show.* Einmal hatten wir sogar Außenaufnahmen in Florida in *Disney-World.* Noelle sah bezaubernd aus in ihrem *Cinderella-Kostüm.* Mich hatten sie als *Mary Poppins* verkleidet." Jana sah verklärt aus bei diesen Ausführungen. „Auf mich wirkte die immer steril und hölzern. Habe mal französische Aufnahmen von ihr gehört, die waren wirklich gut, aber das, was sie in Deutschland präsentierte, schien mir unter ihren Möglichkeiten zu sein!" „Sie hat eben eine bestimmte Sparte bedient, das macht sie bis heute, auch noch mit über siebzig." „Wie, so alt ist die schon? Die wirkt doch mit ihrem blonden Pagenschnitt immer noch wie frisch aus dem letzten Jahrhundert." „Mein Lieber, sie war immer eine großartige Sängerin, werde dir berichten, wenn ich sie getroffen habe." Wie wollt ihr euch denn unterhalten?" Jana lachte: „Ich habe doch Übung in diesen Improvisationen, dank Ornella Barese." Gegen halb elf verabschiedeten sich die beiden und beschlossen am Abend essen zu gehen.

Zurück in ihrem Hotelzimmer rief Jana die französische Diseuse an. Am anderen Ende der Leitung vernahm sie ein zaghaftes „Oui?". Jana riss sich ein wenig zusammen und sagte: „Bon journée ici Jana Levin." „Oh, tu es á Paris?" „Oui, pendant quelques jours, je visite mon ami et toi, aussi?" Das anfänglich auf Französisch begonnene Gespräch wurde in einem Mix aus drei Sprachen fortgeführt. Noelle lud Jana morgen zu einem Essen zu sich nach Neuilly. „Uff, so schwer war es ja gar nicht, sich zu verständigen!", stellte sie erleichtert fest. Jetzt kramte sie ihre Sachen zusammen und machte sich auf den Weg ins fast benachbarte Kunstmuseum.

Den Eintrittspreis von fünfzehn Euro fand Jana heftig, wusste aber wirklich nicht, ob das nun zu teuer ist oder nicht. An der Kasse fragte sie gleich nach *Brancusi*. „Mais tres complet maintenant!", meinte die Kassiererin. Jana verstand nicht, was sie meinte und ging in die Sonderausstellung. „Mein Gott, ist das voll hier!", stöhnte sie, als sie die Menschentraube vor den Statuen sah. Sie beschloss es später noch einmal zu versuchen und suchte das Café des Hauses auf, um sich einen Cappuccino zu genehmigen. Eine Stunde später probierte sie es erneut. „Acune chance!", wurde sie im Eingangsbereich von einer Aufseherin gleich abgewiesen. „Dann bummele ich eben durch die ständige Ausstellung des Hauses und sage *Mona Lisa* guten Tag.", dachte sie.

Was sie in den nächsten zwei Stunden zu sehen bekam waren hauptsächlich Menschenmengen. Das Museum war voll von Touristen aus aller Herren Länder. Als sie jemanden vom Aufsichtspersonal fragte, wo sie denn die *Mona Lisa* finden würde, sagte man ihr „au *Louvre*". Etwas beschämt wandte sie sich ab: „Beatrice wäre das nicht passiert, da hätte ich jetzt wieder eine Rüge einstecken müssen."

Erst um sechzehn Uhr kam sie erschöpft ins Hotel zurück. Sie legte sich sofort ins Bett und schlief ein. Gegen acht betrat Martin den dunklen Raum und wunderte sich, dass Jana nicht da zu sein schien. Als er das Licht anmachte, fand er sie immer noch schlafend vor. Er streichelte ihr immer wieder über den Kopf, küsste ihre Stirn und fing an, ihren Nacken zu massieren. „Du bist ja schon da.", hauchte sie verschlafen. „Wir sind heute gut durchgekommen, alles funktioniert reibungslos, es wird super!" „Schöööööönnnnn." „Ich gehe kurz ins Bad und dann können wir essen gehen!" „Mach nur, ich brauche auch nicht lange." Als Martin aus dem Badezimmer kam stand Jana am Fenster, sie hauchte ihren Atem an das kalte Glas, dann malte ihr Zeigefinger ein Herz darauf, sie setzte noch die Buchstaben J und M daneben. „Du Romantikerin!"

Eine halbe Stunde später saßen sie in einem kleinen Restaurant in der Rue de Rivoli. Das Flackern der Kerze auf dem Tisch schmeichelte Janas Teint und ließ ihn weich und rosig erscheinen. „Wie wars im *Pompidou*?" „Voll, sehr voll, gesehen habe ich so gut wie gar nichts, nur Menschenmengen. Und stellt dir vor, für den Rumänen habe ich zwei Anläufe genommen, aussichtslos!" „Versuch es doch Freitagvormittag noch mal, da ist meistens nicht viel los." „Mal sehen, morgen Mittag hat mich Noelle eingeladen, sie will kochen, bin gespannt." „Wenn sie das so kann, wie sie singt, bin ich jetzt schon neidisch und wünsche guten Appetit." „Und bei dir?" „Sagte ich ja schon, es läuft wunderbar, Pietté hat noch mal Geld nachgeschossen, der Dramaturg hatte Ideen, die zwar sündhaft teuer sind, aber es wird richtig gut." „Passt das auch alles in euren Zeitplan? Ihr kommt doch schon in drei Wochen damit raus in Barcelona." „Das wird laufen, ich fahre aber nur noch zur Premiere dorthin, will danach unbedingt zwei Wochen ausspannen. Kommst du eigentlich dann nach Spanien?" „Wann ist das genau?" Martin suchte im Kalender seines Smartphones: „Am zwölften Oktober!" „Das wird nicht gehen, am dreizehnten hat Beatrice Geburtstag und sie plant ein großes Event in ihrem Restaurant." „Also fährst du nach Lüneburg?" „Ja, versteh das bitte, der Laden hat wohl momentan leicht rückläufige Zahlen. Sie hat ein paar wichtige Leute eingeladen und benutzt mich beziehungsweise meinen Namen als Werbung oder Lockvogel." „Ha, du lässt dich benutzen? Das ist neu!" „Kapier doch bitte, es ist für meine Tochter, ich bin froh, dass unser Verhältnis endlich stabil geworden ist." „Die besten Freundinnen werdet ihr nie!" „Da magst du wohl Recht haben, aber ich bin froh, dass ich sie habe." „Mich hast du auch!" In diesem Moment erhob er sich der, beugte sich vor und gab ihr einen Kuss.

Es war schon kurz nach Mitternacht als sie Hand in Hand zurück zum *Les Jardins du Marais* schlenderten. „Das war ein schöner Abend heute." Ihre Stimme war kaum noch hörbar als sie in seinem Arm einschlief.

Als Jana tags darauf erwachte, war sie allein. Auf dem Schreibtisch lag ein kleiner Zettel ‚*Musste früher als geplant los, du schliefst wie ein Engel – bis heute Abend – Kuss M.*' Nach dem Frühstück wollte sie auf die Champs Elysees. Seit Jahren bevorzugte sie Mode von *Daniel Hechter*. Vor einiger Zeit hatte sie in einem Magazin einen grauen Hosenanzug entdeckt, der in Deutschland anscheinend nicht lieferbar war. Da Online-Shopping nicht ihr Ding war wollte sie es jetzt hier vor Ort versuchen. Als sie vor die Hoteltür trat, nieselte es leicht und es war kühl. Sie ging zurück ins Haus und ließ sich ein Taxi rufen. Jana hatte die Zeit etwas unterschätzt, der Wagen brauchte fast eine halbe Stunde bis zum Geschäft. „Heure de pointe du matin!", hörte sie den farbigen Chauffeur immer wieder entschuldigend sagen. Sie verstand kein Wort. Endlich betrat sie die Boutique, eine wohl deutschstämmige Verkäuferin erkannte sie und sprach sie in ihrer Heimatsprache an. „Oh, Sie kennen mich, sind Sie Deutsche?" „Ja, ich mag ihre Musik sehr, ich komme aus Sindelfingen und bin hier seit Jahren verheiratet. Was darf ich Ihnen zeigen?" Die Sängerin erzählte von diesem Hosenanzug. „Da haben Sie aber Glück! Ich vermute Größe sechsunddreißig, einen kleinen Moment bitte." Nur einen Augenblick später legte sie das Kleidungsstück auf die Ladentheke. Jana war begeistert und berührte vorsichtig den teuren Baumwollstoff. „Probieren Sie ihn doch da drüben bitte an." Jana nahm den Anzug vorsichtig vom Tisch und begab sich in die Umkleidekabine, die die Ausmaße eines großen Badezimmers hatte. Als sie wieder herauskam und sich im Spiegel sah, war nicht nur sie über das Outfit und sich entzückt. Die Deutsche klatschte fast in die Hände: „Wie für Sie gemacht, perfekt!" „Ja, den nehme ich und behalte ihn gleich an!" Sie verschwand wieder hinterm Vorhang, raffte ihre Sachen zusammen und ging damit zur Kasse. „Zahlen Sie bar oder mit Karte?" „Visa, bitte!". Als sie wieder draußen war, hatte der Regen aufgehört. „Ach, ein gutes Zeichen." Sie rief erneut ein Taxi und ließ sich zu Noelle fahren.

In Neuilly angekommen fand sie zunächst den Eingang nicht. Sie stand vor einem eleganten Apartmenthaus in der Rue Devés. „Ach da!" Ihr fiel ein schmaler Weg zu einem Eingangsportal auf. Vor der Haustür sah sie auf Messingklingelknöpfe und drückte bei *NN. „Deuxième étage"*, klang die ihr bekannte Stimme aus der Gegensprechanlage. Statt des klapprig aussehenden Fahrstuhls, dem Jana nicht traute, nahm sie die Stufen. Oben angekommen, stand die Französin bereits in der offenen Wohnungstür. Sie wirkte immer noch wie das kleine unschuldige Mädchen aus Brest, obwohl sie die siebzig bereits überschritten hatte. Ganz untypisch hatte sie ihr blondes Haar zu einem Pferdeschwanz gebunden, was sie jünger erscheinen ließ. „Herzlich willkommen, schön, du bist da!" „Oh, auf Deutsch?" „Ein bisschen." Bis auf das vertraute Du war ihre Begrüßung ziemlich förmlich. „Ganz untypisch, küssen sich Franzosen nicht dreimal, wenn sie sich treffen?", fiel Jana ein, machte aber keine Anstalten dieser Gepflogenheit zu folgen. Durch einen langen dunklen Korridor folgte sie ihrer Kollegin in die Küche. „Je fait des spaghettis au pesto au du bon parmesan, je ne suis pas un grand cusinier!" Jana verstand und sagte: „Ich auch nicht, macht nichts." „Buvons un verre de rouge?" „Gern!" Die Unterhaltung der beiden Künstlerinnen war zunächst etwas schwierig. Jana und Noelle verstanden nicht immer sofort, was die andere sagte. Von Glas zu Glas aber wurde das Gespräch lockerer. Mal versuchte die Französin etwas auf Deutsch zu sagen, was Jana komplettierte, umgedreht war das auch der Fall. Ab und zu redeten sie vollständig aneinander vorbei. Als Jana versuchte zu formulieren, dass sie sich frisch machen wolle und nichts anderes als die Toilette meinte, verstand Noelle nur *refraichir* (cool) und dachte, ihre Kollegin findet sie cool. Dann holte die Französin ein altes Fotoalbum aus dem Salon. Jana erkannte sofort die Bilder aus Orlando wieder, wo sie damals die *Alexander-White-Show* gedreht hatten. Umständlich versuchte sie Jana zu erklären, dass sie noch viel Kontakt mit ihm habe und demnächst nach Zürich, zu seinem fünfundachtzigsten Geburtstag reisen würde. Sie war erstaunt, dass der Entertainer schon so alt sei, für sie war er immer das große Kind geblieben, der große Junge, der seine Kindheit nie so ganz abgeschüttelt hatte. Im kommenden Jahr wollte Noelle Nordier wieder einmal nach Deutschland kommen, um Konzerte zu geben. Paul Blackwill, auch schon über achtzig, hatte sich neue Lieder für sie ausgedacht zu denen Linda Lorré die Texte geschrieben hatte. Sie fragte ihre deutsche Kollegin, ob sie Linda kennen würde. „Diese Zicke!", dachte sie, verneinte dann aber die Frage wohlweislich. Am frühen Abend waren sie bei der dritten Flasche angekommen, in der sich aber auch nur noch eine Neige befand. Jana bat Noelle, ihr ein Taxi zu bestellen. „Dommage, déjá fini!". Anders als bei der Begrüßung verabschiedeten sie sich herzlich. Jana küsste Noelle auf die Stirn und entschwand. Leicht angeschickert ging sie vorsichtig die Treppen hinunter. Draußen wartete bereits ihr Taxi. „Oh je, was wird Martin sagen, wenn er mitbekommt – und das wird er -, dass wir so viel getrunken haben?" Es war ihr ein bisschen peinlich, aber sie war ganz stolz auf sich, diesen deutsch-französischen Nachmittag gut überstanden zu haben.

Als sie wieder im Hotel eintraf, gab ihr der Rezeptionist ein Kuvert. Eiligst riss sie es auf und las *„Muss heute Abend zu* *einem Essen mit dem Produzenten, es wird spät, warte nicht auf mich, schlaf schön und träum von mir Kuss M.'* Sie war gar nicht böse über die Absage für den heutigen Abend. „Dann bekommt er wenigstens meinen Zustand nicht mit." Sie zog sich in das Apartment zurück, entkleidete sich und nahm eine lange heiße Dusche, danach fiel sie wie erschlagen ins Bett.

Die nächsten Tage verliefen fast wie die vorangegangenen. Ohne Martin fühlte sich Jana einerseits frei, andererseits auch fremd in dieser Stadt. In Bremen war ihr alles vertraut, hier in Paris hatte sie manchmal Probleme mit der Orientierung, sprach eigentlich kein Französisch. Immer wieder kamen Gedanken auf von einem zurückgezogenen Leben zu zweit. Aber daran war in der Realität nicht zu denken. Martin war eben zwölf Jahre jünger als sie und liebte seinen Beruf. Jana wäre niemals auf die Idee gekommen, ihm gegenüber Ansprüche oder Forderungen zu stellen. Die Abende hier waren schön. Gestern waren die beiden durch Montmartre gebummelt, hatten in einem kleinen Bistro unterhalb von *Sacré-Coeur* gegessen. Ein Straßenmaler, der sie wohl erkannt hatte, wollte sie unbedingt porträtieren. „So einen Touri-Mist mache ich nicht!", hatte sie ihn schroff abgewiesen. In einem Secondhand-Laden fand sie eine ihrer beiden Langspielplatten aus England. Der Verkäufer erkannte sie nicht rühmte das Exemplar aber sehr: „Das ist eine absolute Rarität, ich trenne mich nur ungern davon." Dann zahlte Jana den total überzogenen Preis von neunundneunzig Euro. „Sehr geschäftstüchtig, der Typ, hat ja richtig auf die Tränendrüse gedrückt.", dachte sie beim Verlassen des Ladens. Aber sie war auch ein bisschen stolz, hier etwas von sich gefunden zu haben. Martin meinte daraufhin, dass es vielleicht ein Zeichen wäre, hier in Frankreich noch einmal durchzustarten. Sie goutierte das lediglich mit einem Lachen.

Die Tage in Paris vergingen wie im Fluge. Jetzt sollte es also nach Hause gehen. In ein paar Stunden brachte die Maschine sie wieder nach Bremen. Sie freute sich darauf, obwohl dort nichts anstand, was aufregend gewesen wäre. Der Abschied von Martin war sehr emotional. „Wir sehen uns ja in spätestens drei Wochen, nach der Premiere in Barcelona, ich freue mich jetzt schon." Jana hatte Tränen in den Augen, als sie das hörte. „Ich liebe dich auch!"

17. Der Urfan

„Gut, dass ich Sena habe.", dachte Jana als sie ihre Wohnung betrat. Alles war wieder lupenrein sauber und aufgeräumt, die Post lag, wie immer, auf der Anrichte. Darauf hatte sie jetzt aber keine Lust. Ganz unüblich machte sie sich gleich über das Auspacken ihres Koffers her. Als sie den grauen Hosenanzug auf den Bügel hängte, überkam sie ein Glücksgefühl. Der Nachmittag war sehr mild und sonnig, sie öffnete die Flügeltüren zu ihrer Dachterrasse und bekam Lust auf einen Espresso, den sie sich an der Küchenbar zubereitete. Als sie damit nach draußen ging, fiel ihr das Blinken des Anrufbeantworters auf, sie drückte auf die Abhörtaste. „Hallo Jana, hier ist Oliver, ich wollte nur mal hören, wie es dir geht, wenn du magst, ruf mal zurück!" „Ach Oliver, mein ureigenster Fan, mein Freund!", seufzte sie. Sie trug ihre Tasse hinaus und setzte sich auf einen der Balkonstühle. Dann schloss sie die Augen und genoss die warmen Sonnenstrahlen des Frühherbstes. „Oliver, Oliver, was habe ich mit dem schon alles erlebt.", sie schmunzelte und überlegte, wie sie sich kennengelernt hatten.

Es war in der zweiten Hälfte der 1970 er Jahre, als sie mit Alfi Boysen und einigen Kollegen auf Tournee war. Bei einem Gastspiel im *Kuppelsaal* in Hannover überreichte ihr ein Fan einen Strauß roter Rosen nach ihrem Auftritt. In ihrem Überschwang küsste sie ihn dafür auf den Mund. Er war so verdutzt, dass er sagte: „Ihr Lippenstift schmeckt nach Erdbeere!" Jana lächelte ihn an, dann drehte er sich um und verschwand wieder im Publikum. In ihrer Fanpost fand sie immer mal wieder lange Briefe von ihm, die ihr gefielen. Oliver

Lauenstein lebte zu der Zeit in Goslar und studierte in Hannover Betriebswirtschaft, später arbeitete er bei einer Zeitung in der Harzstadt. Er liebte Jana Levins Lieder, besuchte immer wieder Konzerte von ihr, hatte alle Schallplatten, bat ab und zu um ein Autogramm. Einen darüberhinausgehenden Kontakt gab es aber nicht. Das änderte sich erst runde zwanzig Jahre nach dem Erdbeerkuss. Inzwischen arbeitete er als freier Kulturjournalist in Bonn. Als sie dort auf Promo-Tour für eine neue CD war, erhielt Margarete im Vorfeld eine Interviewanfrage vom *General-Anzeiger*. Es wurde vereinbart, dass sich ein Herr Lauenstein bei Jana im Hotel melden solle. Oliver war damals in heller Vorfreude, seinen Star einmal ganz für sich allein zu haben, jedenfalls fast, denn natürlich waren sein Fotograf und Frau Loew bei dem Gespräch anwesend. Aber das tat seiner Freude über die Begegnung keinen Abbruch.

Natürlich erkannte ihn Jana nach all den Jahren nicht, als das Interview anstand. Groß vorbereiten musste sich Oliver nicht darauf. Der Termin war erst sehr kurzfristig zugesagt worden, wofür sich Margarete im Vorgespräch entschuldigte. Oliver wiederum exkulpierte sich damit, dass er vorgab, aufgrund der knappen Zeit für Recherche, schlecht vorbereitet zu sein, was ein wenig fishing for compliments war.

Es waren schon zwanzig Minuten vergangen, als Jana die Szenerie betrat. Sie entschuldigte sich, dass der Soundcheck länger als geplant gedauert habe, sie sich jetzt aber auf das Gespräch freue. Oliver hatte seine Fragen chronologisch aufgebaut, wollte auf die neue CD dann ganz zum Schluss zu sprechen kommen. Die Sängerin war sehr erstaunt über das Wissen Ihres Gegenübers, zumal er auch noch ohne Notizen arbeitete. Als der Interviewer die Frage nach ihrer Cousine

Milly Mirror stellte und die damalige Unverschämtheit der Antwort von ihr im *Schlagerderby* zitierte „die macht schöne Titel, aber glaubst du, das kauft einer", keifte Jana ihn plötzlich an und meinte, dass sie so etwas niemals gesagt hätte. Oliver wollte keinen Eklat riskieren und wechselte geschickt das Thema: „Ich kann mich auch geirrt haben, will das nicht ausschließen!" Das Thema Peppilito ließ er auch wohlweislich aus. Als Lauenstein sie fragte, ob sie es bedauere, die Karriere in England nicht fortgesetzt zu haben, schwieg sie zunächst und überlegte. Dann meinte sie: „Es wurde mir damals einfach zu viel, dieses ständige Hin- und Herreisen zwischen dem Königreich und dem Kontinent. Außerdem war ich in Deutschland sehr erfolgreich, das reichte mir aus." Wider Erwarten dauerte das Interview über eine Stunde. Margarete gab zwar immer wieder Hinweise, dass sie aufbrechen müssten, aber Jana scherte das nicht. Sie war so im Redefluss und fand Gefallen an diesem Oliver. Dann aber verabschiedeten sie sich. Frau Loew wies den Fotografen an, ihr vorab die Fotos zur Auswahl zukommen zu lassen. Den Interviewer bat sie auch, dass sie den Text vorher autorisieren möchte. „Ich sende Ihnen heute noch alles per Fax!"

Als Jana und Margarete im Auto saßen und zur Präsentation fuhren meinte die Sängerin: „Der war aber gut vorbereitet, das ist selten, ich meine, ihm schon einmal begegenet zu sein!" „Oh ja, ich fand ihn auch sehr sympathisch."

Sofort nach dem Gespräch machte sich Oliver an die Arbeit und schrieb den Text. Als er am nächsten Morgen die Fotos erhielt, war er hingerissen davon und bedankte sich bei Jens für die perfekte Arbeit. Per Express schickte er die Bilder an

Frau Loew, die ihn zwei Tage später zurückrief und sehr angetan war. Sie lobte auch seinen Text mit den Worten: „Da hat sich endlich mal jemand mit dieser Ausnahmekünstlerin wirklich beschäftigt!"

Einige Monate später traf er Jana zufällig bei einer Fernsehshow wieder. Sie erkannte ihn sofort. „Ach, ich habe deinen Namen vergessen, aber dein Artikel damals über mich im *General-Anzeiger* war das Beste, was ich jemals über mich gelesen habe. „Oh, sind wir jetzt schon beim Du? Ich bin Oliver!" „Ja, wieso, ist doch okay, oder?" „Absolut!" Der Journalist war zu den Proben der Show gekommen, um ein Gespräch mit Carina Coreen zu führen, die auch anwesend war. Als er sie nach der Aufzeichnung ansprechen wollte, unterhielt sie sich gerade mit Jana. Sie winkte ihn zu sich heran und stellte ihn ihrer Kollegin vor: „Dem kannst du ruhig alles erzählen, er schreibt sehr schön." Oliver musste grinsen über die Formulierung. „Wieviel Zeit benötigen Sie?", fragte ihn Carina. „So viel Sie wollen!" „Kommen Sie doch einfach mit, die Produktion hat uns alle noch zum Essen eingeladen!", forderte ihn die Coreen auf. Aus Höflichkeit lehnte er ab. „Natürlich kommst du mit, keine falsche Bescheidenheit, bitte!", wies ihn Jana an.

Eine Viertelstunde später saß er mit den beiden Frauen und Sarah Silver an einem Vierertisch. Oliver war ein wenig schüchtern, seinen Ikonen plötzlich so nahe zu sein. „Sie haben da etwas am Revers Ihres Sakkos!" In diesem Moment spürte er bereits Carinas Hand, die an ihm mit einem Papiertaschentuch herumputzte. Irgendwie muss er so etwas wie der Hahn im Korb bei diesen drei Frauen gewesen sein. Sie involvierten ihn in ihre Gespräche und er taute nach und nach auf. Sarah bot ihm immer wieder eine Zigarette an, die er aber ablehnte. Dass es sich bei den Themen der drei meist um oberflächliches Geplänkel handelte, fiel ihm gar nicht auf. Auch wenn sie vorgaben befreundet zu sein, versuchte doch jede einzelne Künstlerin die Szenerie zu dominieren. Plötzlich griff Jana nach seiner Hand und meinte: „Ich finde dich so überaus sympathisch. Wenn du mal nach Bremen kommst, besuch mich doch, dann lernst du auch meine Tochter kennen." Oliver glaubte sich verhört zu haben. Natürlich fühlte er sich geehrt, aber sie war ja ein Star und es fiel ihm immer noch schwer mit ihr auf Du und Du zu sein. Das Essen zog sich in die Länge, es wurde auch viel getrunken. Da fast alle Künstler der Sendung anwesend waren löste sich die Viererrunde immer mal wieder auf, um kurz darauf doch wieder zusammenzufinden. Es war schon nach Mitternacht als Oliver vor Veronika Leitel kniete. Der viele Wein der vergangenen Stunden hatte ihm die Scheu genommen. Er fühlte sich im Kreise der Prominenten wohl. Veronika versuchte gerade einen Imagewechsel. Sie hatte jahrelang erfolgreich volkstümliche Musik gemacht. Jetzt hatte sich ihr Produzent Horst Schlüssel etwas Neues für sie ausgedacht. Nicht mehr Bayrisch gefärbt, sondern Hochdeutsch sang sie vorhin in der Sendung das Chanson *Widerhall des Lebens*. Eigentlich konnte der Journalist mit der Sängerin aus Starnberg wenig anfangen, wollte aber, vom Wein beseelt, etwas Nettes zu ihr sagen. „Frau Leitel, darf ich Sie kurz ansprechen?" Sie lächelte ihn an und nickte. „Wo liegt ihre Leidenschaft heute? Im volkstümlichen Liedgut oder im anspruchsvollen Chanson und glauben Sie, dass Sie auf diesen neuen Wegen auch neue Anhänger finden?" „Ich werde immer meine Zuhörerschaft haben, ob im großen Konzertsaal oder auf dem kleinsten Brettl!" Oliver kniete immer noch vor ihr: „Sie sind und bleiben eine der ganz Großen!" Veronika streichelte ihm über die Wange: „Danke, Sie Schmeichler." Etwas wackelig ging er zu seinen drei Frauen zurück. „Na, hat sie den Wechsel ins neue Fach geschafft?", fragte Jana herablassend. „Ich glaube, ja!" „Das wird nicht einfach.", warf die Coreen ein. Zum geplanten Interview mit ihr kam es an diesem Abend nicht mehr. Sie gab ihm aber ihre Telefonnummer und versprach, das Gespräch kurzfristig nachzuholen. Hans Preiser saß am Nachbartisch und hatte alles beobachtet. Als Oliver sich von dem Trio verabschiedete winkte ihn Carinas Mann noch kurz zu sich: „Sie geben die Telefonnummer aber bitte nicht weiter, junger Mann!" Er schüttelte freundlich den Kopf, war viel zu stolz und ergriffen von den Erlebnissen der letzten Stunden. Im Taxi, das ihn zu seinem Hotel zurückbringen sollte, fühlte er sich wie in Trance, was nicht nur am Alkohol lag. Als er kurz darauf in seinem Bett lag, dachte er: „Es war eine rauschende Ballnacht!"

Bei einer großen Samstagabend-Show im *ZDF* war eine Überraschung für Jana geplant. Ruth Meilstein war die verantwortliche Redakteurin, die Margarete anrief. „Hallo Frau Loew, wie Sie ja wissen, tritt Jana bei uns am zehnten Mai auf. Wir haben etwas Witziges geplant mit ihr, möchten sie überraschen. Haben Sie eine Idee?" Die Sekretärin überlegte einen Moment: „Ich nicht, aber rufen sie doch Oliver Lauenstein in Bonn an, der kennt sie in- und auswendig und hat bestimmt einen guten Einfall." Kurz darauf wählte sie Olivers Nummer. Er war nicht sonderlich überrascht, dass er dieses Telefonat erhielt, im Laufe der Jahre bedienten sich immer mal wieder die Medien seines Wissens. „Ja, ich habe da eine Idee, die bisher aber nie umgesetzt werden konnte."

„Nur raus mit der Sprache, wir schaffen fast alles, es darf nur nicht zu teuer werden!“ „Na ja, wie Sie vielleicht wissen, bin ich seit meiner Kindheit Fan von Jana. Erstmals habe ich sie in Hannover auf der Bühne gesehen, habe ihr einen Rosenstrauß überreicht und sie hat mich geküsst.“ „Auf die Wange, ja ja!“, hörte er die ein wenig gelangweilte Reaktion. „Nein, auf den Mund und der Kuss schmeckte nach Erdbeere!“ „Wirklich auf den Mund?“ „Ja, sie war zu der Zeit mit dem Clown Peppilito zusammen, aber wohl noch nicht verheiratet. Seitdem habe ich ihr jedes Jahr an diesem Kennenlern-Kusstag einen Strauß geschickt, immer mit einem Heiratsantrag!“ „Bingo, das machen wir, Sie müssen aber mitspielen!“ Oliver zögerte einen Moment, gab aber dann sein Okay. Als die Livesendung dann stattfand, wurde diese Überraschung natürlich nicht in die Durchlaufprobe eingebaut. Am Abend als die Show über die Bildschirme flimmerte, sang Jana ein Medley ihrer Songs. Danach bat der Moderator Lorenz Benz sie zu einem Kurzinterview und fragte sie, wann sie ihren ersten Heiratsantrag bekommen habe. Jana war verdutzt und hatte keine Antwort parat sagte dann aber: „Top-secret, das verrate ich nicht!“ „Dann tun wir das jetzt, was sagt dir der Name Oliver Lauenstein aus Bonn?“ „Ach ein lieber Freund.“ „Nur ein Freund? Ich glaube mehr, auch heute Abend möchte er dir eine Frage stellen, herzlich willkommen Oliver Lauenstein!“ Er trat mit einem Rosenstrauß im Arm aus den Kulissen und ging auf das Paar zu. Jana fiel ihm sofort um den Hals und freute sich. „Nun Herr Lauenstein, jetzt haben Sie ganz offiziell die Möglichkeit, um die Hand von Jana Levin anzuhalten!“ Der Ideengeber erzählte in drei kurzen Sätzen die jährlich wiederkehrende Geschichte. Das Publikum im Saal war sichtlich ergriffen. Dann stellte Oliver seine Frage. Jana küsste ihn auf die Stirn und sagte: „Ich fühle mich sehr geehrt, brauche aber noch Bedenkzeit." „Na dann bleibt das Ende offen, wartet nicht zu lange!" Mit diesen Worten verabschiedete Benz seine Gäste. Hinter der Bühne war Jana zunächst etwas irritiert, fand die Szene dann aber sehr lustig: „Das solltest du dir bezahlen lassen, du hast witzige Einfälle!"

Beabsichtigt oder auch nicht, traf Jana von nun an häufiger auf Oliver. Er hatte seit einem Jahr eine Beziehung zu einem Arzt aus Bremerhaven, der Christof hieß. Sie pendelten zwischen Bonn und der Heimatstadt seines Freundes oft hin und her. Da er jedes Mal an Bremen vorbeifuhr, besuchte er Jana ab und zu. Auch zu den Loews hatte sich so etwas wie eine Freundschaft entwickelt. Gelegentlich machte er auch in Arsten Station zu einem Gedankenaustausch. Das Verhältnis zwischen der Künstlerin und ihrer Sekretärin war nicht immer ganz einfach. Margarete war die Pragmatikerin und klardenkend, daran mangelte es Jana ab und zu. Wenn sie gerade mal wieder im Clinch lagen, war es nicht ratsam die eine oder die andere Seite zu kontaktieren oder zu besuchen. Manchmal versuchte die Sängerin ihn für ihre Belange einzuspannen, dann wieder taten das auch die Loews. Einmal war es wegen einer Nichtigkeit zu einem monatelangen Streit gekommen zwischen Oliver und Jana. Es herrschte Funkstille.

Sie lehnte sich ein wenig auf ihrem Stuhl zurück und überlegte, was das damals eigentlich war, worüber sie sich gestritten hatten, kam aber nicht drauf. Ihr fiel aber ein, dass sie Oliver als verlässlichen Informanten und Helfer in vielen Dingen kannte. Irgendwann rief sie ihn einfach wieder an, weil sie dringend eine Information brauchte für ein anstehendes Interview mit *Bunte.* Es ging um ihre Karriere in England. Die Zeitschrift wollte wohl den Text von *Stranger from L.A.* im Original abdrucken. Sie hatte diesen aber nicht mehr. In solchen Situationen konnte nur einer helfen – Oliver! „Oliver!", sagte sie laut, stand auf und ging zurück in die Küche, um sich einen weiteren Espresso zuzubereiten. Irgendwie kam sie von diesem Thema nicht los. Sie grinste, als ihr eine Geburtstagsfeier von ihm einfiel, zu der sie auch eingeladen war.

Oliver hatte ein paar Freunde aus ganz Deutschland in *Das kleine Lokal* in der Besselstraße eingeladen. Natürlich war auch Christof anwesend, den bis dahin noch niemand zu Gesicht bekommen hatte. Auch Jana war neugierig auf die bessere Hälfte ihres Freundes. Es war ein buntes Völkchen, was sich in dem kleinen Nobelrestaurant versammelt hatte. Ungewollt, aber stargerecht kam sie etwas zu spät und traf als Letzte auf die Gesellschaft. Christof hatte sie erst gar nicht wahrgenommen als sie vor ihm stand und ihm die Hand reichte. „Ach, Frau Levin, Sie sind da.", begrüßte der Arzt die Künstlerin. Sie musterte ihn von oben bis unten und warf in diesem Moment den linken Teil ihrer Stola über ihre rechte Schulter. Christof grinste: „Versucht auf Star zu machen, misslungen!" Siegfried und Karl, ein älteres schwules Paar aus Düsseldorf, die ebenfalls Gäste von Oliver waren standen auf, stellten sich der Sängerin vor und überreichten ihr den mitgebrachten Rosenstrauß, der die Ausmaße eines Erdglobus hatte. „Ich habe doch gar nicht Geburtstag!" „Nein, aber wir sind so glücklich, Sie einmal persönlich kennenlernen zu dürfen. Wir bewundern Sie und ihre Musik schon so lange!", versuchten sie, sich einzuschleimen. Der

Ober, der das mitbekam und dem solche Situationen nur zu vertraut waren, quittierte das mit einem Augenrollen. Peter mit seiner Frau Ulrike wirkten in dieser Gesellschaft wie Fremdkörper. Oliver hatte seinen ältesten Freund aus Goslar auch eingeladen. Sie hatten damals schon die Schulbank zusammen gedrückt und ihre Freundschaft nie abreißen lassen. Peter betrieb in seiner Heimatstadt ein Maklerbüro, ihm war die Welt, in der sich Oliver bewegte, fremd. Das Geburtstagskind rechnete es den beiden wirklich hoch an, dass sie zu dieser Feier gekommen waren. Oliver musste das ein wenig einfädeln über Ulrike, die ihrem Mann erst auf der Hinfahrt mitteilte, dass auch Jana Levin anwesend sein würde. „Hoffentlich muss ich nicht neben der sitzen, worüber soll ich mich mit der unterhalten?" Es war eine lustige Runde, Christof fiel aber immer wieder auf, dass sein Freund mehr und mehr in den Hintergrund rückte. Hauptperson des Abends war Jana Levin, knapp gefolgt von Dr. Christof Nielsen, das war ganz eindeutig zu erkennen. Eine Annette aus Kleve war eine Kollegin von Oliver, die sich lange und interessiert mit Christof unterhielt. Auch ihr fiel auf, dass der Jubilar an diesem Tag nicht die Aufmerksamkeit erhielt, die ihm gebührte. Plötzlich erhob Ulrike aber doch ihre Stimme. Es wurde gerade über Altersvorsorge geredet als sie sagte: „Mein Mann verdient als Makler ja überdurchschnittlich gut, natürlich möchte ich von seiner Rente später etwas haben!" Von jetzt auf gleich herrschte eisige Stille am Tisch. „Was, du spekulierst mit dem Tod deines Mannes?", fuhr Annette sie an. Ulrike merkte wohl, dass sie voll ins Fettnäpfchen getreten hatte. Gegen Mitternacht löste sich die Runde auf. Oliver und Christof hatten sich für eine Nacht im *Park Hotel* einquartiert.

Als Jana vor einem Jahr von einer Bonner Karnevalsgesellschaft einen Orden erhalten sollte, bat sie Oliver, sie zu diesem Event zu begleiten. Auf dem Empfang herrschte ein buntes Treiben, alle Honoratioren der Stadt waren anwesend, natürlich auch Franz Schader, der Chefredakteur und Vorgesetzte von Oliver. Als die Sängerin das Geschehen betrat und Oliver Lauenstein im Schlepptau hatte, war Schader doch sehr verwundert und meinte, dass er gar nicht wusste, dass Frau Levin seine Lebensgefährtin sei. „Man kann nicht über alles informiert sein, Herr Schader!"

Inzwischen war es achtzehn Uhr geworden und es fröstelte sie ein wenig auf der Terrasse. Sie ging hinein, stellte die Espressotasse in den Geschirrspüler. „Ich werde ihn morgen mal zurückrufen." Natürlich waren am nächsten Tag wieder andere Dinge wichtiger.

18. Goldener Orpheus, die Zweite

Jetzt waren schon einige Monate vergangen, dass Jana ihren Rücktritt erklärt hatte. Sie hatte begonnen, sich ihr neues Leben einzurichten. Martin düste nach wie vor von Engagement zu Engagement um die Welt. Gelegentlich begleitete sie ihn, war aber auch immer wieder froh, daheim in Bremen sein zu können. „Ein Enkelkind zu haben, wäre schön.", träumte sie manchmal. Aber Beatrice war mit ihrem Job verheiratet, einen festen Partner hatte sie nicht. Sehr selten kamen noch Anfragen von Talkshows, die sie aber immer ablehnte. „Ich habe alles gesagt, gesungen, gespielt, jetzt bin ich nur noch ich!", titelte eine Schlagzeile in *Frau im Spiegel,* der Inhalt eines Interviews, das sie zum Abschied noch gegeben hatte. Neuerdings entwickelte sich vermehrt Kontakt zu Klara, so verbrachte sie immer wieder einige Tage in Braunschweig. Ihre Schwester war inzwischen dreifache Großmutter, worum sie sie manchmal beneidete. Klara wusste das und sagte dann immer: „Kinder und Enkelkinder sind keine Garantie für eine Abwechslung im Alter."

Sie saß gerade an ihrem Laptop und suchte nach neuen Wellnessmöglichkeiten in der Stadt, als das Telefon klingelte. Mechthild Hansen, eine Redakteurin vom *Hessischen Rundfunk,* die sie schon seit Jahrzehnten kannte, meldete sich ungewöhnlich freundlich, fragte wie es ihr gehe, machte Smalltalk vom Feinsten. „Die beabsichtigt doch irgendetwas", dachte Jana unentwegt. Tatsächlich kam sie dann auf den Punkt. „Du hast doch zweimal das Festival um den *Goldenen Orpheus* gewonnen. Wir suchen für dieses Jahr wieder einen deutschen Vertreter." „Und das soll ich wohl sein!", fiel ihr die Sängerin ins Wort. Mechthild lachte: „Nein, nein, aber wir hätten dich gern als Juryvorsitzende in der Vorentscheidung. Es sind zwölf Acts, die sich beworben haben, fast alles junge Talente. Hättest du Lust, das zu machen?" „Meine Liebe, du weißt, dass ich aufgehört habe." „Ja, aber deine Erfahrung und Popularität wären für die Sendung sehr wichtig." Uninteressiert war Jana an diesem Angebot nicht, wollte aber auch nicht sofort zusagen. „Ich denke mal darüber nach und melde mich in ein paar Tagen, ist das okay?" „Absolut, die Livesendung wird Ende März ausgestrahlt." Als Jana den Hörer aufgelegt hatte, stand ihre Entscheidung aber fest. Sie wollte zwei Tage warten und dann zusagen. Der Wettbewerb hatte damals viel in ihrer Karriere bewirkt. Als einzige Deutsche, hatte sie zweimal den Sieg davongetragen. *Gold regnet in mein Herz* wurde zum Evergreen, der heute noch häufig im Radio zu hören ist. Plötzlich gingen ihre Gedanken auf Reisen …

In den 1970 er Jahren nahm sie das erste Mal teil und gewann überraschend. 1985, als die *Neue Deutsche Welle* langsam abebbte, bekamen die konventionellen Sänger wieder Aufwind. Jana nahm an einem deutschen Vorentscheid teil und sollte sechs Lieder präsentieren. *Gold regnet in mein Herz* wurde vom Fernsehpublikum als der haushohe Sieger gewählt. Sie fuhr danach zum zweiten Mal nach Bulgarien, um die Bundesrepublik zu vertreten. Wohl fühlte sie sich damals nicht, alles, was sich hinter dem *Eisernen Vorhang* abspielte war und blieb ihr immer fremd. Verwandte in der damaligen DDR gab es auch nicht. Mehrfache Anfragen für eine Fernsehshow im *Friedrichstadtpalast* lehnte sie ab. Sie hatte einfach keinen Bezug dazu. Das Komitee für Staatssicherheit schirmte alle Künstler aus den sozialistischen Ländern vor den Westkünstlern hermetisch ab. Bei den Partys und Empfängen blieb man unter sich. Lediglich während der Proben, die eine Woche dauerten, gab es kurze Berührungen mit den Künstlern aus dem Osten. Die Russin Jula Julanowa galt als die überragende Favoritin im Teilnehmerfeld und wurde, auch von der westeuropäischen Presse, hochgehandelt. Jula war eine etwas skurrile Erscheinung. Ihre Figur war üppig, ihre blonden Haare hatte sie rosa gefärbt. Sie war überall mit Ketten, Armreifen und Ringen behängt, glitzerte wie ein Christbaum. Aber sie war stimmgewaltig, was in jeder Probe zu Szenenapplaus durch die Journaille führte. In der UDSSR, überhaupt im gesamten Ostblock galt sie als die Sängerin überhaupt. Ihre Plattenverkäufe müssen mit denen amerikanischer Superstars vergleichbar gewesen sein. Aber im Westen kannte man sie nicht.

Als Jana in Bulgarien eintraf wurde sie lediglich von Elvira Mattern, einer Promoterin ihrer Plattenfirma und dem Delegationsleiter Jochen Schmidt-Traube von der *ARD* begleitet. Horst Schlüssel, der Musik und Text für ihr Lied geschrieben hatte, glaubte wohl nicht so recht an einen Erfolg und wollte erst am Finaltag anreisen. Die bulgarischen Hostessen waren reizend, aber mit der englischen Sprache hoffnungslos überfordert. Das Hotel entsprach überhaupt nicht dem westeuropäischen Standard. Sicher, die Jugendstilfassade war notdürftig saniert worden, aber die Zimmer ließen stark zu wünschen übrig. Heißes Wasser gab es nur tagsüber, wenn man sich auf den Proben oder Pressekonferenzen befand. Der Strom fiel immer wieder aus. Vorausblickend waren aber alle Zimmer mit Kerzen ausgestattet. Das

Essen war fett, fleischhaltig, Obst und Gemüse waren weitestgehend nicht zu bekommen. Die Proben liefen aber professionell ab. Merete Pling-Larsson war die schwedische Vertreterin, die eigentlich keine Lust auf die Teilnahme hatte und mit einem Lied im Happy-Sound startete. Sie war zu der Zeit gerade dabei ihren Imagewandel zum Hardrock vorzubereiten. Mehr als einmal kam sie auf Jana während der Woche zu und machte einen unglücklichen Eindruck: „Hoffentlich gewinne ich den Mist hier nicht, ich mag das Lied nicht und will weg von diesem Genre." „Warum nimmst du denn dann trotzdem teil?" „Ich musste viel vorfinanzieren, habe mir Musiker aus den USA geleistet, die Rocksongs für mich geschrieben haben, die neuen Lederoutfits kosten auch ein Vermögen. Da kam mir das Angebot vom schwedischen Fernsehen gerade recht. Sie haben mir eine Summe für die Teilnahme angeboten, die ich nicht ausschlagen konnte." Für Jana waren diese Argumente nicht wirklich nachvollziehbar. „Du bist doch erfolgreich mit dem, was du tust, verdienst ein Schweinegeld, warum dann etwas Neues?" „Weil Hardrock schon immer meine Leidenschaft war.", entgegnete die Schwedin. „Leidenschaft, die Geld kostet und Leiden schafft!", kam als etwas zu schnippische Antwort, was Merete ärgerte. „Den dumma ko har ingen aning!", rief sie ihrer Kollegin hinterher.

Jetzt stand die erste Probe für Jana Levin an. Sie sang ihren Titel dreimal und riss den Aufnahmeleiter zu wahren Begeisterungsstürmen hin. „You will be the winner!", klatschte er immer wieder in die Hände. Sie quitiierte das mit einem leisen: „May be …" Bevor die anschließende Pressekonferenz stattfinden sollte, kam ein Typ im schwarzen Ledermantel auf sie zu und stellte sich als Balthazar Yankulov vor.

Schmidt-Traube meinte, dass sie jetzt eingenordet werden von der Staatssicherheit. Tatsächlich klärte sie der Mann in lupenreinem Deutsch darüber auf, was sie bei der Präsentation sagen dürfe und was nicht. „Sie werden sich auf keinen Fall politisch äußern. Sollten Ihnen irgendwelche Fragen von den Journalisten gestellt werden, wie es Ihnen in Sofia gefallen würde, lächeln Sie und sagen, dass alles ganz hervorragend organisiert sei und Sie glücklich darüber sind hier auftreten zu können. Nochmals! Keine politischen Äußerungen!" Dann verschwand er wieder. Sie stand mit dem Delegationsleiter bereits hinter den Kulissen für die Pressekonferenz. „Das ist ja noch schlimmer geworden als damals, als ich hier zum ersten Mal war." „Die haben einfach kalte Füße bekommen. Seitdem Gorbatschow in Moskau an der Macht ist und viel von Glasnost redet, ist auch hier in Bulgarien viel von Aufruhr zu spüren. Todor Schiwkow von der *BKP* gilt als Betonkopf, wenn es um Veränderungen geht." „Schiwkow, wer ist das?" „Der Staatsratsvorsitzende!". Nun kam das Zeichen, dass das deutsche Team das Podium betreten sollte. „May I introduce the german delegation, wellcome Jana Levin!" Wie oft hatte die Sängerin diesen Satz in den letzten Tagen jetzt schon gehört. Insgeheim nannte Jana die Moderatorin der Pressekonferenzen schon *Miss May I Introduce.* Eine Blonde, Ende zwanzig, nicht unattraktiv, aber sie bewältigte ihren Job nicht. Angeblich sprach sie Bulgarisch, Russisch, Deutsch, Englisch und Französisch. Übersetzte dann aber ziemlich freihändig die Konversation zwischen den Delegationen und den anwesenden Reportern. Ungewollt kam es dabei zu viel Komik oder Realsatire. Im Gegensatz zu vielen anderen Ländern war die deutsche Präsentation bis auf den letzten Platz besetzt. Albena Kristiva erzählte etwas über Janas Karriere und über die deutschen Platzierungen der letzten Jahre bei diesem Festival, danach wandt sie sich direkt an die Damen und Herren im Parkett: „Any questions?" Eine englische Reporterin erhob sich und fragte in welchem Land Jana lieber auftreten würde in Deutschland oder England. Albena wiederholte die Frage und übersetzte diese ins Deutsche. Die Sängerin antwortete auf Englisch: „I love both countries, it's not important for me, where I'm on stage. UK and Germany have very talented composers. They are only separated by the britsh sea." Die Moderatorin verstand wohl nur die Worte *both* und *sea* und teilte den Anwesenden auf Deutsch mit, dass Frau Levin gern Boot fahren würde auf dem See. Ein dicker deutscher Reporter, der in der ersten Reihe saß, schlug sich auf die Oberschenkel und lachte laut los. Jana verzog keine Miene und wartete auf die nächsten Fragen. Die Übersetzungen von Albena wurden immer kurioser. Schmidt-Traube und Jana sahen sich verstört an. Allem die Krone setzte die Frage eines Spaniers auf, der sich in kaum verständlichem Englisch zu Wort meldete: „How does she tasts the bulgarian kitchen?" Wieder antwortete die Deutsche auf Englisch: „Unusally interesting, but it's not really my cup of tea." Auch das dolmetschte die Gastgeberin: „Frau Levin findet es interessanter Tee zu trinken." Wieder lachte der Fette drauf los und verschluckte sich dabei, bekam einen Hustenanfall, der so laut war, dass er das Forum verlassen musste. Die Pressekonferenz wurde daraufhin abgebrochen.

Am Abend fand ein Empfang in der deutschen Botschaft statt. Alle teilnehmenden Delegationen waren eingeladen.

Die Bundesrepublik sprach auch dieses Angebot an die osteuropäischen Länder aus, die dem Event aber fernblieben. Lediglich Merle Hubenreuter, die einen Startplatz für Luxemburg ergattert hatte war anwesend. Sie war vor einem Jahr spektakulär über die Ostsee aus der DDR nach Dänemark geflüchtet und lebte nun in Hamburg. Mit ihren Balladen konnte sie auf dem deutschen Musikmarkt schnell Fuß fassen. Seitdem war sie im Ostteil Deutschlands zur Persona non Grata erklärt worden. Die Worte ihres Chansons *Spätes Glück* galten drüben als Lyrik und wurden in Schulbücher für den Deutschunterricht aufgenommen. Nach ihrem Weggang sollen alle Exemplare verbrannt worden sein, erzählte sie oft in Interviews. Jetzt besaß sie einen westdeutschen Pass und genoss Reisefreiheit. Die beiden Sängerinnen kannten sich nicht gut, mochten sich aber. An diesem Abend kamen sie das erste Mal wirklich ins Gespräch. „Ich fühle mich ein wenig unwohl hier in Bulgarien, habe Angst, dass mir die Staatssicherheit auflauert und mich in die DDR abschiebt." „Das kann doch nicht passieren, du bist doch jetzt Bundesbürgerin!", versuchte Jana sie zu trösten. „Ich weiß, trotzdem traue ich denen hier nicht, ich bin froh, wenn ich wieder in Hamburg bin." Jana hatte keine Lust über Weltpolitik und die damit verbundenen Ängste und Bedenken zu diskutieren und wechselte das Thema: „Dein Lied *Avec toi et moi* ist sehr schön, sprichst du Französisch?" „Nur phonetisch!" „Ach, so habe ich meine ersten Langspielplatten in England auch aufgenommen." „Auf Französisch?" Jana grinste: „Nein, auf Englisch, ich war damals zwar mit einem Briten verheiratet, aber wir haben nur Deutsch miteinander gesprochen, habe mich erst viel später mit der Fremdsprache beschäftigt." „Du hast es gut, singst dein Lied in deiner

Muttersprache, kannst dich gut entfalten, Dir werden hier gute Chancen eingeräumt wie man hört." „Abwarten, meine Liebe, unterschätz die Russin nicht!" „Ach, die Julanowa, die war schon zu meinen DDR-Zeiten nicht mehr so angesagt, wie es in den Westen getragen wurde. Und ihr Alter, na ja, die muss um die sechzig sein, mein Vater war schon ein Fan von ihr." Jana Levin sah ihre Kollegin verwundert an. „Doch doch, die ist mindestens zwanzig Jahre älter als wir!" „Hast du den jungen Hüpfer an ihrer Seite gesehen? Ungefähr in unserem Alter, bei dem dominieren die weiblichen Hormone ganz stark, habe gestern gesehen, wie er sich im Backstage Bereich Kajal um die Augen malte!". Merle lachte laut auf. Plötzlich tippte Jochen auf Janas Schulter: „Darf ich die Damen mal kurz unterbrechen. Jana, der deutsche Botschafter möchte dich begrüßen, kommst du bitte." Er zog sie an sich und meinte: „Was hältst du dich so lange mit der auf, die gehört doch zum Thema *Gestern*." Die Sängerin ärgerte sich über diesen Satz und blaffte Schmidt-Traube an: „Sagst du das demnächst auch über mich?" Jochen verstummte ein paar Sekunden. Dann begrüßte der Botschafter Adrian von Bellmann die beiden Deutschen.

Man war hier in Sofia so abgeschirmt von allem, dass man erst nach und nach bemerkte, welche Sänger noch beteiligt waren. Die Liste mit dem gesamten Teilnehmerfeld hatte der Delegationsleiter in München vergessen. Jana kam das nicht ungelegen, da sich so keine Nervosität aufbauen konnte, gegen wen sie antreten musste. Im Laufe des Abends lief ihr Andy Paulsen über den Weg. „Was machst du denn hier?", fragte sie ihn erstaunt. „Ich singe für die Schweiz auf Italienisch!", strahlte er sie an. Der kleine Rothaarige war vor zehn Jahren regelmäßiger Sieger im *Schlagerderby* bei Alfi Boysen und galt als Mädchenschwarm. Seine Karriere lahmte ein wenig, er war jetzt auch Mitte dreißig und das Image vom jugendlichen Strahlemann funktionierte nicht mehr. Es wurden verschiedene Imagewechsel ausprobiert, die aber nicht wirklich ankamen. Andy lebte in Flensburg, jeder in der Branche wusste von seiner Homosexualität. Aber genau wie bei Tim Bravo sprach keiner darüber. Wenn ihn mal ein Journalist aus der Reserve locken wollte, stritt er das vehement ab und drohte mit Klage. Immer wenn Jana ihn bei gemeinsamen Veranstaltungen traf, war er meist betrunken, funktionierte aber auf der Bühne. Danach saß er oft in seiner Garderobe mit einer Flasche Cognac und soff. Einmal hatte sie ihn dort weinend in Selbstmitleid aufgelöst vorgefunden. Er sah sie mit glasigen Augen an, als sie vor ihm kniete. Dann fiel sein Kopf in ihren Schoß und er schlief ein. Behutsam versuchte sie ihn auf die Couch zu legen. Er schlief tief und fest. Sie spürte seinen Atem nicht mehr und rief einen Arzt. Der stellte einen Promillegehalt fest, der jenseits von Gut und Böse lag. Andy wurde damals sofort ins Hospital gebracht. Danach machte er eine Therapie und unterzog sich einem Entzug. Seitdem war es still geworden um ihn.

„Darf ich dir meinen Mann Jean vorstellen?", fragte er Jana. Sie war erneut perplex an diesem Abend. Neben ihrem Kollegen tauchte ein junger Mann auf, der von der Größe und Gestalt Paulsen sehr ähnlich war. „Oh, angenehm, ich bin Jana!" „Ich weiß, ich kenne Sie, Sie haben Andy damals quasi das Leben gerettet." „Na, so dramatisch war das auch nicht!" „Doch, Jana, das war es und ich bin dir dafür immer und ewig dankbar!", warf der Rothaarige ein. „Ich drücke dir die Daumen für deinen Beitrag am Samstag, wir sehen uns bestimmt noch." Dann verschwand sie wieder im Getümmel der Botschaft.

Endlich war der große Tag des Finales gekommen. Siebenundzwanzig Länder gingen an den Start um den *Goldenen Orpheus.* Jana hatte die Startnummer dreizehn gezogen. Sie sang hingebungsvoll *Gold regnet in mein Herz.* Das Publikum hörte nicht auf zu applaudieren. Als sie wieder im Green-Room war umarmte sie Horst Schlüssel heftigst: „Wir gewinnen das Ding, warts ab!" Nach dem Pausenakt, den Tänzer des russischen *Bolschoi-Balletts* bestritten, begann die Moderatorin die einzelnen Jurys aufzurufen ihre Wertung abzugeben. Jedes Land stellte zwei Juroren, die den Liedern zwischen einem und fünf Punkten geben konnten. Nach der Hälfte des Votings lag die Russin knapp vor Jana. Merle und Andy rangierten leider unter *ferner liefen.* Jula und Jana lieferten sich ein Kopf-an-Kopf-Rennen. Erst mit den letzten beiden Jurys aus Luxemburg und Schweden konnte die Deutsche das Festival für sich entscheiden. Nach der Übergabe der Trophäe an Horst Schlüssel sang sie ihren Titel noch einmal und wurde erneut frenetisch gefeiert.

Auf der anschließenden Siegerparty traf sie auf Andi Paulsen, der ihr herzlich gratulierte. „Bist du traurig über deine Platzierung?" „Nein, ich war nur hypernervös. Stell dir vor, was der Aufnahmeleiter eine Minute vor meinem Auftritt zu mir sagte …." „Was denn?" „So, du Nazischwein, jetzt bist du dran, viel Glück!" Die Siegerin war fassungslos: „Das musst du anzeigen und melden!" „Jana, wir sind hier nicht in Deutschland, außerdem habe ich keine Zeugen!"

Irgendwie war es doch ein schönes Gefühl, von Zeit zu Zeit doch noch nachgefragt zu sein. „Dann mache ich aber vor dem Auftritt noch zwei Wohlfühltage." Sie hatte vorhin eine Ayurveda-Beautyfarm entdeckt und rief noch einmal den Seitenverlauf auf dem Bildschirm auf. Dann wählte sie die Nummer der *Bötzelberg-Beautyfarm* in Suderburg und meldete sich für das nächste Wochenende an. „Warum Mechthild jetzt noch warten lassen?". Sie griff erneut zum Hörer und gab der Redakteurin eine Zusage. „Ich werde aber nicht singen!"

19. Evelyn

Jana hatte wieder mal ein paar Tage in Braunschweig verbracht. Sie ließ die harmonische Stimmung bei einem Espresso auf ihrer Terrasse nachwirken. Klara, Henning und deren Familien hatten Einladungen zum sechzigsten Geburtstag ihrer Cousine Evelyn erhalten. Auch aus ihrem Poststapel, der jetzt vor ihr lag, fischte sie das rosafarbene Kuvert und wollte es gleich ungelesen wegwerfen. Eine innere Stimme aber sagte ihr: „Mach das nicht!" Sie riss den Umschlag auf und entdeckte neben der offiziellen Einladung noch einen kurzen Brief.

Liebe Mathilde,

ja, jetzt werde ich sechzig, wollte das nie werden und habe mich entschlossen eine Party zu veranstalten. Unser Verhältnis war ja nicht immer gut, was an unseren unterschiedlichen Charakteren liegen mag. Jedenfalls würde ich mich freuen, wenn du kommen würdest.

Viele Grüße

Evelyn

„Nein!", dabei schlug sie mit der Faust so heftig auf den Tisch, dass der Espresso überschwappte. Es war zu viel passiert, was die beiden Frauen in all den Jahren entzweit hatte. Der erste Fauxpas passierte schon auf der Verlobungsfeier mit Brian, bei der auch Horst Schlüssel zu den Gästen zählte. Ihre Cousine war damals fünfzehn und ein überdrehter Teenager, der kurz vor dem Realschulabschluss stand. Sie sollte im Jahr darauf eine Lehre als Industriekauffrau bei *Siemens* beginnen. Irgendwie kam sie an diesem Abend mit dem Produzenten ins Gespräch und behauptete siebzehn zu sein. Horst fragte sie, ob sie auch singen würde, was sie wohl nicht verneint haben musste. Dann stand sie auf, stellte sich vor die Gästeschar und tat allen kund, dass sie jetzt den alten Hit von Merete Pling-Larsson *Liebe ja – Hochzeit nie* zum Besten geben würde. Janas Mutter sah ihren Mann verwundert an: „Seit wann singt die denn?" Albert zog die Augenbrauen hoch, sagte aber nichts. Dann trällerte Evelyn los, ihr Freund Uwe begleitete sie dabei auf der Gitarre. Jana empfand es als geschmacklos diesen Text auf einer Verlobungsfeier zu hören. Wohl mehr aus Höflichkeit klatschten die Anwesenden nach dem Vortrag. Schlüssel kam auf Jana zu: „Na ja, die Nachtigall in ihrer Kehle ist nicht groß, aber sie wohnt sehr schön." Die Sängerin rollte mit den Augen. „Soll ich sie mal ins Studio einladen und ein paar Demos mit ihr machen?" „Mach, was du nicht lassen kannst, aber setz ihr keine Flausen in den Kopf. Gibt es überhaupt so viel Technik, dass sich ihre Stimme halbwegs plattenreif anhört?" Evelyn und Horst wurden sich an diesem Abend dann wohl einig. Ein paar Monate später erschien ihre erste Single unter dem Namen Milly Mirror. Der Schlager *Hallo Mama* floppte gewaltig. Das hielt sie aber nicht ab weiterzumachen. Neben ihrer Lehre im Büro fuhr sie regelmäßig an den Wochenenden zu Schüssel nach Düsseldorf und produzierte neue Lieder. Sie hatte gerade ihre Abschlussprüfung mit Ach und Krach bestanden, wurde aber von *Siemens* nicht übernommen. „Das ist ein Wink mit dem Zaunpfahl, jetzt werde ich Profi!", verkündete sie damals überall, gründete zusammen mit Uwe eine Band und tingelte über Dorffeste und ähnliche Events.

Der große Durchbruch blieb aus. Erst als Jana ihren Millionenhit *Fremder aus New York* hatte, gewann ihre Cousine Oberwasser. Milly erzählte überall, sie sei eine nahe Verwandte von Jana Levin. Im Frühling 1973 trat sie erstmals bei Alfi im *Schlagerderby* auf. Ihr Lied *Hol mir die Sterne vom Himmel* ging aber unter. Auf der letzten Seite der *Bild* war damals ein kleiner Artikel zu lesen ,*Milly Mirror - Da geht kein Stern auf.* Jana beobachtete den Weg der Kleinen mit Argwohn, empfand manchmal sogar Schadenfreude, wenn wieder etwas nicht funktionierte. Evelyn aber hatte Biss. Ihre Band hatte sie hinter sich gelassen und versuchte es jetzt ausschließlich solistisch. Mit der nächsten Nummer, die sie im monatlichen Schlagerwettbewerb vorstellte, errang sie überraschend den dritten Platz. Plötzlich war der Name Milly Mirror in aller Munde. Vor allem durch die dämliche Äußerung über ihre Cousine: „Ja, die hat schöne Lieder, aber meinst du, das kauft einer?" Janas Platten liefen zu dieser Zeit zwar nicht schlecht, aber aus den bekannten Gründen fand sie im *Schlagerderby* nicht statt. Sie war über die Äußerung ihrer Cousine damals so erbost, dass sie jahrelang jeden Kontakt zu ihr ablehnte. Ab und zu kamen Anfragen für Fernsehshows, in denen beide auftreten sollten, aber das sagte Jana jedes Mal kategorisch ab. Erst viele Jahre später, zum sechzigsten Geburtstag ihres Vaters, trafen die beiden bei der Familienfeier wieder aufeinander. Gertrud versuchte zu vermitteln, was aber nicht wirklich gelang, zumindest war aber wieder eine Art Höflichkeitskontakt entstanden.

Jana Levins Karriere verlief kontinuierlich. Milly hatte bis zu Beginn der 1980 er Jahre leidlich zu tun. Als die *Neue Deutsche Welle* die Musikszene überrollte, verschwand sie in der

Versenkung. Versuche, danach wieder Fuß zu fassen, fruchteten nicht. Ihre erarbeiteten Gagen investierte sie regelmäßig in Designerklamotten und falsche Männer, die sie ausnahmen. Als Jana eines Tages im *Stern* unter der Kategorie *Was macht eigentlich … Milly Mirror?* einen Artikel über ihre Cousine fand, lachte sie auf und sagte zu Martin: „Das könnte ich denen genau sagen!" „Lass es, gieß bloß kein Öl auf die Flamme!" Erst kürzlich hatte sie von ihrer Schwester erfahren, dass Evelyn jetzt in Hanau in einer WG lebt und ab und zu in einem Gartenbaubetrieb die Büroarbeit verrichtete. Die kleine Eigentumswohnung in Zweibrücken sei längst unterm Hammer. Henning sagte ihr, dass er ihr Geld gegeben habe, damit sie den Umzug bezahlen könne, worauf Jana entgegnete: „Geld, das siehst du nie wieder!" „Das weiß ich, aber sie tut mir irgendwie leid." „Mir nicht, dieses scheinheilige Aas, du weißt ja, was sie mir damals angeboten hat, als Papa und Mama starben."

Dann sollte sich das Blatt aber doch noch einmal wenden. Der Fernsehsender *Anixe* plante ein Reisemagazin und suchte Prominente, die den Zuschauern im Ausland Sehenswürdigkeiten, Hotels und Strände präsentieren. Außerdem sollte sie jeweils vor Ort landestypische Dinge mit den dortigen Einwohnern begleiten. Als Milly im Regenwald in Südamerika mit einer Vogelspinne Bekanntschaft machte, bekam sie einen Schreikrampf und lief davon. Die Folge wurde niemals ausgestrahlt. Mit Milly wurden zwölf Teile gedreht. Angeblich soll sie rund achtzigtausend Euro dafür bekommen haben, wurde in der Branche gemunkelt. Jana kommentierte das knapp: „Dann bleiben nach Steuern rund vierzigtausend, den Rest verjubelt sie binnen eines Jahres!"

Tatsächlich erzielte der Sender nicht die gewünschten Quoten. Millys Karriere bekam keinen neuen Schwung. Zwar kamen gelegentlich Anfragen von Discotheken oder Stadtfesten, aber sie rief überzogene Gagenforderungen auf, die natürlich niemand bezahlen wollte. In Castrop-Rauxel schmetterte sie tatsächlich ihre Hits von damals vor zehn Zuschauern, wofür ihr der Veranstalter fünfhundert Euro bar in die Hand drückte. Sie hatte diesen Deal nur angenommen, weil man der Sängerin versprochen hatte, dass das örtliche Bürgerfernsehen mitschneiden würde. Das passierte auch und wurde bei *YouTube* ins Netz gestellt. Untertitelt war das Video mit *Milly Mirror beim Soundcheck,* es handelte sich aber um den Liveauftritt.

„Ich fahre da nicht hin, wovon will die das eigentlich bezahlen?", schoss es Jana durch den Kopf. „Und wir wollen doch auch mal schön bei der Wahrheit bleiben, tststs … sechzig, lügt sogar bei ihrem Alter, eine zweite Juanita!" Dann zerriss sie die Einladung und warf sie weg.

20. Show, Show, Show ... und sonst?

Wirklich vorbereitet war sie für den neuen Lebensabschnitt nicht, wie sie immer wieder feststellen musste. Während ihrer aktiven Zeit war sie ausgefüllt mit Arbeit und glücklich, wenn sie mal ein paar Tage am Stück zu Hause sein konnte. Konkrete Hobbys hatte sie nicht. Um ein Buch zu lesen fehlte ihr die Ausdauer. Als ihr kürzlich Richard Steinbrück seinen neuesten Roman schickte, bedankte sie sich per Mail und teilte ihm mit, dass er ihr bei Gelegenheit mal sagen könne, um was für eine Geschichte es sich handele. Sie hatte den Schriftsteller mal bei einer Talkshow kennengelernt und seitdem hin und wieder Kontakt mit ihm. Steinbrück antwortete knapp: „Lies es einfach!". Bei den *Grünen Damen* im *Klinikum Bremen-Mitte* hatte sie versucht caritativ tätig zu sein und alleinstehenden Patienten Gesellschaft zu leisten. Jana fand das nicht uninteressant Geschichten fremder Menschen zu hören. Als die Presse das mitbekam titelte *Bild ‚Jana Levin schwer erkrankt?'*. Außerdem gab es oft einen Fanauflauf, wenn die Sängerin ihrem Ehrenamt im Krankenhaus nachgehen wollte. Einige Male rückte auch ein Kamerateam von *RTL* an. Jana war nicht abgeneigt einen Dreh mit denen zu machen, wurde aber von der Geschäftsführerin der Klinik in ihre Schranken gewiesen, dass das Krankenhaus keine Filmkulisse sei und sie bitte die Privatsphäre der Patienten zu respektieren habe. Natürlich wurde sie oft von den zu betreuenden Menschen erkannt, die nichts Besseres zu tun hatten, als ihre Angehörigen, die plötzlich wohl doch vorhanden waren, zu informieren wem sie gerade begegnet waren. Beim zweiten Besuch war es dann so, dass der Kranke nicht mehr allein war, sondern eine Traube von Freunden und Verwandten um sein Bett scharte, die Jana Levin kennenlernen wollte.

Einmal begegnete sie ihrer Kollegin May Garden, die sich hier ein paar Tage als Patientin aufhielt. Die Künstlerinnen kannten sich seit Jahren und hatten beide mit Horst Schlüssel gearbeitet. Auch May hatte einmal am *Goldenen Orpheus* teilgenommen mit der Schlüssel-Nummer *But nothing for me,* kam aber über einen Platz im Mittelfeld nicht hinaus. Ursprünglich hatte sie Medizin studiert, sich aber dann doch für die Musik entschieden. Auf dem *Bremer Freimarkt* wurde die Kielerin von Horst Schlüssel entdeckt, der sehr angetan war von Mays launiger Partymusik. Er schickte sie mit einer Happysoundnummer in den Vorentscheid, wo sie allerdings scheiterte. Einige Jahre später wurde sie direkt nominiert und vertrat die Bundesrepublik in Sofia. Wie sie Jana erzählte, brauche man sich keine Sorgen zu machen, warum sie im Krankenhaus sei: „Es war nur der Blinddarm, dauert noch zwei Tage, dann werde ich entlassen." „Wie läuft es denn bei dir?" „Ach, gar nicht schlecht. Ich toure seit über einem Jahr als Schauspielerin mit Johannes Trebur und dem Stück *Wer hat Angst vor Virginia Woolf* durch die Lande." „Oh, das wusste ich gar nicht, hast du eine Schauspielausbildung?" „Nein, aber einen guten Regisseur, er ist erst Mitte zwanzig und macht das perfekt, ich lerne mit jeder Vorstellung. Außerdem ist Trebur ein toller Kollege, er hat lange nichts im Kino oder im Fernsehen gemacht. Du kennst ihn ja sicher noch aus seinen *Loriot-Geschichten*." Jana überlegte einen Moment und zog die Stirn kraus: „Das ist ja über dreißig Jahre her." „Du, jünger werden wir alle nicht!", lachte May auf. „Hast du noch Kontakt zu Horst?" „Mal

mehr, mal weniger, mal gar nicht." „Klingt aber merkwürdig?" „Du Jana, es ist wie es ist! Als er im letzten Jahr seine
Autobiographie auf der *Leipziger Buchmesse* vorstellte, rief er
mich an und bat um einen Auftritt mit meiner Band bei einem Empfang." „Ach, das ist doch nett!" „Tja, warts ab, wir
vereinbarten, dass ich ein paar Lieder singen solle nach dem
Imbiss. Ich stellte ein halbstündiges Programm zusammen
und sang natürlich auch *But nothing for me* und viele andere
Sachen von ihm. Als ich ungefähr mit der Hälfte des Ablaufs
durch war, kam er zu mir auf die Bühne …!" „Und umarmte
dich!", fiel ihr Jana ins Wort. „Ja! Er packte mich an den
Schultern und küsste mich, vor versammelter Mannschaft
auf den Mund und meinte, dass es eine tolle Show wäre, auf
seiner Party Titel von ihm darzubieten. Ich legte mein Mikrofon beiseite, war geschockt von dem Zungenkuss, drehte
mich um und ging in meine Garderobe. Ich war völlig
konsterniert, Horst rannte hinter mir her und meinte, ich
solle sofort auf die Bühne zurückkommen. „Er ist nicht einfach, aber ehrlich wie ein Kind, auch herzensgut und groß-
zügig, wenn alles glatt läuft." Bei diesen Worten sah Jana
ihre Kollegin freundlich an. „Er hat doch im Dezember zum
sechsten Mal geheiratet, diese Ungarin Frederika." „Ja,
und?" „Die hat er dann gebeten mich einzuladen. Ich sollte
auch kommen, habe dann abgesagt." Jana sah zur Uhr: „Oh,
schon halb sechs, ich muss noch etwas einkaufen, schaue
aber morgen noch einmal nach dir." „Lass dich nicht aufhal-
ten, tschüss!"

Nach einigen Wochen gab Jana ihr Ehrenamt auf. Weder sie
noch die Krankenhausleitung hatten etwas gegen diesen

Schritt. „Dann hört das ja jetzt endlich auf mit den Ansammlungen von Fans und der Presse!", verabschiedete sie die Geschäftsführerin.

Sie hatte jetzt schon mehrere Tage ununterbrochen in ihrer Wohnung verbracht. Martin war zwei Tage da gewesen, war aber sehr unentspannt, da seine Premiere in Stuttgart verschoben worden war und zeitgleich ein Engagement in Warschau anstand. Aber ihm fiel auf, dass Jana sich langweilte, vielleicht sogar einsam war: „Du wirkst etwas missmutig, was ist los?" Sie druckste ein wenig herum, dann platzte es aus ihr heraus: „Ja, stell dir vor, ich weiß nicht so richtig, was ich machen soll. Mein Kleiderschrank wächst und wächst, ich kaufe zu viele Klamotten, die ich gar nicht brauche. Mir fehlt eine sinnvolle Beschäftigung!" „An was hast du dabei gedacht? Du wolltest doch immer schon mal Tiefseetauchen!" „Hm, ach ja, das wäre schön, aber meinst du, der Unisee ist tief genug?", gluckste sie. Martin lachte: „Nein, aber Freunde von mir waren kürzlich in Eilat am Roten Meer und haben davon geschwärmt." „Eilat, wo ist das denn?" „Sagte ich doch gerade am Roten Meer in Israel!" „Da war ich noch nie, aber schön fände ich das schon, kommst du mit?" „Cherie, wenn es zeitlich geht, sehr gern. Ich habe ja mal mit einer Company in Tel Aviv gearbeitet und das Land ein wenig kennengelernt. Die Menschen dort sind sehr freundlich und aufgeschlossen." „Wann bist du aus Warschau zurück?" „Ich denke übernächste Woche, dann kann ich auch absehen, wann ich ein Zeitfenster für Israel hätte. Ach so, wäre dann übrigens nicht die Tiefsee im Golf von Akaba, eher die Möglichkeit nur zu schnorcheln." „Akaba, wo ist das denn nun schon wieder?" „Am Roten Meer in Jordanien, Nachbarstadt von Eilat in Israel!", amüsierte sich Martin.

Am nächsten Morgen machte sie sich auf den Weg in ein Reisebüro in der Innenstadt und ließ sich Angebote machen für eine Reise ans Rote Meer. Mit einem Stapel von Prospekten kehrte Jana zurück und legte diese auf ihren Schreibtisch. Sie nahm eine Pizza aus dem Tiefkühlfach und stellte diese in die Mikrowelle. Als die gebacken war genehmigte sie sich ein Glas *Barolo* dazu. Die Nachmittagssonne leuchtete ihr Wohnzimmer erbarmungslos aus. „Hier müsste mal wieder gestrichen werden!", fuhr es ihr durch den Kopf. Wenn man ihr auch nachsagen konnte, dass sie keiner sinnvollen Freizeitbeschäftigung nachging so wusste man aber von ihrer Leidenschaft. Handwerkerarbeiten im Selfmade-Verfahren liebte sie. Sie besaß eine Vielzahl an Bohrmaschinen, Zangen, Abschleifgeräten, Wandrollen und Pinseln. „Ich muss mir nur Innenbinder vom *Bauhaus* besorgen, dann kann es morgen losgehen!" Sie hatte in diesen Dingen tatsächlich eine gewisse Fertigkeit entwickelt, die immer wieder erstaunte. Mit viel Interesse ließ sie sich gern in den Baumärkten Geräte erklären, die sie dann auch kaufte. Oft verschwanden diese Sachen dann aber schnell wieder in ihrem Archiv, doch ab und zu nutzte sie die Maschinen und Instrumente tatsächlich. Selbst als eine Kollegin der *Neuen Deutschen Welle* damals in Oldenburg einen Kindergarten gründen wollte, bot Jana ihre Hilfe an.

Als sie den Markt betrat, fiel ihr die Szene von damals wieder ein. Es hatte seinerzeit einen ziemlichen Menschenauflauf gegeben als die beiden prominenten Frauen ihren Einkaufswagen durch *Ikea* schoben, um Ausstattungsgegenstände für den Hort zu kaufen.

Dada hatte zu Beginn der 1980 er Jahre ein Vermögen mit ihrer Musik verdient. Jedes ihrer Lieder wurde ein Hit. Sie selbst war Kinderkrankenschwester in Oldenburg und sang nebenher mit ihrer Band. Dada verkörperte hundertprozentig den Typ des quirligen, jungen und intelligenten Mädchens. Ihre Texte waren frech und lagen voll im Trend. *Sehr erstaunt* und *Keine Pershings mehr* waren Millionenhits, mit denen sie sogar die *UK-Charts* stürmte. Bis heute hat sie sich immer wieder neu erfunden und ist nach wie vor sehr populär.

Die Kunden in dem schwedischen Möbelhaus waren äußerst überrascht als sie die beiden Prominenten wahrnahmen. Einerseits lag mindestens eine Generation zwischen ihnen, also hätten sie quasi auch Mutter und Tochter sein können, andererseits war man verwundert, dass zwei Superstars mal so eben zusammen einkaufen gehen. Im Nu waren sie umringt von Fans, schrieben Autogramme auf Verpackungskartons, Unterarme und Prospekte. Zum eigentlichen Grund einzukaufen kamen sie nicht mehr. „Nächstes Mal verkleide ich mich als Oma Annschen!", rief Jana ihrer Kollegin zu. „Und ich mache auf seriöse Lehrerin!". „Wir erkennen euch immer, egal, was ihr macht und wie ihr ausseht.", schrie eine kleine rundliche Rothaarige. Plötzlich eilte der Geschäftsführer der Filiale herbei und fragte, ob er den beiden etwas anbieten dürfe. „Oh, gern, könnte ich ein Glas Rotwein haben, möglichst keinen schwedischen!", lachte ihn Jana an. „Aus Schweden, hm, keine Angst, in Schweden wird so gut wie kein Wein angebaut, ich bringe einen schönen *Trollinger*." „Du kannst doch jetzt hier nicht anfangen zu saufen!", ächzte sie Dada an. „Ist doch jetzt eh egal, du siehst doch was hier los ist." Ja, eben!" Nach über zwei Stunden waren die Sängerinnen fix und fertig.

„Ich kann nicht mehr!" „Ich auch nicht, sollen wir etwas essen gehen?" „Gute Idee, obwohl mir mehr nach einer heißen Dusche ist." Beide kamen sich ziemlich ramponiert vor, um einem weiteren Fansturm vor den Kassen aus dem Weg zu gehen, schlug der Geschäftsführer vor, sie am Personaleingang zu verabschieden, was beide dankbar annahmen. Er freute sich überschwänglich und war selig über die Gratis-Autogrammstunde: „Wenn unsere Kunden das weitertragen, was ihnen hier heute passiert ist, boomt der Umsatz, eine Superwerbung haben Sie damit für unser Haus gemacht Ich freue mich, Sie bald wieder als unsere Gäste begrüßen zu dürfen!" Als die beiden Künstlerinnen endlich im gemieteten *Sprinter* saßen meinte Jana: „Und alles umsonst!" „Was?" „Na, wir haben gratis und ohne es zu wollen Reklame für *Ikea* gemacht." „Ach so, ja, nicht ganz für zwei Rotwein und eine Cola. Erzähl das bloß nicht meinem Management, die werden verrückt, wenn die das hören!" „Wo kriegen wir denn jetzt die Kinderbetten her, deshalb waren wir doch hauptsächlich hier?" „Ruf an und lass dir alles liefern, einen erneuten Liebesbeweis meiner heutigen Begleitung hierher forderst du bitte nicht wieder von mir."

Da sie sich hier im *Bauhaus* nicht sonderlich auskannte steuerte sie zunächst den Informationsschalter an. „Guten Tag, wo bekomme ich Innenbinder für Wandanstriche?" „Geradeaus und dann links, bei den Malerartikeln.", kam als mürrische Antwort einer jungen Blonden. „Die hat keine Lust auf ihren Job, so etwas Unfreundliches." Dann stand sie vor dem Regal mit den Farben. „Oh ja, wie viele Eimer brauche ich eigentlich?" Sie rief einen jungen Verkäufer zu sich und erklärte ihm ihr Anliegen. „Wie groß ist denn der Raum, den sie streichen wollen?" „Etwa sechzig Quadratmeter." „Hm, die Wände haben normale Höhe?" „Ich denke schon, also welche Menge benötige ich?" Der Typ im blauen Kittel rechnete kurz auf seinem Taschenrechner. „Einfacher oder doppelter Anstrich?" „Wie meinen Sie das?" „Na ja, sind die Wände schon einmal geweißt worden?" „Ja, vor etwa vier Jahren." Wieder tippte er auf seinem Gerät herum: „Dann dürften fünfundzwanzig Liter Farbe reichen, also fünf Eimer. Soll ich Ihnen die gleich in Ihren Einkaufswagen stellen?" Jana wurde plötzlich klar, dass sie diese Mengen gar nicht in ihrem Auto transportieren konnte: „Liefern Sie auch frei Haus?" „Ja, ab hundertfünfzig Euro kostenlos." Jana überschlug kurz den Gesamtpreis der Ware und stellte fest, dass sie knapp unter der aufgerufenen Summe landete. „Okay, ich schaue mich noch etwas um, aber diese Eimer nehme ich schon mal. Wann können Sie liefern? „Morgen, im Lauf des Tages!" „Bitte etwas konkreter, wenn ich bitten darf!" „Moment, ich kläre das für Sie. In der Zwischenzeit können Sie sich ja noch ein wenig umsehen, wir liefern dann alles zusammen. Ich muss noch mal eben Ihre Daten aufnehmen." Die Sängerin schlenderte noch ein paar Minuten durchs *Bauhaus* und blieb verträumt vor dem Regal mit den Schlagbohrmaschinen stehen. Professionell taxierte sie einige Maschinen. „Tausendvierhundert Umdrehungen.", seufzte sie. „Die nehme ich auch noch, eine echte *Bosch* habe ich noch nicht." Dann ging sie zurück in die Farbenabteilung und übergab dem Verkäufer ihre neue Errungenschaft: „Die kommt dann auch noch dazu." „Okay, wir liefern morgen zwischen fünfzehn und sechzehn Uhr." „Prima, dann wäre das ja geklärt, ach ja, klingeln müssen Sie bei Müller-Levin." Der junge Mann stutzte kurz, sagte aber nichts. Dann ging sie zur Kasse und bezahlte. Auf der Rückfahrt verspürte sie

Lust auf den Spa-Bereich des *Park-Hotels*. „Schade, das wird jetzt leider zu spät, aber in den nächsten Tagen ist das mal wieder fällig." Gegen sechs erreichte sie ihre Wohnung und begann sofort die großen Möbelstücke im Wohnzimmer mit Folie abzukleben, schließlich wollte sie morgen mit der Renovierung beginnen. Drei Stunden später ließ sie sich erschöpft an der Küchenbar nieder und genoss einen *Barolo*.

Am nächsten Tag wurde tatsächlich alles pünktlich geliefert. Sie zog einen ausgedienten Jogginganzug an und band sich ein Küchentuch als Kopfschutz um. Als sie in den Spiegel blickte musste sie lachen: „Wirklich wie Oma Annschen." Vorsichtig öffnete sie den Farbeimer, goss etwa die Hälfte in ein anderes Gefäß und hängte das Abrollgitter hinein. Dann tauchte sie die Malerrolle ein, strich sie auf dem Gitter ab und begann die erste Wand zu streichen. Diese Tätigkeit ging ihr leicht von der Hand. Nach drei Stunden musste sie aber feststellen, wie anstrengend die Arbeit war. Sie beschloss aufzuhören und nahm ein ausgiebiges Duschbad. Martin erzählte sie abends am Telefon von ihren Ausführungen: „Ich werde wohl pro Tag eine Wand schaffen und dann noch die fürchterliche Decke, aber vielleicht macht das auch der Hausmeister, habe ihn schon angesprochen." „Wow, du bist ja richtig aktiv, morgen werden sich deine Muskeln melden!" „Ach, das ist egal, gönne mir dann nächste Woche einen Wellness-Tag. Wie geht es in Warschau voran?" „So la la, die Ausstattung ist eine Katastrophe, die Tänzer sind wenig motiviert und schlecht ausgebildet, brauche mindestens noch drei Wochen." „Oh, das tut mir leid für dich … und für mich." „Wieso für dich?" „Weil du mir fehlst, kann ja mal schauen, ob ich übernächste Wo-

che einen Flug bekomme." „Lass uns morgen darüber sprechen, ich bin jetzt müde und muss ins Bett.", beendete er das
Gespräch. „Gute Nacht, mein Schatz, ich gehe jetzt auch in
die Falle."

Die nächsten Tage verbrachte Jana ausschließlich mit Maler-
arbeiten, die ihr Spaß machten. Der von Martin angekün-
digte Muskelkater hielt sich in Grenzen. „Angriff ist die
beste Verteidigung!", sagte sie sich immer wieder und
machte weiter. Gegen Ende der Woche stand dann wirklich
nur noch das Weißen der Decke an, welches tatsächlich Herr
Fischer übernahm, wofür ihm Jana überaus dankbar war.
Dem Hausmeister war es fast ein bisschen peinlich, als ihm
die Sängerin zweihundert Euro in die Hand drückte. „Das
ist aber nicht nötig, liebe gnädige Frau!" „Doch doch, ich
hätte das nicht so hinbekommen, nochmals herzlichen
Dank!" Franz Fischer war ein Fan von Jana Levin und glücklich, dass er ihr behilflich sein durfte. Als sie am nächsten
Morgen zum Briefkasten hinunter fuhr, lag ein Strauß roter
Rosen vor ihrer Wohnungstür mit einem kleinen Kärtchen
,Danke für das Geld - Ihr Franz Fischer' „So ein Verrückter, ich
habe mich zu bedanken!", schüttelte sie den Kopf.

Den Vormittag verbrachte sie mit dem Abziehen der Schutz-
folien ihrer Möbel. Während dessen putzte Sena die Wohnung, was ganz untypisch war. Normalerweise konnte Jana
es nicht ertragen, wenn um sie jemand herumwuselte. Heute
aber war eine Ausnahmesituation, alles sollte möglichst
schnell wieder in den ursprünglichen Zustand versetzt werden. Gegen Mittag war alles fertig. Die beiden Frauen nahmen noch einen Kaffee zusammen. Danach fiel Jana wie ein
Stein ins Bett.

Am nächsten Morgen machte sich in ihr eine Zufriedenheit breit als sie den frisch renovierten Raum erblickte. Nach ihrem Frühstück machte sie im *Park-Hotel* einen Wellness-Termin für den Nachmittag. Inge Breitenbach freute sich sichtlich Jana wieder einmal behandeln zu dürfen. „Es ist heute sehr voll im Sauna- und Schwimmbadbereich." „Ach, wissen Sie liebe Frau Breitenbach, das ist mir so egal. Ich brauche heute ihr wunderbares Salz-Peeling und dann zwei Saunagänge, danach werde ich noch ein wenig schwimmen. Ich habe die letzten Tage hart gearbeitet, muss mich entspannen." „Oh, planen Sie ein Comeback?", wurde die Masseurin hellhörig. Jana lachte: „Nein, ich habe mein Wohnzimmer gestrichen." „Sie haben was?" „Gemalert, jetzt sieht alles aus wie neu." „Respekt, ich habe in solchen Dingen zwei linke Hände." „Sie haben goldene Hände, machen Sie bitte weiter.". Sie genoss die Salzmassage sichtlich und fing wirklich an, sich zu entspannen. Dann nahm sie ihren Saunagang. Tatsächlich war es dieses Mal ziemlich voll und auch relativ laut. Ein gutgebauter Typ, ungefähr Mitte fünfzig, begrüßte sie freundlich. Sie hatte den Eindruck, dass sie ihn kannte, wusste aber nicht woher. Seine Blicke, die auf ihre Blöße fielen, waren ihr zu direkt. Immer wieder dachte sie, dass es eine Unverschämtheit sei, sie so anzustarren. „Hoffentlich ist das nicht einer dieser miesen Schreiberlinge der Boulevardpresse." Aber es fiel ihr beim besten Willen nicht ein, wer das war. Nachdem sie ihren Wellness-Teller - ohne Bananen - verzehrt hatte, fühlte sie sich wie neu geboren. Auf der Rückfahrt fiel es ihr wie Schuppen von den Augen: „Das war doch dieser Typ von *Saturn* in Oldenburg, bei dem habe ich doch mal eine Autogrammstunde gegeben." Tatsächlich, jetzt erinnerte sie sich ganz genau. Es musste ungefähr fünf Jahre her sein, als das passierte. Sie konnte sich aber nicht an seinen Namen erinnern. Er leitete die Abteilung für CDs und Videos und sie empfand ihn damals als sehr fachkundig. Ab und zu schrieb er ihr danach Briefe mit konstruktiven Kritiken ihrer Auftritte. Sie schätzte das sehr und dachte bei jeder neuen Nachricht sich zu bedanken. Aber wie so oft waren dann immer andere Dinge wichtiger und sie vergaß es.

Als sie wieder daheim war trank sie ihren abendlichen Roten. Zufällig fiel ihr Blick auf den Schreibtisch, wo sie die Israelprospekte erspähte. „Das wird meine Aufgabe für die nächsten Tage.", gähnte sie.

21. Betsy

Erst nach ein paar Tagen entdeckte Jana die Prospekte für die Reise nach Eilat wieder. Sena hatte diese bereits im Altpapier entsorgt. „Manchmal ist sie wirklich zu akribisch und schießt über das Ziel hinaus.", ärgerte sich die Sängerin. Jetzt blätterte sie lustlos in den Katalogen herum. Die Aussicht auf eine Reise mit Martin gefiel ihr, aber ob er wirklich zwei Wochen Zeit finden würde, wusste sie nicht. Allein aber wollte sie auf keinen Fall fahren. Plötzlich klingelte ihr Handy. „Hallo Jana, hier ist Betsy!" „Oh, von dir habe ich lange nichts gehört." „Wir waren zehn Tage in Istanbul, Wolfi hatte dort beruflich zu tun." „Ah, interessant." „Übernächstes Wochenende sind wir zu einer Familienfeier in Bremerhaven, ich dachte mir, dass wir uns vielleicht sehen könnten auf der Hin- oder Rückfahrt." „Ach Betsy, das wäre ganz schön, ruf mich doch einfach ein oder zwei Tage vorher noch mal an, dann weiß ich definitiv, ob Martin hier ist. Aber ich denke, das könnte klappen, bis dahin, tschüss!"

Eigentlich hatte Jana kein großes Interesse an einer Begegnung mit Betsy. Sie war damals eine Nachbarin ihrer Fanclubleiterin und wurde durch diese quasi zum Fan gemacht. Sie war nett, kannte aber, ähnlich wie Petra Gosch, ihre Grenzen nicht. Ihr Kennenlernen verlief damals etwas merkwürdig. Jana war Stargast bei einem Vorentscheid zum *Goldenen Orpheus*, saß gelangweilt in ihrer Garderobe und rief Petra an. Diese hatte gerade ein paar Freunde und Nachbarn zu Besuch und sie schauten sich die Sendung an. Am Thema selbst waren sie wenig interessiert, aber die Clubleiterin hatte alle dazu verdonnert zuzuschauen, da ja Jana auftreten sollte. Als Betsy mitbekam, dass ihre Nachbarin mit dem Star des Abends telefonierte, entriss sie ihr den Hörer und lief aus dem Raum. In der Küche redete sie zwanzig Minuten wie ein Wasserfall mit der Sängerin, als wären sie uralte Freundinnen. Jana kam kaum zu Wort. Petra war über diesen Vorfall sehr verärgert und fuhr ihre Nachbarin an: „Was fällt dir eigentlich ein, mir den Hörer aus der Hand zu reißen, wenn ich mit einer Freundin telefoniere?" „Das war doch Jana Levin, die wir gleich im Fernsehen sehen!" „Ja und, was soll die jetzt über mich denken?" „Ach, ist doch nicht schlimm, wir haben uns ganz prima unterhalten." „Betsy, ein für alle Mal, so etwas möchte ich nicht, wenn Frau Levin hier anruft, ist das privat." Die Stimmung war an diesem Abend dahin.

Natürlich waren Betsy und Wolfi Mitglieder des Fanclubs geworden und reisten zu jedem Event in der Nähe von Rüsselsheim, wo Jana auftrat. Wolfi war wohl ihr vierter Mann. Zu diesem Thema war sie sogar einmal nachmittags zu Gast bei *RTL* in einer Talkshow zum Thema *‚Heiraten ist mein Hobby‘*. Sie war immer voll im Trend. Ihr knallrotes Haar war modisch gestylt und sah aus wie ein Berg Zuckerwatte, ihre aufgeklebten Fingernägel waren mit kleinen Glitzersteinchen aufgepeppt, sie sprach schnell und laut. Ihr Ehemann hatte wenig zu melden. Letztes Jahr soll es zwischen ihnen gekriselt haben. Kurzentschlossen flog sie mit einer Freundin nach Ägypten und verliebte sich Hals über Kopf in einen fünfundzwanzigjährigen Moslem. Als sie zurückkam stellte sie Wolfi ein Ultimatum und teilte ihm mit, dass er es ja nicht mehr bringen würde und dass er am Monatsende ausziehen solle, da Milad nun zu ihr nach Deutschland käme. Der arme Wolfi wusste gar nicht wie ihm geschah. Dann stellte Betsy wohl schnell fest, dass ihr ägyptischer Galan sie nur als ein Abenteuer betrachtet hatte. Er hatte von einer kranken Mutter gesprochen, die dringend operiert werden müsse, wofür aber kein Geld da war. In ihrer Verliebtheit überwies sie ihm mehrere tausend Euro. Als Wolfi das mitbekam bot er seiner Frau die Stirn: „Du bist fünfundfünfzig Jahre alt, der ist Mitte zwanzig und du hältst ihn aus!" Daraufhin brannte ein heftiger Streit zwischen beiden. Betsy ohrfeigte ihren Mann, woraufhin er das Haus verließ. Zufällig sah sie am Abend in *Aktenzeichen XY ungelöst* einen Fall, der ihrem glich. Es fiel ihr wie Schuppen von den Augen. Sie rief Milad an und forderte ihn auf das Geld zurückzuüberweisen. Er lachte wohl nur hämisch und legte auf. Plötzlich wurde ihr klar, was sie angerichtet hatte. Wolfi ließ sich später erweichen und verzieh seiner Frau.

Beide blieben Jana bis heute treu, sie kauften weiterhin alle CDs und machten massiv Werbung für ihren Star. Bei einem Fanclubtreffen lernte auch Margarete Loew Betsy einmal kennen und war sehr angetan von ihr. Sie erzählte Petra Gosch an diesem Abend, dass sie gern so eine Freundin hätte, worauf diese lediglich entgegnete: „Wieso? Du hast doch mich!"

Jana musste schmunzeln, als ihr diese Szene einfiel: „Ach ja, mir wird schon eine Ausrede einfallen!"

22. Das Chaos herrscht immer und überall

„Ich sollte manchmal ehrlicher sein!" Das eben geführte Telefongespräch mit Betsy wirkte nach. Im Laufe ihrer Karriere gab es Situationen, die sie nicht mochte, aber sie hatte zu strahlen und nach außen gute Miene zum bösen Spiel zu machen. Waren es wartende Fans am Bühneneingang oder Autogrammstunden in Kaufhäusern für eine neue CD, egal, im Vorfeld waren ihr diese Dinge unangenehm und sie sah es als eine lästige Pflicht an. Wenn es dann aber so weit war, konnte sie oft nicht genug bekommen von den Huldigungen und Lobhudeleien ihres Publikums. Es fiel ihr manchmal schwer, ein deutliches Nein auszusprechen, wie sie eben gerade im Gespräch mit Betsy festgestellt hatte. Auf der anderen Seite war sie auch kein Mensch, der ihr Gegenüber vor den Kopf stößt, aber es dann durch ihr phlegmatisches Verhalten doch tat. Der eine oder andere Fan zog sich auch schon mal enttäuscht zurück. Wieder klingelte das Telefon. Marc Klanger war dran. Er meldete sich seit Jahren immer wieder sporadisch. Konkrete Anlässe für diese Gespräche gab es nicht. Die damalige Zusammenarbeit mit ihm war zunächst schwierig, lief aber danach, aus künstlerischer Sicht, richtig gut. „Hallo Jana, wollte nur mal hören, wie dir der Ruhestand bekommt." „Ach, Marc, das ist schön, mal wieder deine Stimme zu hören!" Sie klönten eine geschlagene Stunde miteinander.

Eine Zeitlang hatte Jana Konzerte gegeben, die nur von einem Pianisten begleitet wurden, unplugged. Sie hatte damals lange gesucht und diesen in Marc Klanger gefunden. Die Zusammenarbeit war ursprünglich richtig gut und setzte neue Akzente. Nicht mehr mit Band oder großem Orchester zu arbeiten war neu für sie. Aber schon bei den ersten Proben stellte die Sängerin fest, dass es ein anderes Entertainen war als das, was sie bisher kannte. Sie waren jetzt ein Zweierteam, das sich auf kleineren Bühnen ausprobierte. Klanger kam von der klassischen Schiene und war es gewöhnt mit Operndiven zu arbeiten. Die Aufgabe im Bereich des Chansons war für ihn neu. Noten und Arrangements zu lesen und umzusetzen waren nicht das wirkliche Problem. Zum Teil schrieb er ihre populären Titel um oder transponierte sie einen Ton nach unten oder oben. Jana kam damit nicht immer gleich zurecht und wurde ungeduldig. Die Premiere des ersten Liederabends war im Mainzer *Unterhaus* angesetzt. Jana und Marc hatten wochenlang geprobt. Trotzdem hatte sie Zweifel, ob die neue Richtung die richtige für sie sei. Dazu kam, dass sie zu der Zeit eine Affäre mit einem Arzt hatte, die nicht unproblematisch war. Er war verheiratet und sie trafen sich heimlich und stets unter Ausschluss der Öffentlichkeit. Der Künstlerin kam es vor, als würde sie von zwei Seiten gleichzeitig gefordert werden. Ihre private Unzuverlässigkeit übertrug sich ab und zu auf den Beruf. Selbst in Mainz am Premierentag saß Marc auf heißen Kohlen, da seine Künstlerin noch nicht angereist war. Es war vereinbart, dass um vierzehn Uhr ein Soundscheck stattfinden sollte. Jana befand sich zu der Zeit aber noch im ICE, auf der Rückfahrt von ihrem Herrn Doktor in Düsseldorf. Auf Klangers Anrufe reagierte sie nicht, da sie natürlich vergessen hatte, den Akku aufzuladen. Völlig abgehetzt erreichte sie gegen halb fünf das Theater. Marc war sauer und peitschte sie durch die Probe. „Wenn das schon so anfängt, sollten wir es besser lassen!", schrie er sie an. Ihr war klar, dass er sich im Recht befand, trotzdem zog sie sich in die Schmollecke zurück. Der Soundcheck lief dann aber glatt über die Bühne. Das Publikum am Abend war begeistert.

Ein paar Tage später gastierte das Duo im Kölner *Gloria*. Wieder war der Pianist pünktlich zur Stelle. Der Veranstalter Sunder hatte die Sängerin und ihn zu einem gemeinsamen Mittagessen eingeladen. Wer nicht pünktlich erschien war Jana. Eine geschlagene Stunde wartete das Team auf den Star. Als sie eintraf bat Marc um ein Gespräch unter vier Augen. „Ist dir eigentlich klar, was für einen Eindruck du, nicht nur bei mir, hinterlässt?" „Ja, stell dir vor, auch Züge können Verspätung haben, es war nicht meine Schuld, beschwer dich bei der *Deutschen Bahn*!" „Jana, ich stelle das seit unseren Proben fest, dass du irgendwie in den Seilen hängst. Was ist los?" „Gar nichts, ich bin eben, was Organisation angeht, nicht so perfekt wie du!" Marc schüttelte den Kopf und zog seine Mundwinkel nach unten: „Du bekommst ab sofort konkrete Anweisungen per SMS von mir, sorge also bitte dafür, dass dein Handy vor unseren Terminen funktionsfähig ist. Deine Unzuverlässigkeit ist, gelinde gesagt, zum Kotzen!" Als sie zum reservierten Tisch zurückkamen, fanden sie diesen verwaist vor. Der Kellner teilte ihnen mit, dass Frank Sunder einen Anruf erhalten habe und einen dringenden Termin wahrnehmen müsse. „Dann habe ich jetzt auch keine Lust mehr hier etwas zu essen, ich gehe ins Hotel und lege mich ein wenig hin!" „Sei aber bitte pünktlich um siebzehn Uhr zur Probe im *Gloria*!" Jana hatte die eben erhaltene Standpauke verstanden und fühlte sich ertappt. Tatsächlich erschien sie dann zuverlässig zum Soundcheck.

Das Konzert am Abend war zwar nicht ausverkauft, aber das Duo konnte trotzdem einen Erfolg verbuchen. Die Zugabe *Gold regnet in mein Herz* wurde vom Publikum frenetisch gefeiert. Obwohl sie am Nachmittag mitgeteilt hatte, dass sie nach dem Konzert ihre Ruhe haben möchte, warteten noch etwa hundert Fans im Foyer. „Die kann ich jetzt nicht enttäuschen, ich gehe mal kurz raus und schreibe denen Autogramme." „Das wird wieder dauern, ich warte dann in der Lobby vom *Savoy* auf dich.", stöhnte Klanger. Jana wurde von ihren Anhängern mit Szenenapplaus begrüßt. Sie strahlte und der Ärger mit Marc schien vergessen. Mit Blumensträußen überhäuft traf sie eine gute Stunde später auf Marc. „Na endlich!", maulte er sie an. „Was ist denn? Ich bringe schnell die Blumen aufs Zimmer und dann essen wir etwas!" „Essen? Hast du mal zur Uhr geschaut, es ist kurz nach Mitternacht!" „Ja und …?" „Die Hotelküche ist bereits geschlossen!" „Dann nehmen wir uns ein Taxi und fahren zu dem Italiener von heute Mittag!" „Träum weiter und bring deine Blumen erst mal nach oben." Jana zuckte mit den Achseln und verschwand. Der Pianist fragte an der Rezeption, ob man denn nicht ausnahmsweise noch etwas zu essen bekommen könnte. Natürlich war das nicht möglich. Der Typ hinterm Tresen bot aber an, ihnen Besteck und Geschirr zur Verfügung zu stellen, sollte er noch irgendwo in der Nähe etwas bekommen. „Haben Sie einen Tipp?" „Hier hinter dem Hotel beginnt ja die Amüsierzeile der Stadt, da gibt es ein paar Schnellimbisse." „Sie meinen den Rotlichtbezirk von Köln?" „So kann man das auch nennen.", grinste ihn der Portier an. In diesem Moment betrat Jana wieder die Bildfläche: „Na, wo essen wir?" „Keinen Plan, setz dich in die Bar ich organisiere uns etwas aus dem Red-

Light-District!" „Woher?" „Ach vergiss es, ich bin in zirka fünfzehn Minuten wieder da." Sie stand da und sah ihren Pianisten entschwinden. Mit knurrendem Magen betrat sie den Barbereich und bestellte sich einen *Barolo*. Mit Heißhunger griff sie immer wieder in die Schale mit den Erdnüssen. Der Barkeeper zog die Augenbrauen hoch: „Soll ich nachfüllen?" „Nein, lassen Sie mal, mein Essen ist unterwegs." „Die Küche hat doch bereits geschlossen." „Das muss ja nicht Ihr Problem sein!" Inzwischen war es dreiviertel eins geworden. Marc war jetzt schon über eine halbe Stunde weg. Sie schaute auf ihr Handy und las eine SMS: „Chinesisch?" Die Nachricht war vor zwanzig Minuten eingegangen. In diesem Moment kam Klanger herein, er trug zwei Pappkartons mit sich. „Warum antwortest du nicht auf meine Nachricht? Habe jetzt aus dem Bauch heraus entschieden und uns Bami Goreng mitgebracht." „Ach, du bist toll!" „Ja, danke und du chaotisch! Hättest doch wirklich nach dem Soundcheck essen können." „Du weißt doch, dass ich vor Auftritten nichts runterkriege!" „Ja, schon gut. Ich hole noch mal eben Teller und Besteck." „Besteck reicht, wir essen das gleich aus der Pappe!" „Pragmatisch kann sie ja sein.", dachte Marc und holte die Utensilien von der Rezeption. Als er zurück in die Bar kam, befand sich Jana gerade in einem Gespräch mit einem älteren schwulen Paar, die offensichtlich das Konzert besucht hatten. „Marc, Marc, darf ich dir Maurice und Poul aus Brüssel vorstellen, sie sind extra unseretwegen heute nach Köln gekommen!" „Ja, spinn ich jetzt, erst jagt sie mich los Essen zu besorgen und jetzt lässt sie sich hofieren.", fuhr es ihm durch den Kopf. „Angenehm, aber wir müssen jetzt dringend etwas essen, es tut mir leid!" Mit diesen Worten griff er den Oberarm der Sängerin und wollte sie wegziehen.

„Leisten Sie uns doch Gesellschaft!" Marc glaubte sich verhört zu haben: „Jana, wir müssen noch ein paar wichtige Dinge besprechen für das Konzert in München!" „Ach, das hat Zeit, wenn Sie schon extra aus Belgien gekommen sind, kommen Sie mit, was möchten Sie trinken?" Die beiden Fans fühlten sich sichtlich geehrt, taten zwar so, als würden sie ablehnen, aber nichts lag ihnen näher als sich noch mit ihrem Star zu unterhalten. Klanger verdrehte die Augen. Kurz darauf saßen die vier zusammen an einem Tisch in der Bar. „Es tut mir leid, aber ich habe einen solchen Hunger, fragen Sie nur, was Sie möchten.", forderte sie ihre Anhänger auf. „Ziemliches Geplapper, Tuntengeschwätz!", ärgerte sich Marc, blieb aber ganz still. Nach einer weiteren Stunde stellte er fest, dass sie die letzten Gäste im Raum waren. Der Barmixer hatte bereits das Licht hinter der Theke ausgemacht. „Ich verabschiede mich jetzt mal, wir starten morgen früh um zehn nach München, sei bitte pünktlich." Maurice und Poul verabschiedeten sich von ihm. „Ich gehe auch gleich ins Bett.", rief ihm Jana hinterher. Als der Pianist vom Fahrstuhl aus noch einmal in die Bar schaute befand sich Jana in angeregter Unterhaltung mit den beiden. „Kann ja nicht mehr so schlimm werden, die Bar hat bereits geschlossen!"

Am nächsten Morgen saß Marc Klanger um zehn Uhr in der Lobby und wartete auf Jana. Seit einer halben Stunde hatte er versucht, sie auf ihrem Handy zu erreichen und jedes Mal nur die Voicemail dran. „Das kann ja heiter werden, hm!" Er ging in den Frühstücksraum und holte sich noch einen Kaffee. Gegen elf Uhr stand die Sängerin vor ihm und sagte: „Sorry, wir haben dann doch noch länger geredet, guten

Morgen!" „Morgen! Du wir haben rund sechshundert Kilometer vor uns, also knapp sieben Stunden Autofahrt, werden dann gegen achtzehn Uhr im *Herkules-Saal* sein. Das heißt im Klartext: kaum Probenmöglichkeit und im Hotel können wir erst nach dem Konzert einchecken, alles andere wird zeitlich zu knapp!" „Das hätte man auch anders organisieren können!", gab Jana pikiert von sich. „Ja, meine Liebe, indem wir heute pünktlich gestartet wären!" Wortlos fuhren sie mit dem Lift in die Tiefgarage, die Autofahrt in die bayrische Metropole verlief ziemlich wortkarg.

Noch lagen drei Wochen Tournee vor ihnen. Jana hatte sich immer wieder Offtage ausbedungen und reiste dann zu ihrem Arzt nach Düsseldorf. Für Marc waren diese Situationen ein Albtraum, da er sich nie sicher sein konnte, dass die Sängerin zum nächsten Termin pünktlich wieder da sein würde. Zweimal hatte er mit Margarete Loew telefoniert und sie gebeten Einfluss auf ihren Star zu nehmen. Sie wehrte das aber ab und teilte ihm mit, dass ihr dieses Verhalten sehr bekannt sei und sie überhaupt nichts machen könne und wolle. Während der Autofahrten kam es auch immer wieder zu Diskussionen zwischen ihnen. Manchmal waren es nur Kleinigkeiten, die ihre Gemüter erhitzten. Einmal wurde ein alter Titel von Jana im Radio gespielt, worauf sich Marc dazu hinreißen ließ und sagte, dass ihre Stimme heute viel ausdrucksvoller sei als damals. „Wie meinst du das?" „Na hör doch hin, der Song, der eben im Radio läuft von dir, da klingt deine Stimme noch relativ unreif!" „Song im Radio, der ist von mir?" „Ja, hör doch mal richtig hin, verdammt!" „Das habe ich nie gesungen, das ist nicht von mir!" „Oh, hätte ich bloß nichts gesagt!" Er zog es dann vor für den Rest der Fahrt den Mund zu halten.

Janas Vergesslichkeit war natürlich auch immer wieder mal Thema während der Konzertreise. In fast jedem Hotel ließ sie etwas liegen und behauptete, wie ja meistens, dass ihr das gestohlen worden sei. Wie oft Marc während dieser Tour nach Fundstücken von Jana fragen musste, wusste er nicht mehr. Es gehörte für ihn schon zum täglichen Ritual die Sachen seiner Künstlerin einzusammeln. Richtig kompliziert wurde es immer, wenn es um wichtige Dinge wie Bühnengarderobe ging. Die Pakete wurden dann per Express von einem Hotel zum anderen geschickt. Kamen sie auch dort nicht pünktlich an, wurde recherchiert und im Empfängerhotel gebeten, es an die nächste Tourneestation weiterzuleiten. Im *Kieler Schloss* hatte Jana ihren kompletten Bühnenkoffer stehenlassen. Das stellte sie dann in Lübeck fest. Wütend drehte Marc um und fuhr zurück nach Kiel: „Mist, so ein Mist, jetzt noch mal mindestens drei Stunden für erneute Hin- und Rückfahrt, hatte mich auf einen halbwegs freien Nachmittag gefreut!" Jana wäre in diesem Moment am liebsten im Erdboden versunken. In all dem Chaos gab es aber auch Verlässliches. Der Flügel stand jeden Nachmittag gut gestimmt auf der jeweiligen Bühne, wofür der Pianist den Roadies Arne und Eugen unendlich dankbar war.

Richtig kurios wurde es, wenn Kollegen von Jana Levin eines der Konzerte besuchten. Im Bonner *Beethoven-Saal* war Rica Sonntaler zu Gast. Sie hatte seit Jahren eine eigene Samstagabend-Show auf *SAT1*. Zeitgemäße Musik suchte man in ihren Sendungen vergeblich. Eine Statistik hatte einmal ergeben, dass Jana Levin die Künstlerin mit den meisten Auftritten bei Rica gewesen sei. Immer die gleichen Sänger gaben sich bei diesem Event die Klinke in die Hand: Juanita Gonzales, Marina Meiners, Elena Zarzidou, früher Tim

Bravo oder auch Teddy Pick. Newcomer suchte man vergeblich. Als Marc in Bonn an die Garderobentür von Jana klopfte und eintrat grinste er sie an: „Deine Freundin ist heute im Publikum." „Wen meinst du?" „Na die, die immer so vor der Kamera steht, als müsse sie gleich pinkeln!" Die Sängerin sah ihren Pianisten fragend an. „Rica Sonntaler!" „Oh je, die, na gut, sie muss ja heute nicht moderieren und schaut nur zu." „Hm, ihr Management hat angefragt, ob sie dir auf der Bühne einen Blumenstrauß überreichen soll." „Nee, wofür das denn?" „Du warst der häufigste Gast in ihrer Sendung!" „Bitte sag das ab, ich kann die nicht leiden. Die hat mir die letzte CD-Premiere total versaut. In ihrem Kurzinterview stellte sie nur geschlossene Fragen, ich kam mir vor wie eine Statistin!" „Das wundert mich nicht. Wie ich hörte, bekommt die komplett alle Moderationstexte geschrieben, also Improvisationstalent gleich null."

Trotz der Absage der Huldigung ließ es sich Rica nicht nehmen am Ende des ersten Showteils auf die Bühne zu kommen. Jana war sehr überrascht. Mit ausgebreiteten Armen ging die Moderatorin auf die Sängerin zu und küsste sie links und rechts auf die Wange. Dann zog sie einen kleinen Zettel aus ihrem Ärmel und hielt eine kurze Laudatio, die mit der Blumenübergabe und erneuten Küssen endete. Jana spielte die Berührte und fand plötzlich Gefallen an dem Theater. Die zweite Begegnung an diesem Abend fand nach dem Gastspiel im Backstage Bereich statt. „Ich hatte dir doch mitteilen lassen, dass ich keine Unterbrechung in dem Konzert möchte!" Katzenfreundlich lächelte Rica sie an: „Ach, meine Liebe, das ist doch eine Superwerbung für dich, häufigste Sängerin in meiner Show!" „Und warum macht ihr das dann nicht vor der Kamera, während die Sendung läuft, sondern hier in Bonn?" „Du weißt doch, wie knapp die Sendezeit jedes Mal ist, jede Minute kostet Geld!" „Ja, dann hättest du mich wieder abgewürgt wie beim letzten Mal, als ich, trotz geplantem Interview, überhaupt nichts sagen durfte." „Du weißt doch, die Textautoren der Sendung sollen sich kurzfassen." „Ja, ohne die wärst du ja aufgeschmissen!", lachte Jana leicht hämisch. Rica glaubte nicht, was sie gerade gehört hatte, verzog aber keine Miene, sondern antwortete ganz ruhig: „Dir ist schon bekannt, dass ich ein großes Mitspracherecht bei der Künstlerauswahl habe." „Ja und?" „Wirst du dann schon merken, ist ja nicht das erste Mal, dass du jahrelang in einer Sendung nicht mehr mitwirkst!" Dann drehte sich die Showmasterin um und ging. „Hoffentlich hast du da nichts Falsches gesagt!" Marc sah sie vorwurfsvoll an. Er hatte alles mit angehört und war sehr verwundert über die Unsensibilität und nicht vorhandene Diplomatie seiner Sängerin. „Deren Tage sind sowieso gezählt, die ist jetzt Mitte sechzig und auf dem absteigenden Ast, ihre Quoten werden von Sendung zu Sendung mieser!" Marc sah sie kopfschüttelnd an und verließ den Raum.

So professionell Jana auch auf der Bühne war, so laienhaft war sie, wenn es um ihre eigene Werbung ging. Während der Tournee wurde sie noch zu einer Regional-Talkshow beim *SWR* eingeladen. Natürlich sollte der Auftritt dem etwas lahmenden Kartenvorverkauf in Stuttgart dienen. Der Moderator stellte ihr zunächst ein paar persönliche Fragen, was für einen Bezug sie zum Ländle habe und welches Buch sie gerade lesen würde. Die Frage nach dem Lesestoff fand sie fürchterlich und sagte, dass sie momentan viel unterwegs sei und überhaupt nicht dazu komme, ein Buch in die

Hand zu nehmen. Dann wurde sie noch nach Freundschaften im Showgeschäft gefragt. Auf den Zug sprang Jana sofort auf und ergoss sich drei Minuten lang über die wundervolle Stimme von Gladys Grace und hielt mit Inbrunst eine Rede über das neue Album der Münchnerin. „Ja, das wars auch schon, unsere Zeit ist vorüber, vielen Dank Jana Levin, dass Sie unser Gast waren!", verabschiedete sie der Moderator. Jana winkte noch in die Kamera, dann war die Ausstrahlung vorbei. Als sie kurz darauf in ihrer Garderobe saß rief Margarete an. „Na, wie war ich?" „Fürchterlich! Wo war die Werbung für die CD und die Tournee?" „Wieso, war doch alles drin!" „Nein, es war gar nichts drin, kein einziges Wort über die aktuellen Projekte. Hat dir Gladys Grace etwas bezahlt für die Werbung?" Das war zu viel! Jana explodierte: „Dir kann man ja nie was recht machen, du hast ständig was an mir rumzumäkeln. Weißt du was, bei der nächsten Talkshow kommst du dazu und beantwortest meine Fragen!" Grußlos drückte sie das Gespräch weg.

„Es war fast wie früher!", sinnierte sie nach dem Gespräch. Plötzlich fiel ihr das davor geführte Telefonat wieder ein. „Ich rufe Betsy morgen noch einmal an und erkläre ihr alles." Auf ihrem Schoß lagen immer noch die Reiseprospekte. Abwesend blätterte sie darin herum. Dann stand sie auf, ging in die Küche und machte sich einen Espresso. „Morgen werde ich alles regeln, so geht das nicht weiter!"

23. Die Abschiedstournee

Jetzt war Jana schon fast ein Jahr in Rente, wie sie ihre Situation oft ironisch beschrieb. Margarete, die sich sporadisch meldete, riet ihr ihre Memoiren zu schreiben. Anfänglich gefiel ihr diese Idee, sie stellte aber schnell fest, dass das nicht ihr Ding war und führte verschiedene Gespräche mit Journalisten, die ihr immer sehr gewogen waren. Alle fanden die Idee großartig, die Aufgabe als Ghostwriter zu übernehmen. Letztlich verwarf die Sängerin aber den Gedanken dann doch und fand es unehrlich etwas schreiben zu lassen, das unter ihrem Namen dann veröffentlicht wird. Gladys Grace hatte diese Erfahrung gerade hinter sich. Ihre Biografie wurde von der Kritik regelrecht zerrissen. Sie hatte den schweren Fehler gemacht, einem Schreiber ihr gesamtes Leben zu erzählen, es dann aber nicht autorisiert. Fachkundige Kritiker merkten das und begannen zu recherchieren. Grace behauptete überall, alles selbst geschrieben zu haben, verplapperte sich aber dann in einer Talkshow, als sie auf eine Situation im Buch angesprochen wurde, die sie nicht kannte. „I hob des am Mo anders eazählt!", platzte es aus ihr heraus. Damit war klar, dass sie nicht selbst geschrieben hatte. So etwas wollte Jana nicht. Auch Oliver Lauenstein fand die Idee gut, dass die Künstlerin nun ihre Lebenserinnerungen als Buch herausbringen wolle, lehnte es aber ab als Schriftsteller im Hintergrund zu agieren. Allerdings gab er ihr eine Menge Tipps: „Es gibt viele Möglichkeiten, wie du die Geschichte schreiben kannst!" „Ja, ja, ich weiß von vorn nach hinten oder umgedreht!" „Genau, damit ziehst du einen roten Faden, entweder blickst du zurück oder du schreibst chronologisch von Anfang an." „Und wenn ich dann doch nicht weiterkomme?" „Dann rufst du mich an und wir überlegen gemeinsam." „Oliver, ich werde es noch mal versuchen, aber es kann Jahre dauern, bis ich fertig bin. Dann kennt den Namen Jana Levin eh keiner mehr!", seufzte sie.

Direkt nach diesem Gespräch startete sie einen neuen Versuch zu schreiben. Sie setzte sich vor ihren Laptop und öffnete ein neues Worddokument. Die weiße und unbeschriebene Seite glotzte sie erbarmungslos an. „Was war wichtig, was interessiert die Leute, wie fange ich an?" Bilder von Stationen ihrer Karriere lebten in ihr auf: *Goldener Orpheus, Jana's Jive, Alexander White Show, The Wombles, Abschiedstournee.* „Abschiedstournee, genau damit beginne ich und blicke zurück!" Sie stand auf, ging in die Küche und genehmigte sich ein halbes Glas *Barolo,* mit dem sie sich auf ihrem Stressless niederließ. Hier fing Jana an in Erinnerungen zu schwelgen …

Etwa zwei Jahre vor dem offiziellen Ende ihrer Laufbahn verspürte sie immer wieder die Sehnsucht nach Ruhe. Darüber sprach sie oft mit ihrer Sekretärin. „Das will alles gut vorbereitet sein, du kannst nicht von jetzt auf gleich sagen, dass ab morgen Schluss ist!" „Das ist mir klar, ich denke, ich mache eine lange Tournee und sage allen Adieu!" „Keine schlechte Idee, ich höre mich mal nach einem Veranstalter um, wenn du möchtest." Margarete Loew machte sich an die Arbeit und wurde schnell fündig. Der Tourneeveranstalter *Art and Sound* war begeistert von der Idee, eine Tournee für Jana Levin zu organisieren. Den Geschäftsführer Peter Weiten kannte Frau Loew seit Jahren als versierten und souveränen Kooperationspartner. Sogleich rief sie ihre Künstlerin wieder an und teilte ihr das eben Besprochene mit. „Gute

Idee, der ist kein Arschloch, dann fangt mal an zu organisieren!" „Also ist das dein offizielles Okay?" „Ja, absolut!"

Die nächsten Monate sollten wie bisher laufen. Es waren noch Galas und Fernsehauftritte geplant, die absolviert werden mussten. Danach war die Ankündigung für die Tournee geplant. Alles lief unter strikter Geheimhaltung. Frau Loew und Herr Weiten steckten einen Zeitraum von sechs Monaten ab, in denen rund fünfzig Konzerte stattfinden sollten. In dieser Zusammenarbeit paarten sich Geschäftstüchtigkeit und Organisationstalent in einmaliger Weise. Weiten hatte die geniale Idee, die einzelnen Gastspiele an örtliche Veranstalter zu verkaufen, das sicherte Jana eine Garantiegage von zwanzigtausend Euro pro Abend. Premiere sollte in knapp einem Jahr in der Frankfurter *Alten Oper* sein.

Leider klappte die Geheimhaltung des Projektes nicht. Eines Tages titelte *Bild ‚Jana Levin verabschiedet sich mit großer Tournee von ihrem Publikum'*. Die Fans waren begeistert, was die stark zunehmende Autogrammpost belegte. Obwohl Jana Zweifel hatte, was die Größe der Hallen betraf, war sie guter Dinge. Bereits eine Woche nach dem Vorverkaufsbeginn teilte ihr Margarete mit, dass Frankfurt bereits ausverkauft sei und man dort ein Zusatzkonzert plane. Im *Friedrichstadtpalast*, in der *Westfalenhalle* und im *Mannheimer Rosengarten* sah es ähnlich aus. Dazu kamen Anfragen aus dem Ausland. Selbst im *Apollo Theater* in London sollte die damalige englische Karriere noch einmal aufgewärmt werden.

Die Zeit bis zum ersten Konzert verging wie im Flug. Die Premiere in Frankfurt wurde von Presse und Publikum überschwänglich gefeiert. Da auch das Zusatzkonzert schnell ausverkauft war, musste noch ein drittes Gastspiel angesetzt werden. Es lief alles perfekt, das zwölfköpfige Orchester und die drei Chorsängerinnen harmonierten schon während der dreiwöchigen Probenphase bestens mit der Künstlerin. Im Hintergrund der Bühne lief eine aufwendige Lichtshow, immer wieder wurden dort Bilder gezeigt, mit ihren Karriereglanzpunkten. Für die Dramaturgie und Regie wurde der Franzose Olivier Lasalle verpflichtet, der auf seinem Gebiet weltberühmt war.

Im *Hallenstadion Zürich* erhielt Jana Besuch in ihrer Garderobe. Rose Lumiere, die als Erste das damalige Festival *Goldener Orpheus*, gewann hielt Hof. Sie war inzwischen sechsundneunzig Jahre alt und lebte in Küsnacht am Zürichsee. Trotz ihres hohen Alters trat sie noch gelegentlich auf. Erst im letzten Jahr war sie Stargast beim *Sanremo Festival* in Italien gewesen. Rose galt als schwierig in der Branche, obwohl sie ihre Glanzzeiten in den 1950 er Jahren hatte, fühlte sie sich immer noch als Weltstar und rief Gagen in fünfstelliger Höhe auf, die hoffnungslos überzogen waren. Gern ließ sie sich als die *Lady des Goldenen Orpheus* bezeichnen, obwohl *Queen Mum* passender gewesen wäre. Sie war zweimal schwerreich verheiratet. Ihr letzter Ehemann starb vor zehn Jahren und hinterließ ihr Millionen. Ihren Kollegen gegenüber verhielt sie sich oft herablassend, das musste auch Jana an diesem Abend wieder einmal feststellen. Als die Grande Dame eintrat tätschelte sie der Sängerin die Wange und sagte: „Na, meine Kleine, du willst also wirklich aufhören?" Jana strahlte sie an und sagte mit Inbrunst: „Ja, es reicht, ich mag nicht mehr so viel reisen, möchte endlich mal zur Ruhe kommen und dem nachgehen, was ich schon immer machen wollte!" „Ich werde niemals ganz aufhören, es macht mir immer noch Spaß mein Publikum zu begeistern, die Nachfrage, vor allem aus dem Ausland, ist nach wie vor groß." Jana musste sich ein Lachen verkneifen und dachte, dass sie sich hoffnungslos selbst überschätze.

Ihr fiel eine Situation ein, die sich vor Jahrzehnten mal während einer Bädertournee abgespielt hatte. Es war ein relativ kalter Morgen am Timmendorfer Strand. Der Tourbus sollte alle Mitwirkenden zur nächsten Station nach Cuxhaven bringen. Irgendwie war in dem Fahrzeug die Heizung ausgefallen. Frau Lumiere ging zum Tourneeleiter und meinte, ob sie denn auch noch Senf bekommen würde. Der schaute sie an und fragte: „Senf?" Woraufhin die damals schon über Sechzigjährige antwortete: „Ja, guter Mann, Senf für meine Eisbeine hier im Bus!"

„Scheinst ja ganz erfolgreich mit deiner Tournee zu sein.", lächelte Rose ihre Kollegin an. „Ja, heute Abend sind fünfzehntausend Leute drin!" „So etwas gab es zu unserer Zeit nicht, wir sind oft in kleineren, sehr exklusiven Theatern aufgetreten, aber das scheint heute ja nicht mehr zu interessieren. Es zählt ja nur noch Quantität." „Wollen Sie damit sagen, dass ich das Massengeschäft bediene?", fragte Jana leicht gereizt. „Nun ja, so habe ich das nicht gemeint, Kindchen, aber wir haben damals ganz andere Maßstäbe angelegt." Erst jetzt fiel Jana auf, wie boshaft die alte Frau doch war. Sie nannte sie Kleine und Kindchen und duzte sie. Sie hingegen blieb beim Sie und Frau Lumiere, ab und zu sogar Madame. Sie sah zur Uhr und stellte fest, dass es schon kurz vor halb acht war, wollte der Alten aber noch eins auswischen: „Haben Sie eigentlich den Prozess gegen ihre Haushälterin gewonnen?" „Herzchen, was geht dich das an, bereite dich auf deinen Auftritt vor, viel Glück und bis bald."

„Uff, die hätte ich jetzt nicht gebraucht, hochnäsige alte Frau!", sagte Jana ihrem Spiegelbild als die Lumiere den Raum verlassen hatte. Es sollte ihre letzte Begegnung gewesen sein. Vier Wochen später gastierte Jana gerade in Wien. Dort erhielt sie die Nachricht, dass Rose Lumiere verstorben sei. Sie nahm das achselzuckend zur Kenntnis. Margarete Loew fragte, ob sie im Namen von Jana eine Beileidskarte senden solle. „An wen denn? Die hat doch keine Angehörigen." „Ach, da hast du Recht, die Beerdigung ist wohl übermorgen." „Dann müssen sie das Grab ja noch tagelang geöffnet lassen!" „Warum, wie meinst du das?" „Na ja, die war doch so geizig, dass die ihre Millionen bestimmt ins Grab schaufeln lässt, die nimmt alles mit!" „Tststs, du bist pietätlos und unmöglich!", schüttelte Margarete den Kopf.

Jetzt waren sie schon sechs Wochen unterwegs. Jana bat Peter Weiten um ein paar zeitliche Verlegungen der Konzerte. Sie fühlte sich erschöpft. „Unmöglich, das würde unendliche Kosten produzieren und die Fans enttäuschen!", war Weitens knappe Antwort. „Ja, aber wenn ich kurzfristig ausfalle kostet das noch mehr." „Versuch einfach mehr zu schlafen und verzichte auf deinen geliebten *Barolo*." Als Jana ihr Ansinnen noch einmal bei Margarete vortrug biss sie auch auf Granit. Nach dem zweiten Konzert im *Mannheimer Rosengarten* kam am nächsten Morgen Juanita Gonzalez auf sie zu im Frühstücksraum des Hotels. „Oh, meine Liebe, ich freue mich so über deinen Erfolg!" Jana quittierte das mit einem schroffen „Danke" und wehrte eine Umarmung ab. Beleidigt zog sich die Spanierin zurück.

Heute war der Flug von Frankfurt nach London geplant. Das Gastspiel im *Apollo* stand an. Die Sängerin war nervös und kaum ansprechbar. Natürlich hatte sie sich alle englischen Texte wieder ins Gedächtnis gerufen. Oliver Lauenstein war ihr dabei eine große Hilfe gewesen. In seinem Archiv hatte er die komplette Diskographie von Jana aufbewahrt. Als er ihr das vor Jahren mal erzählte, lachte sie und meinte, dass diese Dinge doch kein Mensch mehr brauchen würde. Jetzt war sie aber überglücklich, einen so weitdenkenden Freund zu haben. Spontan hatte sie ihn nach London eingeladen und sämtliche Kosten übernommen. Heinz Loew war darüber ziemlich verärgert und brachte das Jana gegenüber auch zum Ausdruck: „Ja, ja, nach außen hin immer glänzen und hinterher beschwerst du dich wieder über die Unkosten." „Was geht dich das an, außerdem sind das meine Kosten, verstehst du? Das Wort Unkosten gibt es nicht!" Nach dieser Diskussion herrschte mal wieder einige Tage Funkstille zwischen den beiden. Jana Levin war froh darüber, dass lediglich Margarete dauerhaft während der Tournee anwesend war. Diese ständigen Reibereien mit ihrem Ehemann hatte sie langsam satt und fand es auch unter ihrem Niveau sich rechtfertigen zu müssen.

Die Ankunft in *Heathrow* war freundlich, aber nicht überschwänglich. Der Londoner Veranstalter Michael Gans hatte am Flughafen ein wenig Presse einbestellt. Selbst ein kleines Kamerateam der *BBC* war gekommen. Am nächsten Morgen musste Jana dann in der *Sun* lesen: ‚*Too late, last performance by Jana Levin?*'. „Dann hätten die Schmierfinken doch besser gar nichts geschrieben als so einen Mist, infam!", schrie sie Margarete an. Zugegeben, es war ein Wagnis, nach über dreißig Jahren Abstinenz zurückzukehren. Das *Apollo* war zwar nicht ausverkauft, aber ganz gut besucht. Selbst Brian und seine Frau Iris waren gekommen, um dem Ereignis beizuwohnen. Der Kontakt zu ihrem ersten Ehemann war nie wirklich abgerissen. Hin und wieder trafen sie sich, auch seine Frau Iris mochte Jana ganz gern. Der Soundcheck in der britischen Metropole dauerte länger als üblich, da man sich entschieden hatte auf ein örtliches Orchester zurückzugreifen. Erst eine Stunde vor dem Konzertbeginn waren alle zufrieden mit dem Ablauf des Programms. Als besonderes Bonbon hatte Gans ihr zwei Tänzer zur Verfügung gestellt. „Ich kann aber nicht noch eine Choreografie mit den beiden einstudieren!" „Keine Angst, die beiden tanzen eigenständig.", beruhigte sie der Veranstalter auf Deutsch. Das Progamm begann sie mit *Fremder aus New York* in einer zweisprachigen Version. Nach dem dritten Song war das Eis gebrochen. Das Publikum applaudierte wie verrückt als sie ein Medley ihrer damaligen Hits anstimmte. Zum Schluss musste sie vier Zugaben geben. Mit Tränen im Gesicht ging sie ab. Viele Zuschauer an diesem Abend waren sichtlich berührt über das Comeback. Jana schrieb zwei Stunden lang geduldig Autogramme und ließ Selfies mit sich machen. Manche Fans waren deutlich über sechzig und quasi mit ihrem damaligen Idol mitgealtert. Andere weinten vor Rührung. Viele bedauerten, dass es keine aktuelle englische CD gab. Immer wieder zuckte Jana mit den Achseln und entschuldigte sich mit Hundeblick: „Sorry, it's my last audiance!"

Aus einer Sentimentalität heraus wohnte sie wieder im *Dorchester*. Gegen Mitternacht hatte sie das gesamte Team zu einer kleinen Party eingeladen. Auch Brian und Iris waren dabei. „Damals warst du eine Exotin hier in England, wie emp-

findest du das heute?", fragte ihr Ex. „Du ich bin unglaublich dankbar darüber, dass ich hier noch einmal auftreten
konnte, hätte nicht gedacht, dass der Saal so gut besucht ist."
„Wen meine Landsleute mal ins Herz geschlossen haben,
den vergessen sie nicht." „Trotzdem, das ist keine Selbstver-
ständlichkeit, nach all den Jahren." Michael Gans kam auf
Jana zu und sah sehr glücklich aus: „So schade, dass du
wirklich aufhören willst, wir könnten doch noch ...." „Nein,
nein, mein Entschluss steht fest, ich bleibe noch zwei Tage
hier und dann reisen wir nach Amsterdam!" „Da kann man
nichts machen, das Frühstücksfernsehen hatte noch angefragt, ob du übermorgen bei denen Gast sein würdest."
„Auch das nicht, Gott bewahre, du weißt ja, wie das damals
ausging!" Heute konnte Jana über die vergangene Situation
herzhaft lachen, aber erneut wollte sie sich einem solchen
Risiko nicht aussetzen. Erst gegen drei Uhr morgens fiel die
Sängerin todmüde, aber glücklich ins Bett.

Den nächsten Tag verbrachte sie allein. Jana wollte ein paar
Erinnerungen auffrischen. Sie machte einen langen Spaziergang an der Themse. Entgegen aller Wetterprognosen zeigte
sich London im herrlichsten Sonnenschein. Danach steuerte
sie die Marylebone Road an, um erstmals in ihrem Leben das
Wachsfigurenkabinett von *Madame Tussaud* zu besuchen. Sie
war sehr erstaunt, als sie die Menschenmenge vor dem Eingang sah, reihte sich dann aber doch in die Schlange ein. Um
sich die Wartezeit zu verkürzen führte Jana ein paar Telefonate. Als sie ihr Ticket kaufte, war sie über den Preis von
fünfundvierzig Pfund Sterling doch mehr als erstaunt. „Na,
egal, wenn ich schon mal hier bin, ist ja so etwas wie ein Le-
benstraum." Auf eine Gruppenführung hatte sie keine Lust,
wollte einfach nur durch die Räume schlendern. Im ersten

Stock waren alle ihre Kollegen ausgestellt, diesen Figuren schenkte Jana die meiste Beachtung. Plötzlich erstarrte sie. „Das bin ja ich!", rief sie laut. Eine elegant gekleidete Frau um die siebzig hörte den Ausruf und blickte die Sängerin an, dann schaute sie auf die Wachspuppe. Die Künstlerin fühlte sich ertappt und kramte in ihrer Handtasche nach der Sonnenbrille. „No use, you're still famous here, Miss Levin!", sagte die Alte freundlich. „It' an honor for me!" Die Figur stellte die deutsche Sängerin im Alter von etwa dreißig Jahren dar. Jana fand sich gut getroffen, wollte aber kein weiteres Aufsehen erregen und setzte ihren Rundgang fort. Als sie zurück zum Ausgang kam, dachte sie, dass es doch ganz schön sei, ein Foto mit sich und der Puppe zu haben. Sie besuchte sich quasi noch einmal selbst und bat einen jungen Mann, ein Bild von sich und der Wachsfigur zu machen. Er willigte freundlich ein und Jana reichte ihm ihr Smartphone. Der Typ erkannte sie nicht, was ihr überaus genehm war. Kurz danach verließ sie das Museum und ließ sich zum Hotel bringen. Martin, dem sie das Foto per *WhatsApp* geschickt hatte schieb zurück: „Darling, du hast dich überhaupt nicht verändert!"

Am nächsten Tag flog sie allein nach Amsterdam. Die Crew und Margarete waren schon einen Tag vorher abgereist. In den Niederlanden hatte sie künstlerisch nie so richtig Fuß gefasst, trotzdem fand sich ein Konzertagent, der sie im *Carré* auftreten lassen wollte. Jana war klar, dass dieses Gastspiel nicht ausverkauft sein würde, war dann aber doch überrascht. Peter Weiten teilte ihr schon am Flughafen mit, dass die Halle zu gut zwei Dritteln gefüllt sei. Der Abend sollte, wie in London, zweisprachig ablaufen, Deutsch und Englisch. Zu Beginn der 1970 er Jahre hatte sie einige Male bei einem Schlagerfestival in Kerkrade teilgenommen. Viele Kollegen aus der deutschen Schlagerszene waren damals mit von der Partie. Mit *Gold regnet in mein Herz* konnte sie seinerzeit sogar einen Top-Ten-Platz in den holländischen Charts ergattern. Aber das war eben lange her. Tatsächlich war der Saal am Abend gut gefüllt. Die Künstlerin hatte ein paar Brocken Niederländisch gelernt und begrüßte so ihr Publikum, was zum ersten Szenenapplaus führte. Nach zweieinhalb Stunden war auch dieses Event überstanden. Margarete Loew war sehr glücklich und gratulierte ihrem Star: „Ich wusste, es würde ein Wagnis sein, aber du hast das wunderbar gemeistert, meine Gratulation!" Plötzlich klopfte es an der Garderobentür. „Come in!" Arik op de Hoevel stand vor ihr und gratulierte seiner Kollegin. „Ich wusste gar nicht, dass du in der Vorstellung warst." „Ach Jana, wie lange kennen wir uns?" „Na seit vierzig Jahren be-stimmt!" Arik kam damals nach Deutschland, da ein Show-master vom *ZDF* ihn als Comedian und Sänger im *Vondel-park* in Amsterdam mit seiner Show erlebt hatte. Der ver-pflichtete ihn sofort für seine Sendung. Ben Hassmann war damals bekannt für seine innovativen Ideen und holte im-mer wieder unbekannte Künstler aus dem benachbarten Ausland ins deutsche Fernsehen. Arik op de Hoevel ebnete er damit eine Karriere, die bis heute anhält. Jana war ein Fan von ihm. Jedes Mal, wenn sie die Möglichkeit hatte, ihn in seinen Shows zu erleben, gab es für die Künstlerin kein Hal-ten mehr. Im vorletzten Jahr hatte sie seine Vorstellungen an drei Abenden in der Bremer *Glocke* besucht. Ihre Begeiste-rung für den holländischen Kollegen war grenzenlos. Näher kennengelernt hatten sie sich damals als beide Botschafter für *Unicef* wurden. „Lass uns im Hotel noch etwas zusammen trinken.", schlug Jana vor. Der Sänger nahm die Einladung gern an. In der Bar des *Hiltons* waren die beiden dann gegen zwei Uhr morgens die letzten Gäste. „Ach, Arik, es tat gut, mal wieder mit dir geredet zu haben. Wenn du in Bremen bist, ruf mich einfach an." Der Holländer umarmte sie und verabschiedete sich mit den Worten: „Es wird dir nicht genügen, warts ab!" Jana schaute entgeistert auf, aber da hatte er bereits die Bar verlassen.

Tags drauf ging es nach Deutschland zurück. Es lagen noch sechs Konzerte vor ihr. In Karlsruhe in der *Schwarzwaldhalle* besuchte sie Dominik Kastner, worüber sich Jana sichtlich freute. Sie mochte diesen Kollegen sehr. Ursprünglich kam er aus der Volksmusiksparte, hatte aber nach und nach im konventionellen Schlagerbereich Fuß gefasst. Vom Alter her hätte Dominik ihr Sohn sein können. Er verehrte sie sehr und lud sie damals als Newcomer in seine eigene Fernsehshow ein. Jana war zuerst sehr verwundert über diese Anfrage, sagte aber zu. Es war geplant, dass sie ein Duett zusammen singen würden. Ihr junger Kollege war sehr aufgeregt, meisterte seine Sache aber gut. Der Regisseur fragte ihn damals, ob er nicht etwas erzählen wolle, warum er für Jana Levin schwärmen würde. Dominik schwafelte herum und sagte, dass er sie schon als Kind toll gefunden habe, dann fiel ihm ein, dass er sich ihretwegen sogar einmal mit seinen Mitschülern fast geprügelt hätte. „Das musst du mir genauer erzählen!", forderte ihn der Spielleiter auf. „Na ja, mir fiel damals auf dem Schulhof das Bild von Jana aus dem Portemonnaie und meine Kumpels fragten wer denn diese ältere Frau sei? Ich wurde wütend und verteidigte meinen Star vor ihnen. Das half nichts, schließlich sagte ich denen, dass das meine Mutter sei! Das saß, von da an ließen sie mich in Ruhe. Nur ab und zu versuchten sie mich mit der Bezeichnung Muttersöhnchen zu ärgern, aber das war mir egal!" „Die Story bringen wir in deiner Show, keine Widerrede!", befahl der Regisseur.

Bei jedem Treffen der beiden wurde diese Geschichte wieder aufgewärmt. Sie mochte ihren Kollegen so gern, dass sie ihn im Saal von der Bühne aus persönlich begrüßte. Dann fiel ein Spot auf Dominik und er verbeugte sich unter donnerndem Applaus. „War dir das peinlich vorhin?" „Was denn peinlich?" „Na, dass ich dich von oben begrüßt habe vor dem Publikum, du wirktest ein wenig verschüchtert." „Ach, keine Spur, mir war es eine Ehre!" Um noch in der Hotelbar zu versacken war es zu spät. „Ich muss mit mir haushalten, habe noch fünf Konzerte in den nächsten Tagen, sei nicht böse, aber ich muss ins Bett.", verabschiedete sie Dominik.

Das große Finale der Tournee war ein Heimspiel. Die *Glocke* war dreimal hintereinander ausverkauft. Beim wirklich letzten Konzert ihrer Karriere nahm der Schlussapplaus kein Ende. Jana gab sieben Zugaben, die Bühne sah aus wie ein Blumenmeer. Sie war nicht imstande all diese Huldigungen wirklich in Empfang zu nehmen. Das Konzert dauerte fast drei Stunden. Im Anschluss widmete sie sich noch zwei weitere Stunden ihren Fans. Ähnlich wie in London hatten auch in Bremen nicht wenige Menschen Tränen in den Augen. Die Massen von Blumensträußen ließ sie unter dem Personal der *Glocke* verteilen. Auf der anschließenden Heimfahrt im Taxi in ihre Wohnung liefen auch ihr Tränen übers Gesicht. Der Taxifahrer reichte ein Papiertaschentuch nach hinten.

Sie saß immer noch vor ihrem Computer und blickte auf die weiße Fläche. „Ach, das war schön diese Reise zurück eben!" Trotzdem war Jana verwundert, dass sie kein einziges Wort geschrieben hatte. Sie war so in die Erinnerung vertieft, dass sie dachte alles aufgezeichnet zu haben. Die Bilder waren so klar und deutlich gewesen, dass sich Fiktion und Realität vermischten. „Morgen fange ich aber wirklich an!"

24. Fünf Jahre später

In letzter Zeit hatte Jana kaum noch an die Bühne gedacht und wenn doch, dann blieb ein Lächeln. Dieses Leben nach der Karriere, was ihr damals zu schaffen machte, hatte sich von selbst eingerichtet. Vor einem Jahr bekam Beatrice, mit fast vierzig, ihr erstes Kind. Es war ungeplant und einfach passiert. Ihre Tochter hatte damals lang überlegt, ob sie es behalten wolle. Jana drängte sie zu gar nichts, hoffte aber insgeheim, dass das Baby auf die Welt kommt und sie endlich eine Aufgabe hätte. Gabriel Heise wurde am zweiten Juli 2023 geboren. Alles verlief damals glatt. Da der Vater, ein Angestellter von Beatrice, das Weite gesucht hatte als er von der Schwangerschaft erfuhr, übernahm Jana quasi die Rolle. Selbst bei der Entbindung hielt sie ihrer Tochter die Hand. Die ersten Wochen nach der Niederkunft zählt Jana heute zu den schönsten Zeiten ihres Lebens. Jetzt mit fast siebzig wurde sie endlich Oma. Sie blieb drei Monate in Lüneburg, wofür ihr Beatrice sehr dankbar war. So konnte sie nur wenige Wochen nach der Geburt wieder in ihr Restaurant einsteigen. Im Herbst hatte Jana dann aber doch erst einmal genug von ihrem neuen Job. Gemeinsam mit ihrer Tochter suchte sie ein Kindermädchen, das den Kleinen, vor allem abends, betreuen konnte. Dieses fanden die beiden in Heidi Feddersen, einer waschechten Lüneburgerin, die sich im Vorruhestand befand und nicht ausgelastet war. Für Heidi war der Beruf der Erzieherin eine Berufung. Ähnlich wie damals bei Beatrice und Vroni muss es Liebe auf den ersten Blick gewesen sein. Gabriel schrie wie am Spieß als die drei Frauen das Vorstellungsgespräch führten. Beherzt nahm Frau Feddersen das Kind aus dem Bett und wiegte es im Arm. Im Handumdrehen hörte das Baby auf zu schreien. Für Beatrice war das ein Signal. Zusammen mit ihrer Mutter wurden drei Probetage vereinbart, die Heidi mit Bravour bestand. Endlich konnte Jana zurück nach Bremen reisen.

Als sie nach der langen Abwesenheit ihre Wohnung betrat lag Martin im Stressless und war über seiner Zeitung eingeschlafen. Behutsam näherte sie sich ihm und küsste ihn auf die Stirn. „Oh, endlich, du bist wieder da." Er schlug er die Augen auf. „So lange war es doch gar nicht." „Für mich zu lang, mach das bitte nie wieder." Jana küsste ihn erneut. „Du warst doch vor zwei Wochen erst bei uns in Lüneburg!" „Ja, aber dort ist unser Leben ein anderes als hier in Bremen. Da ist der Star dann nur Großmutter.", grinste Martin. „Ich habe so lange auf dieses Enkelkind gewartet, lass mich einfach nur glücklich sein damit." „Darfst du doch auch! Ich habe auch Neuigkeiten für uns!" „So, was denn?" „Na ja, ich gehe jetzt auf die sechzig und habe keine Lust mehr, ständig um die Welt zu jetten." „Das heißt im Klartext?" „Dass ich aufhören werde im übernächsten Monat, ich mache noch die Choreografie an der *Bayrischen Staatsoper* und dann ist Schluss. Ganz ablegen will ich mein Berufsleben aber nicht, werde eine beratende Tätigkeit hier am *Goetheplatz* annehmen." Jana strahlte. „Heißt das, wir werden überwiegend hier zusammen sein können?" „So ähnlich habe ich mir das vorgestellt." „So ähnlich?" „Jana, wir wissen beide nicht so genau, wie das hier in Deutschland politisch weitergeht, ich werde dafür sorgen, dass wir auch in Göteborg oder Malmö eine Bleibe haben werden." Jana sah ihren Freund schweigend an.

Tatsächlich hatten sich die politischen Verhältnisse in Deutschland gravierend verändert. Seit zwei Jahren spielten die etablierten Parteien wie *SPD* und *CDU* keine große Rolle mehr. Nach der letzten Bundestagswahl im Herbst 2021 hatten *Die Grünen* mit knapp dreißig Prozent gewonnen und bildeten eine Koalition mit *SPD* und den *Linken*. Robert Habeck war ein wunderbarer Oppositionspolitiker, aber als Bundeskanzler fand er nie die richtige Akzeptanz. Dazu kamen ständige Zerreißproben innerhalb des Bündnisses, das sich ein Jahr später wieder auflöste. Die *AFD* hielt sich zu dem Zeitpunkt auch kaum noch über Wasser. Eine neue Partei, in der sich viele Politiker der *AFD* wiederfanden, nannte sich *OID (Ordnung in Deutschland)*. Bei den vorgezogenen Neuwahlen im Herbst 2022 errang diese rechte Partei dann aus dem Stegreif achtunddreißig Prozent und bildet seitdem mit der *CDU* eine Koalition. Die neue Bundeskanzlerin Mechthild Wagenfeld gilt als herrschsüchtig und unnachgiebig, wenn es um die guten Sitten geht. Das Bild Deutschlands verändert sich seitdem drastisch. Migranten werden ausnahmslos abgewiesen, Arbeitslosengeld wird maximal noch ein halbes Jahr gezahlt. Man sieht, gerade in Großstädten, viel mehr Armut auf den Straßen als früher. Jetzt attackieren sie sogar die Homo-Ehe und bezeichnen diese als Verstoß gegen die guten Sitten. Auch antisemitische Parolen werden immer lauter. Als Jana vor ein paar Tagen mit Sarah Silver telefonierte, teilte ihr die inzwischen über Achtzigjährige mit, dass sie wohl wieder einmal Deutschland verlassen müsse. Ihre Kinder und deren Familien seien schon vor geraumer Zeit nach Schweden ausgewandert beziehungsweise zurückgegangen, was aufgrund der zweiten Staatsbürgerschaft von Sarah unproblematisch gewesen war. Natürlich bekam Jana diese Veränderungen mit, hatte sich aber nie wirklich ernsthafte Gedanken um die Zukunft gemacht.

Nach dem Gespräch mit ihrer Kollegin aber war sie aufgewühlt und bekam Angst.

„Ich habe mal ein bisschen Ahnenforschung betrieben.", erzählte Martin weiter. „Ja und?" „Auch in meiner Vergangenheit gibt es eine, aus Litauen stammende, jüdische Urgroßmutter, heißt dann ja wohl, dass ich auch nicht ganz arisch bin." Jana sah ihn ungläubig an, in ihren Augen machten sich Tränen breit: „Martin, das ist so furchtbar, wir können das alles wirklich gar nicht absehen und vor der Wagenfeld habe ich oft richtige Angst." „Jana, ich möchte, dass wir heiraten und du dadurch auch die schwedische Staatsbürgerschaft erhältst. Ich sage das nicht nur aus Vorsorge, ich sage das vor allem, weil ich dich liebe!" Jetzt fing die Künstlerin wirklich laut an zu weinen. Martin verstand das zunächst falsch und vermutete ein Nein auf seinen indirekten Antrag. „Du willst nicht?" „Doch, doch, ich will und das so schnell wie möglich!", fiel sie ihm laut schluchzend um den Hals. „Ist doch alles gut, Cherie!"

Am zwanzigsten Dezember 2023 besiegelten Jana und Martin ihre Liebe auf dem *Standesamt Bremen-Mitte*. Mit knapp siebzig Jahren ging sie also ihre dritte Ehe ein. Von Seiten der Presse kam fast überhaupt keine Reaktion. Lediglich der *Weserkurier* brachte einen Zehnzeiler über die Hochzeit. Jana war das Desinteresse recht. Die Hochzeitsfeier wurde sehr klein gehalten. Nur Beatrice, Henning, Klara und Sena waren anwesend. Offiziell hieß sie jetzt Mathilde Müller-Steenquist. Martin hatte eine längere Hochzeitsreise geplant, die Jana aber nicht sofort antreten wollte, da ihr sonst das erste Weihnachtsfest mit ihrem Enkelkind entgehen würde. Den Heiligen Abend verbrachte die ganze Familie zusammen.

Niemals zuvor hatte sich Jana so akribisch auf das Fest vorbereitet. Zusammen mit ihrem Mann stellte sie eine zimmerhohe Tanne auf und schmückte den Baum. Da ihre Kochkünste nach wie vor nicht groß waren, bestellte sie alles über ein Delikatessengeschäft. Als der kleine Gabriel den glänzenden Baum erblickte quiekte er und gab einen Laut von sich, der wie *Oma* klang. „Habt ihr das eben gehört, er hat Oma gesagt!", rief sie begeistert. „Mama, er ist kaum ein halbes Jahr alt und kann noch nicht sprechen!" „Doch doch, ich habe es genau gehört – Oma! Was meinst du Martin?" „Vielleicht ist Gabriel ein Wunderkind oder hochbegabt." Seine Antwort klang spöttisch. Sie ging in die Küche und bereitete die gelieferten Speisen im Backofen und der Mikrowelle vor. Währenddessen deckte Beatrice den Tisch. Martin versuchte sich in seiner neuen Rolle als Großvater, indem er dem Baby ein Schlaflied vorsummte. Als Jana das mitbekam verklärten sich ihre Gesichtszüge, sie ging auf ihn zu und küsste ihn. „Ach schade, aber dafür ist es für uns jetzt leider zu spät.", seufzte sie. „Gut so, sei froh, dass du ihn ab und zu hast, der kleine Bursche wird noch genügend Arbeit machen und er wird dich brauchen. Die Großmutter spielst du ja perfekt!" „Schatz, ich spiele nicht, ich bin jetzt Großmutter und ich bin es gern!"

„So Gabriel schläft tief und fest, der Tisch ist gedeckt!", ertönte Beatrices Stimme aus dem Hintergrund. „Nehmt schon mal Platz, ich richte alles an.", forderte Martin die beiden Frauen auf. Kurz darauf saßen sie am Tisch und ließen sich das Hirschgulasch mit den Knödeln und dem Rotkohl schmecken. „Wann wollt ihr jetzt eigentlich starten mit eurer Hochzeitsreise?" „Wir fliegen Mitte Januar nach Genua und verbringen zunächst zwei Tage bei Carina, dann startet in Venedig die Mittelmeerkreuzfahrt." „Oh, das ist neu, du also erstmals nicht als Star, sondern als Passagier an Bord." „Die Zeiten ändern sich, Kind. Während meiner aktiven Phase hatte ich ja dazu nicht die Möglichkeit so etwas unerkannt zu machen. Jetzt bin ich sechs Jahre raus aus dem Geschäft und der Name Jana Levin ist fast erloschen." Martin grinste seine Frau an: „Dein Stern verglüht nie, mein Schatz!"

Der Abend verlief überaus harmonisch. Erst weit nach Mitternacht zogen sich alle zurück. Da das Wetter am ersten Weihnachtstag fast frühlingshaft war unternahmen alle einen langen Spaziergang im Bürgerpark. Jana fühlte sich frei und glücklich, ein Gefühl, das sie so nicht kannte oder nie an sich bemerkt hatte. Manchmal stand sie morgens minutenlang im Bad vor dem Spiegel und betrachtete eine zufrieden aussehende Frau. Jetzt zum Beginn des achten Lebensjahrzehnts kehrte endlich eine Ruhe ein, die ihr manchmal unglaubwürdig erschien. Sie hatte alles, was sie sich immer gewünscht hatte: einen liebenden Mann, ein gutes Verhältnis zu ihrer Tochter, ein Enkelkind. Und doch war da etwas, was sie beunruhigte. Die starken politischen Einflüsse von rechts waren nicht zu übersehen. Sie stellte das in kleinen Alltagssituationen ganz deutlich fest. Ein paar Häuser weiter gab es einen Kiosk, dort kaufte sie regelmäßig den *Weserkurier*. Betreiber war die türkischstämmige Familie Cet, die überlegten zurück in ihre Heimat zu gehen. Als Jana am zweiten Januar vor dem Laden stand fand sie diesen verwaist. An der Eingangstür klebte ein handgeschriebener Zettel auf dem zu lesen war *‚Für immer geschlossen‘*. Ihr rannen Tränen übers Gesicht. Mert und Aische hatten also

Deutschland verlassen. Ihr fiel Martins jüdische Urgroßmutter ein: „Hoffentlich hat der Spuk bald ein Ende!" Die Künstlerin war froh, jetzt Deutschland erst einmal für ein paar Wochen verlassen zu können und mit ihrem Mann auf Kreuzfahrt zu gehen. Sie trug wirklich die naive Hoffnung in sich, dass nach ihrer Rückkehr alles besser werden würde. Die ganze Welt schien ihr aus den Fugen geraten zu sein. Donald Trump wurde vor knapp vier Jahren tatsächlich zum zweiten Mal zum Präsidenten der USA gewählt, inzwischen war er fast achtzig Jahre alt und musste in diesem Jahr aufhören. Auf den Seiten der Demokraten zeichnete sich auch nichts Positives ab. Kanzlerin Wagenfeld schien eine enge Verbündete Trumps zu sein, das hatte zusätzlich etwas sehr Beängstigendes. Martin liebäugelte mit den *Grünen* und überlegte in die Partei einzutreten, schlug das auch seiner Frau vor. „Mit deiner Popularität könntest du etwas erreichen!", sagte er oft. Deshalb gerieten die Eheleute ab und zu in einen Streit, da Jana das anders und absolut realistisch einschätzte. „Ich bin jetzt lange raus aus dem Geschäft, frag mal einen Zwanzigjährigen, wer Jana Levin ist, es wäre lächerlich jetzt auf der politischen Bühne Fuß fassen zu wollen!" Aber Martin ließ nicht locker und schnitt das Thema immer wieder an. Oft fiel ihr dann ihr Vater ein, der immer eine Haltung von seiner Tochter verlangt hatte. Die hatte sie ja auch, aber ihr Verständnis und letztlich auch mangelndes Interesse verhinderten diesen Schritt.

Mitte Januar flogen sie nach Genua. Hier in Italien waren schon deutliche Frühlingsboten zu spüren. Jana und Carina hatten sich seit der Geburtstagsfeier vor ein paar Jahren nicht mehr gesehen. Als das Ehepaar Steenquist in Portofino eintraf, erschrak Jana. Carina Coreen hatte sich merkwürdig verändert. Sie hatte massiv abgenommen und wirkte fahrig. Obwohl sie fast zehn Jahre jünger war als Jana sah sie deutlich älter aus. „Was ist los mit dir?" „Nichts, nichts, ich kuriere eine Grippe aus.", versuchte die Gastgeberin sie zu beruhigen. „Ich habe euch wieder im blauen Zimmer untergebracht, kennst du ja noch." Kurz darauf fand sie sich mit Martin in den ihr vertrauten Räumlichkeiten wieder. „Sie sieht wirklich nicht gut aus, irgendwas ist da passiert." Martin sah seine Frau an. „Ich habe sie bestimmt zehn Jahre nicht gesehen, natürlich verändert sich ein Mensch in dieser Zeit." „Es ist nicht nur das Äußere, ich habe den Eindruck, dass Carina Kraft und Energie fehlt. Ich möchte wissen, was sie hat und ob ich ihr helfen kann." „Lass uns erst mal ein wenig ausruhen."

Als die drei am Abend am Küchentisch zusammensaßen, war fast alles wie damals. Die Schauspielerin hatte ihre berühmte Pasta gemacht und sogar *Barolo* besorgt. Nach minutenlangem Geplapper schaute Jana ihre Freundin ernst an: „Carina, was ist mit dir? Du wirkst sehr erschöpft." Die Gefragte suchte nach Worten und Ausflüchten, dann brach es aus ihr heraus: „Krebs, vielleicht noch drei Monate!" Dann weinte sie bitterlich. Jana sprang auf und umarmte ihre Freundin: „Hast du alles in Erwägung gezogen? Chemo, Operation?" Carina antwortete nicht, weinte in sich hinein. Martin griff nach ihrer Hand, sie blickte auf und sagte: „Letztes Stadium, eine Amputation lehne ich ab, ich bin jetzt dabei alles zu regeln. Hatte sogar noch zwei Rollenangebote, die ich ablehnen musste. Ich hätte das einfach nicht durchgestanden, eine dreizehnteilige Serie zu drehen, das hätte ungefähr ein halbes Jahr gedauert. Die Zeit habe ich nicht mehr. Ich will das alles hier noch genießen, so lange es geht." Jana und Martin sahen sich betroffen an. Nach einer Weile hatte sich Carina wieder ein wenig gefangen und erhob das Glas mit dem Roten: „Salute, auf das Leben, ihr Lieben!"

Am nächsten Tag herrschte eine merkwürdige Stimmung im Haus. Die Frischvermählten hatten nachts überlegt, ihre Reise zu verschieben, was sie Carina mitteilten. Die aber lehnte das ab: „Nein, macht eure Kreuzfahrt, hier ist für alles gesorgt. Ich möchte auch das Thema nicht vertiefen!" „Normalität, was ist das, in einer solchen Situation?", fragte Martin als er mit Jana einen Augenblick allein war. „Ich weiß es nicht, aber wir haben ihren Wunsch zu akzeptieren." Der Rest des Tages war für alle eine besondere Anstrengung. Jeder war darauf bedacht die Emotionen nicht zu sehr lodern zu lassen. Beim Abendessen im *Zi' Ninella* kam fast eine fröhliche Stimmung auf, obwohl ihnen klar war, dass das ihre letzte Begegnung sein würde. Erst gegen dreiundzwanzig Uhr waren sie wieder zu Hause und genehmigten sich noch ein Glas.

Als Jana und Martin am nächsten Morgen im Mietwagen nach Venedig aufbrachen, hatten alle Tränen in den Augen. Carina drückte ihre Gäste an sich und sagte: „Wie verabschiedet man sich, wenn es für immer ist?" Martin küsste sie auf die Stirn, Jana hielt ihre Freundin noch eine Zeitlang fest umarmt. Dann stiegen beide ins Auto. Noch einmal beugte sich die Schauspielerin herunter und streichelte Martin die Wange. „Jetzt macht aber, dass ihr wegkommt, der Dampfer wartet nicht!" Dann startete er den Motor und sie fuhren im Schritttempo die Zufahrtsstraße hinunter. Jana drehte sich noch einmal um und sah Carina immer kleiner werdend winken.

Auf der fast fünfstündigen Fahrt durch Norditalien wechselten sie kaum ein Wort. In Bologna hatten sie eine Kleinigkeit zu sich genommen. Am späten Nachmittag erreichten sie die Lagunenstadt, gaben den Mietwagen ab und checkten auf der *AIDA* ein.

Die Kabine war sehr luxuriös ausgestattet. Es gab sogar einen kleinen Balkon in der fast sechzig Quadratmeter großen Suite. Die nächsten vier Tage verbrachten sie auf See Richtung Zypern. Hin und wieder wurde die Künstlerin von deutschen Touristen erkannt, aber das spielte keine Rolle mehr. Jana war als Frau Steenquist unterwegs. Manchmal sagte sie sogar, dass ihr Gegenüber sie wohl verwechseln würde. In Limassol waren zwei Tage Aufenthalt geplant mit Landausflügen. Leider hatte sich Martin eine Lebensmittelvergiftung zugezogen, sodass die beiden auf dem Schiff blieben und die Ruhe genossen. Es tat ihnen gut, Zeit für sich zu haben, der Choreograf erholte sich schnell. Am Abend sahen sie sich eine Zaubershow von Jochen Stelter an, die Jana großartig fand. Bei einem anschließenden Glas an der Bar kam sie mit ihm ins Gespräch. Jochen war sehr angetan von der Sängerin und drückte das, während der gesamten Unterhaltung, immer wieder aus. „Ein Kompliment für den Abend reicht!", wies sie ihn permanent in die Schranken. Stelter wollte wissen, ob sie sich eine Rückkehr auf die Bühne vorstellen könnte, worauf sie lachend antwortete: „Höchstens als deine Assistentin."

Hier an Bord war wirklich alles zwanglos Jana und Martin waren der Welt ein wenig entrückt. Immer wieder machten sie Pläne für weitere Reisen und waren selbst überrascht darüber. „Wir sind doch jahrzehntelang um die Welt gedüst, lass uns doch bitte mehr Zeit miteinander in Bremen oder

Schweden verbringen.", versuchte Martin immer wieder Janas Enthusiasmus zu drosseln. Natürlich merkte er, dass das Leben hier auf dem Schiff ein anderes war als im politisch brisanten Deutschland. „Irgendwie komme ich mir auch vor, wie auf der Flucht!", sagte er eines Morgens beim Frühstück. „Wie meinst du das?" „Du, so schön, wie das hier auch alles sein mag, aber mir behagt die Rückkehr nach Deutschland nicht wirklich." „Also dann doch nach Schweden?" „Nein, nicht gleich, aber wir müssen die Dinge sehen, wie sie sind. Ich glaube nicht, dass in absehbarer Zeit mit Normalität in Deutschland zu rechnen ist." Martin sah bei diesen Worten sehr ernst aus. „Noch sind wir ja zwei Wochen unterwegs und müssen hier keine Entscheidung treffen."

Am nächsten Tag legte die *AIDA* in Haifa an. Der israelische Zollbeamte studierte sehr genau Janas deutschen Reisepass. „Ah, from Germany!", zog er die Augenbrauen hoch. „Yes, of course, do you have a problem?" „No, not really, but I think you have a problem in Germany." Jana wusste genau, was der Mann meinte. Fragend sah sie Martin an. „Bleib freundlich und beantworte seine Fragen, er tut nur seine Pflicht!" „Er sieht in mir einen Nazi!", zischte sie ihn an. „Jana, halt die Klappe und lächle!" Dann durften sie passieren. Sie schlenderten eine Weile durch die Altstadt und waren erstaunt wie europäisch hier alles war. Im Restaurant *Fattoush* aßen sie zu Mittag. Es war noch eine Fahrt nach Evron geplant. Jana hatte für die kurze Strecke einen Mietwagen bestellt, der sie in den kleinen Kibbuz bringen sollte. Hier wollte sie ihre Schuld begleichen und das Grab von Aviva Arazi besuchen. Die Fahrt im Jeep dauerte knapp dreißig Minuten. Evron war ein Dorf mit weniger als tausend Einwohnern. Als sie den Friedhof betraten überkam Jana eine Traurigkeit, da sie an den bevorstehenden Tod von Carina denken musste. Avivas Grab war schon von Weitem sichtbar. Auf einem schlichten grauen Granitstein war ihr Name und ihre Daten in Englisch, Hebräisch und Arabisch zu lesen. Auf der Ruhestätte befanden sich weder Pflanzen noch Blumen. Eine dicke weiße Marmorplatte deckelte alles. „Ich weiß gar nicht, welche Religion sie tatsächlich hatte, sie sagte auch mal was von deutschen Wurzeln." Martin gab ihr einen kleinen Stein in die Hand. „Was soll ich damit?" „Jana, wir befinden uns auf einem jüdischen Friedhof. Wenn jemand ein Grab besucht und an den Verstorbenen denkt legt er einen Stein darauf. Das ist kein religiöses Ritual, nur ein alter jüdischer Brauch. Als die damals durch die Wüste flüchteten, gab es auch keine Blumen. Man bedeckte den Leichnam mit Steinen, um ihn so vor wilden Tieren zu schützen und um die Grabstelle wiederzufinden." „Was du alles weißt, erstaunlich!" Ganz in der Nähe befand sich ein Olivenbaum, darunter stand eine Holzbank. „Lass uns dort drüben ein wenig im Schatten verweilen.", schlug ihr Mann vor.

„Wenn ich daran denke, dass uns so etwas bald schon wieder bevorsteht, könnte ich verrückt werden." „Was meinst du denn?" „Carina, ich vermute, es wird nicht mehr lange dauern." „Liebe Jana, alles ist endlich und der Tod, wie und wann er auch kommt, ist so verliebt in das Leben, wir haben das hinzunehmen." „Ach du bist so klug und heute fast philosophisch, ich bin so glücklich, dass du bei mir bist!" Hand in Hand verließen sie den Friedhof. An der Eingangspforte drehte sich Jana noch einmal um und sagte: „Mach's gut Aviva!"

Den Abend verbrachten beide wieder auf dem Luxus-Liner. Weder Martin noch Jana war nach großem Bankett zumute. Stattdessen aßen sie in einem kleinen Bordbistro ein Sandwich. „Morgen geht es weiter nach Alexandria in Ägypten." „Ja, ich weiß, soll sehr schön sein, obwohl ich schon ein wenig Angst habe." „Du meinst wegen des Touristenüberfalls vor drei Monaten?" „Ja, weißt du die jüdische Mentalität liegt mir. Bei der arabischen habe ich Ressentiments, ich traue denen nicht wirklich." „Verstehe ich jetzt nicht!" „Ach, nur so ein mulmiges Gefühl, vergiss es einfach!" „Wir müssen dort nicht von Bord gehen." „Doch Martin, ich weiß, dass Ägypten immer dein Traum war, wird schon nichts passieren. Von Weitem erblickte sie den Kapitän des Schiffes, der direkt auf sie zusteuerte. „Guten Abend, Frau Levin, mein Name ist Joachim Wulfestieg, ich bin der Kapitän dieses Schiffes!" „Angenehm, das ist mein Mann Martin Steenquist, was kann ich für sie tun?" „Wir sind in einer etwas prekären Lage, hatten für die nächsten Tage Merete Pling-Larsson verpflichtet für die Bordunterhaltung, jetzt hat sie ein Attest geschickt, dass sie nicht auftreten kann." „Und was habe ich damit zu tun?" „Mir ist klar, dass sie vor einigen Jahren aufgehört haben, aber könnten Sie sich vorstellen …?" Jana lachte und teilte Wulfestieg unmissverständlich mit, dass sie raus sei. „Ich habe jahrelang nicht mehr gesungen und schon gar nicht mit einer Live-Band, Noten und Arrangements habe ich auch nicht mehr dabei, nein, das tut mir leid, aber das mache ich nicht!" „Schade, es wäre uns allen eine Ehre gewesen, Sie noch einmal auf der Bühne zu erleben, aber da kann man wohl nichts machen!" „Nein, ich bedaure, aber das geht leider gar nicht!" Der Kapitän salutierte fast, als er sich verabschiedete: „Ein Versuch war es wenigstens wert." Als Herr Wulfestieg außer Sichtweite war, lächelte sie Martin an: „Geehrt fühle ich mich aber doch, die hätten bestimmt ein Vermögen gezahlt in dieser Notsituation. Ich wusste gar nicht, dass Merete solche Gigs macht, Hardrock passt doch nicht wirklich auf diesen Dampfer." „Die werden ihr eine ordentliche Stange Geld geboten haben, dass sie hier ihre alten Sachen singt!" Für den Choreografen war die Sache klar.

Auf der Fahrt nach Ägypten erhielt Jana einen Anruf von Luise Preiser, die ihr mitteilte, dass Carina gestern verstorben sei. Geschockt gab sie Martin ihr Handy, der das Telefonat fortführte. Tränen rannen über ihr Gesicht, apathisch sah sie ihren Mann an. Dann erzählte er ihr, was Carinas Schwägerin ihm gerade berichtet hatte: „Es ist wohl alles ganz schnell gegangen. Sie war bis zum Ende bei klarem Bewusstsein und ist dann friedlich eingeschlafen." „Also kein Schmerzmartyrium?" „Es klang so, als sei ihr das erspart geblieben. Die Trauerfeier ist nächste Woche, sie wird nach Berlin überführt, wir bekommen noch genauere Informationen." „Dann müssen wir sehen, dass wir von Alexandria einen Rückflug nach Deutschland bekommen. Kannst du das bitte alles regeln?" Martin öffnete seinen Laptop und suchte nach Rückreisemöglichkeiten. Er wurde schnell fündig. Dann wandte er sich an eine der Bordhostessen und teilte ihr mit, dass sie die Reise im nächsten Hafen abbrechen müssten. „Oh, das tut mir leid, aber erstatten können wir nichts!", antwortete diese sehr bestimmt. „Darum geht es auch gar nicht. Können Sie mir behilflich sein mit dem Rückflug nach Deutschland?" „Das ist kein Problem. Ich buche

Ihnen die Tickets. Bis dahin bleiben Sie einfach an Bord, wir laufen ja erst übermorgen wieder aus." Tatsächlich hatte die Dame zwei Stunden später alles geregelt und teilte Martin mit, dass sie zwei Tickets für den nächsten Tag gebucht habe.

Die Rückreise war anstrengend. Mit zwei Zwischenstopps in Istanbul und Wien flogen die Eheleute am nächsten Morgen nach Berlin. Erst gegen zweiundzwanzig Uhr kamen sie in Tegel an. Für Ende Januar war es ungewöhnlich mild, was Jana, nach der nordafrikanischen Wärme, als wohltuend empfand. Aufgrund der *Internationalen Grünen Woche* bekamen sie für die nächsten Tage nur ein Zimmer im *Adlon*. Jana war alles egal, sie war total erschöpft von der Reise und der Todesnachricht, dass sie an diesem Abend nur noch ins Bett fiel.

Am nächsten Morgen wachte sie erst gegen neun Uhr auf. Die zweite Hälfte des Kingsize-Bettes war verwaist. Jana brauchte einen Augenblick sich zu besinnen wo sie war und was passiert war. Im Bad fand sie einen kleinen Zettel ‚*Vertrete mir die Füße, bis gleich – Kuss M.*' Sie stellte sich unter die Dusche und genoss minutenlang den warmen Schauer. Sie verharrte so lange darunter, dass sich der Wasserdampf im gesamten Apartment ausbreitete. „Oh, haben wir eine Sauna gebucht?", begrüßte sie Martin als sie hereinkam. „Guten Morgen, mein Schatz! Mir war nach einer langen Dusche. Ich fühle mich aber immer noch wie gerädert und werde mich wieder hinlegen." „Tu das, soll ich dir ein Frühstück aufs Zimmer bestellen?" „Ich habe keinen Appetit, vielleicht später. Wo bist du gewesen?" „Auf der Straße, bin bis zum Gendarmenmarkt gelaufen, einfach nur mal frische Luft

schnappen. Ich gehe jetzt mal runter und frühstücke etwas."
„Gut, ich lege mich noch etwas hin."

Als Martin eine halbe Stunde später zurückkam, schlief seine Frau wieder tief und fest. Er griff zu seinem Handy und verließ erneut das Apartment. In der Lobby zog er sich in den hinteren Bereich zurück, um mit Luise zu telefonieren. Sie teilte ihm jetzt alle Einzelheiten bezüglich der Trauerfeier mit, die in vier Tagen stattfinden sollte. Martin machte sich ein paar Notizen. Obwohl er Luise Preiser nicht persönlich kannte, hatten sie eine halbe Stunde miteinander telefoniert. Das Gespräch hatte bei ihm einen ganz anderen Eindruck hinterlassen und nichts mit dem gemeinsam, was Jana ihm einmal über sie, nach Carinas Schilderungen, erzählt hatte. Als er sich wieder nach oben begeben wollte kam ihm Jana auf der Treppe entgegen. „Na, endlich ausgeschlafen?" „Du Schatz, ich hatte es bitter nötig, kriegen wir noch ein kleines Frühstück?" Martin sah zur Uhr: „Ich denke schon."

Im Frühstücksraum informierte er sie über die bevorstehende Trauerfeier. „Kümmerst du dich um alles? Also Kranz, Karte und so weiter." Martin nickte. „Was wollen wir die nächsten Tage unternehmen?" „Ich habe keine Ahnung, mir ist nach Ruhe, obwohl ich auch nicht die ganze Zeit in dieser Luxusherberge verbringen will.", entgegnete Jana. „Frau Preiser sagte mir, dass wohl auf dem Zehlendorfer Friedhof eine ziemlich große Trauergemeinde zu erwarten sein wird, auch das Fernsehen hat sich angemeldet." „Ekelhaft, ich sehe die ganzen Ornellas, Elenas und wie die alle heißen tief schwarz verschleiert auflaufen und Anteilnahme heucheln!" „Komm Jana, die besten Freundinnen seid ihr auch nicht immer gewesen." „Ja, ja, du hast Recht." Sie sahen sich einige Minuten schweigend an.

Die folgenden Tage bis zur Trauerfeier verbrachten die Eheleute meist im Hotel. Luise Preiser meldete sich noch einmal und fragte Jana, ob sie das *Ave-Maria* während der Zeremonie singen würde. Sie lehnte das aber ab und meinte, dass sie zu lange raus sei, bot aber an, ein paar Worte zu sagen. Das wiederum wollte Carinas Schwägerin aber nicht.

Am Mittwochmorgen bestiegen die Steenquists ein Taxi, das sie zum Friedhof Zehlendorf bringen sollte. Schon von Weitem war eine riesige Menschentraube und drei Ü-Wagen von Fernsehsendern zu erkennen. „Mir wird ganz übel, wenn ich daran denke, was uns gleich bevorsteht.", sagte Jana leise. „Ich bin bei dir, mach dir keine Gedanken. Kommentare musst du keine abgeben." Dann hielt der Wagen, Jana setzte eine Sonnenbrille auf, stieg aus und hakte sich bei ihrem Mann ein. Langsam bewegten sie sich auf dem Kiesweg in Richtung Kapelle. Links und rechts war der Weg abgesperrt, dahinter befanden sich ungefähr tausend Zaungäste. Trotz der Menschenmenge herrschte eine gespenstische Stille. Ab und zu war das Klicken oder Summen von irgendwelchen Kameras zu vernehmen. Ein Journalist gab Jana ein Zeichen, ihre Brille abzunehmen, was sie aber verweigerte. Als sie ins Innere der Kapelle traten, kam Frau Preiser auf sie zu. Martin deutete eine leichte Umarmung an, Jana gab ihr die Hand und drückte ihr Beileid aus. Wie erwartet war eine Vielzahl von Kollegen gekommen. Nachdem sich Jana und Martin vor dem Sarg verbeugt hatten, nahmen sie ihre Plätze in der zweiten Reihe ein. Vor ihnen saß Ornella Barese und schluchzte leise vor sich hin. Sie wirkte konturenlos: schwarzes Haar, schwarzer Hut, dunkle

Brille, langer schwarzer Mantel. Sie hatte in dieser Gestalt etwas Unheimliches an sich. An ihrer Seite saß ein höchstens dreißigjähriger blonder Adonis, der ihre Hand hielt. „Bestimmt ihr aktueller Liebhaber.", zischte Jana Martin an. Er schüttelte nur leicht den Kopf. Nach und nach füllten sich die leeren Plätze. Als Letzte betrat Juanita Gonzalez das Geschehen. Luise Preiser geleitete sie zum Sarg. Die Spanierin trug ein hochgeschlossenes schwarzes Abendkleid. Jana war verwundert über den Aufzug, zumal es draußen kalt war. Dann begannen die ersten Takte des *Ave-Marias*. Juanita griff zum Mikrofon und begann zu singen. Obwohl sich die beiden Frauen nicht sonderlich mochten, war Jana von dem Vortrag ergriffen und suchte nach Martins Hand. Die Kälte, die ihren Körper durchfuhr, konnte sie sich nur mit subjektivem Empfinden erklären, denn das Gotteshaus war gut geheizt. Nach ihrem Auftritt nahm Juanita neben der blonden Begleitung von Ornella Platz. Brigitte Obermoser-Huber trat ans Rednerpult und hielt einen zu langen Vortrag über Carinas künstlerisches und politisches Wirken. Es folgten noch drei weitere Parteikollegen, die alles endlos in die Länge zogen. Jeder wiederholte quasi die Ausführungen seines Vorredners. Zum Abschluss ertönte ein Medley aus drei Liedern von Carina Coreens Erfolgshits, was etwas unglaublich Skurriles hatte. Die darauffolgende Aussegnung nahm eine wohl befreundete Pastorin vor. Dann wurde ihr Sarg hinausgetragen und in einen Leichenwagen gehoben. Alle anwesenden Trauergäste stellten sich in einem Kreis auf und erwiesen der Verstorbenen die letzte Ehre. Als sich das Auto langsam in Richtung Ausfahrt bewegte, musste Jana an die letzte Verabschiedung in Portofino denken. „Genau wie kürzlich vor ihrem Haus, als wir uns auf den Weg nach Venedig machten.", sagte sie leise zu ihrem Mann. „Ich bin froh, dass es keine Erdbestattung ist, dieses Herablassen des Sarges macht mich immer fix und fertig!", antwortete Martin. Eine Zusammenkunft der Gäste war anscheinend nicht geplant, denn die Gesellschaft löste sich ziemlich schnell auf. Juanita, die jetzt einen schwarzen Nerzmantel trug, kam auf Jana zu und küsste ihr die Wange: „Passt gut auf euch auf!" Dann ging sie den Kiesweg hinunter und verließ den Friedhof. Luise Preiser näherte sich den Eheleuten und bedankte sich für ihr Kommen. „Was passiert denn jetzt mit Carinas Sachen und ihrem Besitz?", wollte Jana wissen. „Ach, sie hat alles noch geregelt. Das Haus in Italien wird verkauft, die Wohnung hier in Berlin auch. Der Erlös wird in eine Stiftung fließen, die sich um die Belange junger bildender Künstler kümmert." „War die Trauerfeier auch mit dem Schlagermedley ihr Wunsch?" „Ja, ich fand das auch merkwürdig, aber sie bestand darauf, weil – wie sie oft sagte – ein Bogen ihrer musischen Entwicklung gezeigt werden sollte. Na ja, sei's drum. Jedenfalls noch einmal vielen Dank, dass ihr hier gewesen seid!" Dann verließ auch Frau Preiser den Friedhof. Martin schlug vor, noch einen Spaziergang zu machen, ehe sie ins Hotel zurückfahren wollten. Die Stille des Friedhofes hatte etwas sehr Wohltuendes. Sie gingen Hand in Hand und wortlos auf den gepflegten Parkwegen.

Als sie abends im Restaurant des *Adlons* speisten, hatte Jana das Gefühl, dass eine Zentnerlast von ihr abgefallen war. „Wenn es bei mir einmal so weit ist, bitte nur ein ganz kleiner Kreis. Du, Beatrice und Gabriel! Das werde ich noch verfügen!" „Und wenn ich eher gehe?" Martin sah sie traurig an. „Das darf nicht sein!"

25. Comeback als Schauspielerin?

Martin und Jana hatten sich ihr Leben in Bremen eingerichtet. Gabriel war jetzt vier Jahre alt und hielt die beiden ab und zu auf Trab, wenn Beatrice ihren Sohn bei ihnen parkte, wie sie immer zu sagen pflegte. Jana war dreiundsiebzig Jahre alt und ruhte immer mehr in sich selbst. Ihre Gelüste auf ihren so geliebten *Barolo* hatte sie stark eingeschränkt. Ihr Magen rebellierte, wenn sie zu viel davon trank. Ein Gastrologe hatte ihr *Omeprazol* verordnet und dringend vom Konsum des Roten abgeraten. Erstaunlicherweise fiel ihr das nicht schwer. Sie teilte zudem ein gemeinsames Leiden mit ihrem Mann. Ab und zu hatte er Rückenprobleme. Die Schmerzen im LWS-Bereich hielten sich aber, dank *Kieser-Training,* in Grenzen. Martin zollte damit seiner jahrelangen Tänzertätigkeit Tribut. Es ging ihnen gut, finanziell hatte man ausgesorgt. Die beratende Tätigkeit am *Theater am Goetheplatz* spülte ihm monatlich auch noch ein nettes Sümmchen in die Haushaltskasse.

Am zwölften August saßen die Eheleute auf ihrer Dachterrasse beim Frühstück als sie aus dem Radio die Nachricht vernahmen, dass Mechthild Wagenfeld ihres Amtes als Kanzlerin enthoben worden sei. Sie, sowie einige Mitglieder ihrer Partei, der *OID,* wurden vom Bundesverfassungsgericht als menschenverachtend und wegen antisemitischer Äußerungen verurteilt. Neuesten Umfragen zu Folge war die *OID* jetzt auf knapp zwanzig Prozent abgerutscht. Für Oktober waren Neuwahlen angesetzt. „Uff, das sind ja mal richtig gute Neuigkeiten!", stöhnte Martin laut auf. „Ja, dann dürfte der braune Spuk überstanden sein. Ich werde

Sarah nachher mal anrufen und ihr alles erzählen." „Ach, die kluge Sarah, aber ich denke nicht, dass sie ihr schwedisches Domizil wieder verlassen wird. Sie dürfte jetzt Mitte achtzig sein." „Mein lieber Mann, mach sie nicht älter als sie ist, sie hat genau zehn Jahre mehr auf dem Buckel als ich!" „Und sieht bestimmt zehn Jahre jünger aus!", gluckste Martin. „Wieso, findest du, dass ich alt aussehe?" „Schatz, das kannst du gar nicht!" „Musst du heute noch ins Theater?" „Ja, aber nicht lange, die Premiere der neuen Fassung von *Schwanensee* ist Mitte September. Ich gebe nur noch den letzten Schliff. Werde gegen neunzehn Uhr wieder hier sein." Dann beugte er sich vor und küsste seine Frau.

Als Martin die Wohnung verlassen hatte griff Jana zum Telefon und rief Sarah in Göteborg an. „Das sind ja gute Nachrichten, aber ich komme nicht zurück nach Deutschland!", teilte sie Jana ihren Entschluss mit, nachdem sie die Informationen ihrer Freundin gehört hatte. Tatsächlich hatte Sarah Silver vor zweieinhalb Jahren ihre Wurzeln in Stuttgart herausgezogen und war zurück nach Schweden gegangen, gelegentlich trat sie dort sogar noch auf. Erst vor zwei Jahren sang sie schwedische Volkslieder auf dem fünfzehnten Hochzeitstag von Königin Victoria und ihrem Mann Prinz Daniel. Ansonsten lebte sie zurückgezogen und war in erster Linie für ihre drei Enkelkinder da. Einen neuen Mann gab es auch in ihrem Leben. Olof Persson war einige Jahre jünger als sie und Witwer. Er besaß in Skandinavien eine Hotelkette. Verheiratet waren sie nicht, sahen sich aber so oft es seine Zeit erlaubte. Sarah versprach im Herbst ein paar Tage nach Bremen zu kommen: „Lass uns dann auf eine neue politische Zukunft bei euch anstoßen!" Jana hatte gar nicht bemerkt, wie schnell die Zeit vergangen war. Als sie das Gespräch beendet hatte, war es bereits halb eins. Für vierzehn Uhr war noch ein Friseurtermin angesagt, vorher wollte sie einkaufen. Sie lief ins Bad und trug ein wenig Makeup auf, dann zog sie sich an und verließ das Haus. Als sie die Wohnungstür abschloss, klingelte das Telefon. „Das kann der AB übernehmen, ich bin eh schon zu spät!"

Erst am frühen Abend kam Jana zurück. Bepackt mit Einkaufstaschen und frisch frisiert stellte sie alles erst mal in der Küche ab. Martin hatte versprochen heute Abend zu kochen. Noch war er nicht da. „Das wird bestimmt nichts, wenn er arbeitet, ist er nach wie vor wie von Sinnen. Werde ein bisschen Käse, Brot, Butter und Wein zusammenstellen. Wenn er kommt, möchte ich ihn für mich, nicht dass er noch stundenlang in der Küche rumwerkelt." Ihr Blick fiel auf das Blinken des Anrufbeantworters. Es passierte nur noch selten, dass jemand über das Festnetz anrief. Eher desinteressiert drückte Jana die Abhörtaste und vernahm die Stimme einer Frau Reiher von *Nord-Film* aus Kiel, die um Rückruf bat. Da ihr weder der Name noch die Firma etwas sagte, löschte sie den Anruf.

Gegen halb zehn kam Martin endlich nach Hause. Jana lag im Stressless und war eingeschlafen. Minutenlang blieb er im Halbdunkel stehen und beobachtete seine Frau. Er liebte solche Situationen, sie friedlich schlummernd zu sehen, obwohl er wusste, dass sie es überhaupt nicht mochte wehrlos angestarrt zu werden. Das war schon zu ihrer aktiven Zeit immer ein Problem für sie. Auf der Bühne oder vor der Kamera agierte sie als Künstlerin, war einfach der Star. In normalen Alltagssituationen verkroch sie sich lieber und wollte unerkannt bleiben. Selbst heute noch, acht Jahre nach ihrem Abschied, wurde sie hin und wieder auf der Straße erkannt.

Manchmal verleugnete sie sich selbst, indem sie ehemaligen Fans unmissverständlich mitteilte, dass der Beobachter sie wohl verwechsle. Martin streichelte seiner Frau übers Haar. Sie erwachte und strahlte ihn an. Dann gähnte sie laut: „Oh, du bist endlich da!" „Ja, es hat heute ewig gedauert, der Regisseur hatte noch zig Änderungsvorschläge, die mir überhaupt nicht gefallen haben, aber es ist seine Produktion und ich bin nur beratend tätig." „Dann schmeißen die das Geld ja zum Fenster raus für dich!" „Manchmal denke ich das auch, künstlerischer Anspruch gleich null. Habe eigentlich keine Lust mehr dazu, alles wird untergraben." „In der Küche steht Brot und Käse für uns, habe auf dich gewartet."

Martin zündete die Kerzen an. Erst jetzt fiel ihm auf, dass das blonde Haar seiner Gattin einen leichten Rotstich hatte: „Oh, eine neue Farbe, steht dir gut!" „Ich wollte mal etwas Innovatives machen!" Martin lachte: „Gefällt mir wirklich gut! Deine Idee?" „Nicht ganz, das Werk eines neuen Figaros in der Altstadt, einem Italiener!" „Sollte ich vielleicht auch mal machen, um die grauen Schläfen zu kaschieren!", spöttelte er. Jana überhörte die Bemerkung. „Was war denn nun heute los?" „Ach, Philippe Dupont ist in seinen Ausführungen sehr eigen. Du weißt ja, er ist Spielleiter, hat aber vom Tanz keine Ahnung. Heute Mittag haben wir zusammen gegessen und uns heftig gestritten, es ging nur um ein paar Armbewegungen und einige eher unwichtige Schritte von zwei Tänzerinnen, die er aber minutenlang in den Fokus stellen wollte. Habe ihm dann bei *You Tube* ein paar Videos mit Beispielen meiner Arbeit gezeigt, aber er beharrte auf seiner Meinung. Für mich ist die ganze Produktion dadurch kaputt." „Schraub deine Ansprüche einfach runter und lächle!" „Jana, das kann ich nicht. Jeder weiß, dass mein

Name für das Stück mitverantwortlich ist. Man kann *Schwanensee* heute nicht mehr inszenieren wie vor hundert Jahren, völlig ausgeschlossen!" „Du weißt ja, dass ich dich für genial halte auf deinem Gebiet …." Martin fiel ihr ins Wort: „Nur auf meinem Gebiet?" „Nein, mein Schatz, ich liebe dich bedingungslos!" „Oh, daran werde ich dich bei Gelegenheit erinnern. War sonst noch etwas heute?" „Da hat so eine Filmfirma angerufen, die ich nicht kenne. Ich soll mich melden, habe den Anruf aber gelöscht!" „Hm, planen die etwas zu deinem Fünfundsiebzigsten?" „Keine Ahnung, ist mir auch egal." Nachdem sie gegessen hatten, zog sich Martin mit einem Buch auf die Couch zurück. „Ich bin müde, gehe ins Bett. Mach nicht mehr so lange."

Am nächsten Morgen hatte sich Marin mit einem Kollegen vom Theater zum *Kieser-Training* verabredet. Jana saß allein in der Küche und trank einen Espresso. Das Telefon klingelte. Wieder meldete sich die Stimme von gestern. „Guten Tag, mein Name ist Reiher von der *Nord-Film*. Spreche ich mit Jana Levin?" „Ja, was kann ich für Sie tun?" „Wir produzieren für die *ARD* den *Tatort* aus Kiel und haben ein interessantes Angebot für Sie." „Ich habe vor acht Jahren meine Karriere beendet." „Ja, als Sängerin, aber wir suchen jemanden für die Rolle einer Industriellengattin in Kiel, die verdächtigt wird, ihren Mann vergiftet zu haben!" „Eine Mörderin?" „Eine zunächst Verdächtige!" „Gute Frau, ich habe zwar mal Musical am *Thalia* in Hamburg gespielt, bin aber keine Schauspielerin!" „Frau Levin, Sie wären perfekt für die Rolle!" Dann erklärte sie weiter, dass der Part in der Folge autobiografische Züge habe: eine gefeierte Opernsängerin tritt nach über dreißig Jahren von der Bühne ab und heiratet einen Kieler Reeder. Sie merkt schnell, dass er bankrott ist und ihr nach dem Leben trachtet, um ihr Erbe anzutreten. Die Ehefrau kommt ihm aber zuvor, dazwischen gibt es noch einige Verwicklungen und Ungereimtheiten. „Klingt alles ganz interessant, aber, wie gesagt, ich bin keine Schauspielerin!" „Sie spielen sich einfach selbst!" Jana lachte auf: „Eine Mörderin bin ich schon gar nicht!" „Dürfen wir in den nächsten Tagen mit dem Skript bei Ihnen vorbeikommen und Einzelheiten besprechen?" „Ich spreche das mit meinem Mann ab und melde mich bei Ihnen. Ist das okay?" „Sehr, wir sehen sehr wohlwollend Ihrer Antwort entgegen!" Als Jana aufgelegt hatte lachte sie laut: „Ich alte Schabracke als Schauspielerin!"

Gegen Mittag kam Martin zurück und hatte zwei Portionen Sushi mitgebracht. „Ach du denkst immer an alles!" Beim anschließenden Essen erzählte seine Frau von dem Telefongespräch. „Kannst du dir das denn vorstellen?" „Hm, uninteressant finde ich die Idee nicht, aber ich habe in dem Bereich null Ahnung." „Lass das Team doch einfach mal herkommen und dann sprechen wir über alles!"

Am Montagvormittag der darauffolgenden Woche empfingen die Eheleute Steenquist das Team aus Kiel auf ihrer Dachterrasse. Frau Reiher, die Produktionsassistentin, war zirka Mitte zwanzig, die ihren Job voll und ganz ausfüllte. Schon bei der Begrüßung und ihrem Händedruck spürte Jana, dass es sich um eine Person handelte, die genau wusste, was sie wollte. Sie kannte diese jungen Mädchen noch von früher. Diese Frauen arbeiteten meist als Assistentinnen für die Promoter der Plattenfirmen, waren morgens die ersten und abends die letzten Mitarbeiter im Büro. Sie waren sich für nichts zu schade, wenn es um Erfolg, Abschlüsse und Zahlen ging. Jetzt saß so ein Exemplar auf ihrem Sofa. Im Gefolge hatte sie den Autor Bernd Leiser und ihren Chef Manuel Süder. Obwohl er der verantwortliche Produzent war, wurden Jana und Martin den Eindruck nicht los, dass Sybill Reiher die Fäden in der Hand hielt. Leiser gab eine kurze Abhandlung der Geschichte preis, Süder lehnte sich zurück und überließ weitestgehend seiner Mitarbeiterin das Feld. Sie sprachen jetzt schon über eine Stunde. Jana hatte bestimmt hundertmal betont, dass sie keine Actrice sei, Frau Reiher nahm ihr jedes Mal den Wind aus den Segeln und zerstreute die Bedenken mit immer neuen positiven Argumenten. Manuel Süder versprach, ihr einen Coach zur Seite zu stellen, der ständig am Set anwesend sein sollte. Jana und Martin nickten sich irgendwann zu, was einer Absegnung des Projektes gleichkam. „Okay, dann versuchen wir es!“, warf Martin ein. „Wunderbar, ich schicke Ihnen im Laufe der Woche das Buch und die Verträge zu!“, warf Sybill ein. „Moment, Moment, wir müssen noch über die Konditionen und Bedingungen sprechen. Wie lange werden die Dreharbeiten in Kiel dauern und wie sieht es gagentechnisch aus?“, warf Martin ein. Jetzt wurde Süder aktiv: „Also wir drehen maximal vier Wochen von Mitte Oktober bis Mitte November in Kiel und Molfsee. Dazu muss ungefähr eine Woche Studioarbeit mit Nachsynchronisation der Außenaufnahmen kalkuliert werden. Wir dachten an ein Tageshonorar von dreitausend Euro. Für Sie sind ungefähr zwanzig Tage angesetzt. Es wäre aber schön, wenn Sie während der gesamten Zeit in Kiel vor Ort sind.“ „Hm, das klingt gut. Die Hotelkosten übernehmen Sie aber auch?“ „Ja, selbstverständlich!" „Uns wäre es lieb, wenn wir für den gesamten Zeitraum eine Wohnung hätten und nicht ins Hotel müssten, geht das in Ordnung?" „Das dürfte kein Problem sein. Wir haben zwei große Künstlerwohnungen in Laboe, direkt an der Ostsee." „Klingt gut, dann machen Sie den Vertrag fertig, wir werden zeitnah reagieren." Es folgte noch ein wenig Palaver über die Branche. Bernd Süder warf immer wieder ein, dass heute alles so teuer geworden sei. Dann spielte sich Frau Reiher noch einmal in den Vordergrund und plauderte über ihre Kontakte zu Schauspielern und Künstlern. Besonders diskret fand Jana das nicht, hatte aber keine Lust in die Offensive zu gehen. Am frühen Nachmittag verabschiedete sich das Team.

„Du, zwanzig Drehtage, das sind ja sechzigtausend Euro!", sagte Jana und klang überrascht. „Da hast du aber lange gerechnet, mein Schatz. Nicht ganz sechzigtausend, abzüglich Steuern bleiben dir vielleicht fünfunddreißigtausend!" „Weißt du, wofür ich dich liebe?" „Weil ich so bin, wie ich bin!" „Das natürlich sowieso! Nein, aber du sagtest gerade, dass mir der Betrag bleibt nicht uns. Anders als in der Rolle der Gattin des Reeders!" Martin lächelte seine Frau an. „Lass uns das heute Abend feiern, ich bestelle einen Tisch im *Park-Hotel*"

Am Ende der Woche kam ein dicker Briefumschlag aus Kiel. Martin nahm sich sofort den Vertrag vor und machte einen Termin mit seinem Rechtsanwalt. Jana vertiefte sich ins Drehbuch. Nicht immer verstand sie die Notizen neben dem Text sofort. „Schade, dass Carina nicht mehr da ist, die hätte ich jetzt gut fragen können." Dieser Satz fiel in den darauffolgenden Tagen häufiger. Dem Brief lag die Visitenkarte des Coachs bei, mit dem Jana über *Skype* kommunizieren sollte. Lorenz Mesenbrink war ein absoluter Profi seines Genres, das stellte sie schon nach dem ersten Gespräch fest. Er versuchte ihr sofort die Angst vor der neuen Aufgabe zu nehmen und beruhigte sie mit den Worten: „Frau Levin, es ist nichts Fremdes, was sie da spielen sollen. Sie kennen das Showbiz und können in erster Linie Sie selbst sein!" Das war für die Sängerin ein ganz wichtiger Satz, der sich sofort in ihr Gehirn eingrub. Als Partner war Dietrich Maus, der den *Tatort-Kommissar* seit Jahren spielte, vorgesehen. Den Reeder stellte Alfi Boysen dar. Er hatte sich damals nach der Absetzung des *Schlagerderbys* wieder auf seine Wurzeln besonnen und war zur Schauspielerei zurückgekehrt.

Abends saßen die Eheleute jetzt oft zusammen. Martin hörte seiner Frau den Text ab. „Es ist komplizierter als Songtexte zu lernen.", warf Jana immer wieder ein, wenn sie einen Aussetzer hatte. „Darling, du spielst ein ganzes Stück von rund neunzig Minuten, musst auf Timing achten, auch die Rolle deines Partners können. Aber mach dir nicht so viele Gedanken, ihr dreht ja Szene für Szene, darauf kannst du dich gut vorbereiten." Sie wurde sicherer, beherrschte den Stoff und bekam ein Gefühl dafür, wie sich die einzelnen Szenen abspielen könnten. „Du hast die Rechnung noch nicht mit dem Regisseur gemacht, kannst dir ja jetzt alles Mögliche vorstellen, wirst aber letztlich dem Spielleiter und Dramaturgen gerecht werden müssen.", bremste Martin seine Frau immer wieder vorsichtig aus.

Am fünfzehnten Oktober reisten die Steenquists nach Kiel. Das vor ihnen liegende Wochenende sollte mit ersten Besprechungen zwischen den Schauspielern und dem Regisseur laufen. Auch Lorenz war gekommen, den Jana bisher nur von den Gesprächen auf *Skype* kannte. Der Samstag und

Sonntag sollten auch weitestgehend dafür verwendet werden, dass er seiner Akteurin Mimik und Gestik vor der Kamera beibringen sollte. Jana Levin war in den letzten Wochen mehr und mehr in die Rolle hineingewachsen, ihren Text beherrschte sie bis ins Detail, auch den Wortlaut in den einzelnen Dialogen ihrer Partner hatte sie drauf. Probleme allerdings gab es, was die Handlung und den gesamten Inhalt anging. Der Spielleiter Heino Wellinger galt in der Branche als Choleriker und war immer wieder aufbrausend am Set. „Ihr interessiert euch nur für euch selbst, die Geschichte und die Hintergründe der Handlung sind euch scheißegal. Euch geht es nur darum, immer richtig ausgeleuchtet zu sein und im Vordergrund zu stehen!", schrie er das Team mehr als einmal an. Ganz Unrecht hatte er nicht. Vor allem zwei Mädchen, die eine Schauspielschule wohl nie von innen gesehen hatten, spielten sich als Stars auf, konnten aber weder Text noch hatten sie irgendeinen Schimmer von dem, was sie da taten. Zugegeben, ihre Rollen waren eher die der Statisten, aber einige Sätze hatten sie doch zu sagen. „Völlig talentfrei und blutleer.", zog Alfi Boysen Jana ins Vertrauen. Seine Frau Hannaliese war bei allen Einstellungen ihres Mannes dabei und versuchte Wellinger immer wieder Hinweise zu geben, ihn besser zu inszenieren, was den Regisseur zusätzlich auf die Palme brachte. Sie ging in ihrer Rolle als freie Produzentin und Managerin ihres Gatten voll auf. Arbeitete mit allen Möglichkeiten, die sich ihr boten, manchmal auch unlauteren. Das musste Jana schon zu Zeiten des *Schlagerderbys* feststellen. Ihre Fassade war aalglatt und freundlich. Aus Vereinfachungsgründen und um sich die vielen Namen nicht merken zu müssen, nannte sie die engagierten Künstler ausschließlich Schätzchen, Herzchen oder manchmal sogar, wenn es sich um Newcomer handelte, Kindchen. Gerade heute hatte es wieder bei einer Außenaufnahme gekracht. Sie drehte mit Alfi eine Szene in Schilksee direkt an der Ostsee. Der Reeder und seine Frau machten einen Spaziergang am Strand und führten ein Zwiegespräch, in dem sie ihm portionsweise und geschickt mitteilte, dass sie ihm wegen Erbschleicherei langsam auf die Schliche gekommen sei. Hannaliese war das Tageslicht zu erbarmungslos. So griff sie immer wieder in Szenen ein und verlangte mehr warmes Licht. „Er sieht ja jetzt schon aus wie eine Leiche, mach etwas!", ranzte sie Heino immer wieder an. Zunächst blieb der Spielleiter ruhig und ignorierte sie. Nach zwei Stunden platzte ihm aber der Kragen und er brüllte Frau Boysen an: „Pass mal auf, Kindchen, so kannst du mit deinen Sternchen umgehen, wenn sie ihre Liedchen trällern, aber hier hältst du jetzt ab sofort die Schnauze. Ich weiß genau, was ich zu tun habe und wie dein Männe auszusehen hat!" Das saß! Hannaliese unternahm einen letzten Versuch: „Ja, aber ich wollte doch nur ….." „Schnauze, verschwinde!" Schnurstraks drehte sie sich um und ging, dann wandte sie sich noch einmal an ihn: „Ich gehe jetzt zu Süder, das wird Konsequenzen für dich haben!" Jana erlebte die Szenerie stumm und war fassungslos über den Ton, der hier herrschte. Es hatte angefangen zu nieseln und sie fror ein wenig. „Wir machen weiter!", rief Wellinger. Vor Schreck hatte sie dann ihren Text vergessen, was zu einem neuen Wutanfall führte. „Noch so eine Möchtegernschauspielerin!" Jetzt war Jana sauer: „Herr Wellinger, ich möchte sie daran erinnern, dass ich nicht scharf war auf diese Arbeit hier, Sie und Herr Süder wollten mich ja unbedingt für den Part haben. Ich habe meine Rolle gelernt, aber diese elenden

Unterbrechungen wegen irgendwelcher Nichtigkeiten finde ich gelinde gesagt zum Kotzen!" Heino Wellinger lief rot an. Jana hatte den Eindruck, dass sein Kopf immer größer wurde und seine Augen, die wie Lottokugeln aussahen, aus seinem Gesicht fallen könnten. Trotzdem blieb er jetzt ruhig und forderte das Team auf weiterzumachen.

Als Jana und Martin beim Abendessen saßen wirkte sie erschöpft und müde. „Wie war's heute?" „Frag nicht, Herzchen hat sich dauernd in unsere Szene eingemischt und meinte Wellinger Anweisungen zu geben." „Dann ist der doch bestimmt explodiert?" „Mehr als das, er hat sogar Fäkalsprache gebraucht. Es war so peinlich, dass ich glatt meinen Text vergessen habe." „Oh ja, das kenne ich von ihm. Habe ihn mal bei einer Produktion in Frankfurt erlebt. Er duldet keine andere Meinung, wenn es um seine Inszenierungen geht. Aber sei sicher, er holt das Beste aus dir heraus." „Dein Wort in Gottes Ohr. Ich habe mir das einfacher vorgestellt." „Ein Team von *Brisant* hat angerufen und möchte einen Beitrag beim Dreh über dich machen." „Nein, Schatz, sag das bitte ab. Dafür fühle ich mich dann doch noch nicht sicher genug und Wellingers Reaktion möchte ich mir gar nicht erst vorstellen!" „Ich habe denen sowieso wenig Hoffnung gemacht, regele das morgen." „Ich brauche dringend Schlaf, für morgen sind neun Stunden Studiodreh angesetzt, das können locker zwölf werden. Muss schon um sieben in der Maske sein.", gähnte sie ihren Mann an. Dann gab sie ihm einen Kuss und verschwand im Badezimmer.

Tatsächlich zog sich der nächste Arbeitstag in die Länge. Die erste Einstellung sollte gegen halb neun gemacht werden. Wellinger hatte immer wieder etwas am Licht auszusetzen.

Erst gegen dreizehn Uhr war die Zweiminutenszene im Kasten. Komischerweise explodierte der Vulkan heute mal nicht. Selbst als am Nachmittag ein kurzer Akt in einem Hotelzimmer mit einer Statistin nicht funktionierte behielt der Regisseur die Ruhe.

Am Abend hatte sich das Ehepaar mit Dietrich Maus zum Essen verabredet. Er hatte einen Tisch im *Fischers Fritz Restaurant* bestellt. Bisher kannten sich Jana und Dietrich nur vom Set. Er hatte sie um dieses Treffen gebeten, zunächst war sie unsicher, ob sie die Einladung annehmen sollte. „Da spricht doch nichts dagegen, vielleicht gibt dir dieser Starschauspieler noch wertvolle Tipps.", meinte Martin. Jana gefiel die gediegene norddeutsche Eleganz des Lokals sehr. Als sie mit ihrem Mann den Raum betrat, verdrehten einige neugierige Gäste den Blick in ihre Richtung. „Fast wie früher!", zischte sie ihren Mann an und lächelte. Dietrich Maus saß am Fenster und winkte ihnen zu.

Jetzt saßen die drei Künstler am Tisch. „Was trinkt ihr denn?", wollte Maus wissen. „Ach, ich könnte mir ja zur Feier des Tages mal wieder einen *Barolo* gönnen.", antwortete Jana. „Hm, gute Wahl, den trinke ich auch sehr gern!" Martin schloss sich den Gelüsten an. Kurz darauf prosteten sie sich mit dem Roten zu. Da alle keine wirklichen Fischfreunde waren bestellten sie unisono Entrecôte auf herbstlichen Gemüsebett. „Warum wolltest du mich sprechen?", eröffnete Martins Frau nun das Gespräch. „Na ja, du machst deine Sache als Ungeübte ziemlich gut, das sagte mir selbst Hannaliese gestern!" Jana fühlte sich geschmeichelt: „Es ist neu für mich, ich versuche mein Bestes zu geben und habe in Lorenz eine große Unterstützung. Weißt du, ich bin keine Schauspielerin, hatte niemals Unterricht, kann nur von

Szene zu Szene agieren." „Ja, aber das großartig. Ich habe da eine Idee!" „So, was denn?" „Du weißt ja, dass ich den Kommissar noch zwei weitere Jahre spielen soll, wir haben gerade den Vertrag verlängert. Ich kann sogar an den Drehbüchern mitwirken. Gestern nach der Hotelszene dachte ich dann, dass dein Talent ausbaufähig ist." „Wie darf ich das verstehen?" „Was hältst du davon, in den nächsten Folgen eine durchgehende Rolle zu spielen beispielsweise als meine Mutter oder so etwas Ähnliches?" „Meine Frau ist fast Mitte siebzig!", warf Martin ein. „Perfekt, ich bin siebenundvierzig, passt doch großartig!" „Lass uns erst einmal die Resonanz nach der Ausstrahlung abwarten, dann sehen wir weiter. Es war nie meine Absicht noch einmal eine neue Karriere zu starten. Hätte es in Bremen ein Theater gegeben, das mir eine adäquate Rolle angeboten hätte, wäre das schön gewesen, aber das ist nicht passiert." Dietrich Maus ließ nicht locker: „Es soll ja keine durchgehende Hauptrolle werden, du hättest während des Jahres immer mal ein paar Drehtage." „Wie gesagt, abwarten und Tee trinken!" Der Abend verlief ungezwungen und streckenweise sogar beschwingt. Sie hatten inzwischen die zweite Flasche getrunken als Jana zur Uhr sah und feststellte, dass es schon fünf nach elf war: „Oh je, ich muss morgen um neun in der Maske sein, etwas Schlaf wäre hilfreich!" Maus rief den Ober und bezahlte die Rechnung.

Die verbleibenden zwei Wochen liefen glatt über die Bühne, der Zeitplan konnte fast eingehalten werden. Süder fiel ein Stein vom Herzen, nicht noch mit zusätzlichen Kosten rechnen zu müssen. Direkt nach den Dreharbeiten fuhr die gesamte Crew zur Nachsynchronisation nach Hamburg. Es war wieder Neuland für Jana. Als Sängerin konnte sie zwar sehr gut Vollplayback arbeiten, war lippensynchron, aber nach ihren eigenen Mundbewegungen zu sprechen fiel ihr schwer. Zweimal geriet sie mit Heino Wellinger aneinander, dass sie danach in Tränen ausbrach und alles hinschmeißen wollte. Nur der guten Überzeugungsarbeit von Lorenz Mesenbrink war es zu verdanken, dass die Arbeit fortgesetzt werden konnte. Ende November war alles unter Dach und Fach, die Steenquists konnten endlich nach Bremen zurückreisen.

Die Vorweihnachtszeit verbrachten Martin und Jana entspannt. Es war Tradition geworden, dass das Weihnachtsfest mit Beatrice und Gabriel verbracht wurde. So auch in diesem Jahr. Allerdings bat ihre Tochter darum, dass sie zu ihnen nach Lüneburg kommen sollten, da das Restaurant an den Feiertagen fast überbucht sei und sie unbedingt vor Ort sein müsse, wenn es personelle Engpässe geben sollte. Dieses Argument leuchtete Jana ein und so fuhren sie am dreiundzwanzigsten Dezember in die alte Salzstadt. Sie blieben bis zum zweiten Januar. Da das Enkelkind quengelte und unbedingt noch weitere Zeit mit den Großeltern verbringen wollte, erlaubte Beatrice, dass ihr Sohn ein paar Tage mit nach Bremen kommen dürfe. Sie vereinbarten, dass Gabriel Mitte Januar wieder in Lüneburg sein sollte. „Das passt wunderbar, wir haben am vierzehnten Januar die Pressekonferenz des *Tatorts* im *Elysée* in Hamburg, dann liefern wir ihn hier wieder ab." Die Tochter war nicht ganz beruhigt, da sie einerseits Angst hatte, dass ihr der Sohn entfremdet wird, andererseits aber auch ganz froh, mal ein paar Tage ohne den kleinen Quälgeist zu haben, das hätte sie ihrer Mutter gegenüber aber niemals verlautbart.

Die Zeit als aktive Großeltern in Bremen verging wie im Fluge. Martin machte mit dem Kleinen einen Schwimmkurs, Jana versuchte in der Küche kleinkindgerechte Gerichte herzustellen, was aber nur teilweise gelang. Selbst bei Gabriels Lieblingsessen Nudeln mit Tomatensauce konnte sie nicht punkten. So vorsichtig sie auch mit den Gewürzen umging und immer wieder abschmeckte, das Kind mochte es nicht. Am Sonntagmittag spuckte der Kleine alles im hohen Bogen über den Esstisch. „Ich glaube, du übernimmst das ab morgen wieder." Jana sah ihren Mann hilflos an. „Ja gern, wir müssen ihn ja lebendig wieder abgeben." Ab und zu kramte die Sängerin in ihren alten CDs herum. Sie hatte festgestellt, dass ihr Enkel gern Musik hörte und begonnen hatte mitzusingen. „Er scheint dein Talent geerbt zu haben!", bemerkte Martin oft. „Ach das wäre schön, wenn einer das fortführen würde!", seufzte die Sängerin dann. „Also hast du mit der Bühne doch noch nicht ganz abgeschlossen?" „Doch als Sängerin werde ich nicht mehr auftreten, das ist vorbei und es fehlt mir auch nichts! Aber wenn Gabriel Talent haben sollte, werde ich ihm keine Steine in den Weg werfen. Er bekommt dann jede Unterstützung von mir!"

Das traute Großelternglück endete dann mit der Abgabe des Kindes bei seiner Mutter in Lüneburg. Jana fiel es schwer, sich von ihrem Enkel zu trennen, da Gabriel beim Abschied herzzerreißend weinte. Beatrice war ein wenig verärgert darüber und meinte, dass ihr Sohn in Bremen wohl zu sehr verwöhnt worden wäre. Ganz Unrecht hatte sie nicht.

Um elf Uhr am Vormittag war in Hamburg die Pressepräsentation des *Tatorts* mit dem Titel *Erben heißt sterben* angesetzt. Der Spiegelsaal des *Elysées* war mit fast dreihundert

Journalisten bis auf den letzten Platz gefüllt. Im Vorfeld hatten sich die Reporter den ganzen Film angesehen. Dann betraten Jana, Manuel Süder, Dietrich Maus, Sybill Reiher und der Regisseur Heino Wellinger die Bühne und wurden frenetisch beklatscht. Selbst der Intendant des *NDR* Wim Steiner hatte es sich nicht nehmen lassen zu erscheinen, um eine kurze Ansprache zu halten. Danach war es an der Zeit für die Fragerunde der Journaille. Der Fokus lag natürlich ganz eindeutig auf Jana Levin.

Ilona Maller, eine bekannte Kolumnistin vom *Hamburger Abendblatt,* eröffnete den Reigen: „Frau Levin, wie war es für Sie nach so langer Showabstinenz jetzt in einem neuen Genre tätig zu sein?" „Ich habe zunächst gezögert, war mir nicht sicher, ob ich in dieser Form zurückkommen möchte in die Branche. Aber dann hat mich das Drehbuch überzeugt, außerdem bin ich ein absoluter Fan dieser Krimireihe." Es folgten viele ähnliche Fragen, bei denen die übrigen Repräsentanten des Films zu Statisten wurden. Zwischendurch meldete sich einmal Heino Wellinger zu Wort und fragte die Journalistenmasse schon leicht gereizt, ob sich denn auch jemand für die Entstehung und die Dramaturgie des Streifens interessieren würde. Einige Sekunden herrschte Stille. Ein dicklicher Typ von *Bild* griff das Thema sofort auf und formulierte die Frage für sich um ohne den Fokus von Jana abzuwenden: „Denken Sie, dass Frau Levin als Schauspielerin eine Zukunft hat?" „Nun ja, sie hat Talent, keine Frage. Es war ihr Erstlingswerk!" Jana schaltete sich sofort ein: „Nicht ganz, lieber Herr Wellinger, ich habe auch Theater gespielt unter und mit Fritz Dünnhahr, am *Thalia!*" „Ach ja, im letzten Jahrtausend!", spöttelte Wellinger. Ilsedore Meisen von der *Morgenpost* wandte sich jetzt an ihn:

„Was hatten Sie denn auszusetzen?" „Auszusetzen gab es
gar nichts, sie hat artig ihre Texte gelernt, aber es fehlt einfach noch an Routine!" Jetzt brachte sich Sybill ins Gespräch
ein: „Es hat wirklich viel Überzeugungsarbeit gekostet, Frau
Levin zu verpflichten. Natürlich ist sie noch keine perfekte
Schauspielerin, aber wir fanden es interessant ihre Bandbreite zeigen zu können. Außerdem wollten wir vielen Zuschauern eine Freude machen, sie nach ihrer Showabstinenz
noch einmal vor die Kamera zu bekommen. Ich bewundere
ihre Konsequenz!" Dafür gab es Szenenapplaus, über den
Jana sehr gerührt war. Die Pressekonferenz zog sich endlos
in die Länge. Gegen halb eins trat Wim Steiner erneut vor
die Journalistenschar und beendete die Fragerunde: „So,
meine Damen und Herren, liebe Kollegen, das wars. Sie haben jetzt noch bis dreizehn Uhr die Möglichkeit Fotos zu machen, die Akteure stehen Ihnen dort drüben gern zur Verfügung."

„Überflüssig wie ein Kropf!", schimpfte Jana auf der Rückfahrt nach Bremen. „Ja, dieser Wellinger war unverschämt
und beleidigend!", versuchte Martin sie zu beruhigen. „Mit
dem drehe ich nicht wieder!" „Heißt das, du könntest dir
vorstellen noch einen Film zu machen?" „Martin, ich sage
nie mehr nie, das habe ich mit dem Projekt gelernt. Schlecht
war die Arbeit nicht und das Geld stinkt auch nicht!" „Warten wir erst mal die Reaktion der Zuschauer ab, wenn der
Krimi Mitte Februar gesendet wird!"

Im Vorfeld des Fernsehfilms hatte Jana noch zwei Talkshow-
Aufritte in Hamburg und Berlin, bei denen jeweils Trailer
des *Tatorts* gezeigt wurden. Die Resonanz des anwesenden
Publikums war verhalten. Die Moderatoren interviewten sie
auch nicht auf der Höhe der Zeit, man war eher entzückt,

dass ein Altstar plötzlich wieder vor die Kamera tritt. Die Rückblickvideos ihrer musikalischen Karriere ließ Jana wohlwollend über sich ergehen. Gern hätte sie mehr über die Dreharbeiten und den Streifen gesprochen, aber diesbezüglich wurde zu wenig gefragt. Manuel Süder, der sie nach der Ausstrahlung der *NDR-Talkshow* anrief, bemängelte das: „Du hättest den Krimi mehr promoten sollen, dich nicht so in den Vordergrund stellen!" „Ich hatte keine Möglichkeit, die Absprachen vor der Sendung waren anders. Dass so viele alte Gesangsauftritte gezeigt wurden gefiel mir nicht. Was soll das heute noch? Singen werde ich nicht mehr!" „Okay, warten wir die Quote am Sonntag ab. Im *ZDF* läuft lediglich ein *Pilcher*, der schon zweimal gezeigt wurde. Könnte ganz gut für uns ausgehen!"

Am dreizehnten Februar lief dann um viertel nach acht *Erben heißt sterben* als sechshundertfünfzigster *Tatort*. Kurz vor zweiundzwanzig Uhr rief Beatrice ihre Mutter an: „Du warst gut, streckenweise sogar genial, vor allem hat mir deine Mimik gefallen, gerade die Einstellungen, in denen du Angst dargestellt hast, waren fantastisch." „Oh, vielen Dank mein Kind!" „Und, machst du weiter?" „Dafür ist es jetzt zu früh, außerdem liegen ja gar keine Angebote vor!" „Die kommen bestimmt, verlass dich drauf!" Martins Reaktion war verhaltener: „Du warst nicht schlecht, ich hätte den Film aber anders geschnitten. Gerade die Szene als du mit Alfi am Strand spazieren gehst war gut. Du hast mehr als eine Ahnung seiner Absichten, wirst größer und größer, du überzeugst. Er bekommt Angst, das sieht man ganz deutlich. Dich hört man leider nur, du hast da zu wenig Großaufnahmen. Aber insgesamt warst du groß, Gratulation, mein Schatz!" „Schön, dass du das sagst, deine Meinung ist mir wichtig. Ich weiß, dass du mir keinen Honig ums Maul schmierst. Lass uns noch ein Glas auf den Erfolg trinken!"

Am nächsten Morgen klingelte schon um neun Uhr das Telefon. Ein Anruf reihte sich an den anderen. Zwei Anfragen für Kinofilme waren auch dabei. Jana wimmelte alles ab: „Ich muss erst mal darüber nachdenken, ob und wie ich weitermache." Auch Juanita Gonzalez meldete sich und lobte Jana über den grünen Klee. „Diese scheinheilige Hexe, läuft dem Erfolg als Sängerin hinterher und würde bestimmt gern selbst das Genre wechseln!" Martin blickte von seiner Zeitung auf: „Lass sie, ist doch nett, dass sie gratuliert. Ihr seid doch keine Konkurrentinnen mehr, sieh es gelassen, Schatz." Dann meldete sich noch eine Gerlinde Kammer von *ITV Studios* an und bot der Künstlerin eine durchgehende Rolle in einer dreizehnteiligen Familienserie an. „Wenn das so weitergeht, hänge ich die nächsten Tage nur am Telefon, so habe ich mir das nicht gedacht." „Dann nimm dir doch wieder eine Sekretärin, ruf Margarete an." „Nein, das tue ich nicht, die ist jetzt um die achtzig, was soll sie denn noch machen?" Tatsächlich war der Kontakt zu Margarete Loew in den letzten Jahren eingeschlafen. Zunächst gratulierte man sich noch zu Geburtstagen und schrieb Weihnachtskarten. Da aber Jana in diesen Dingen immer vergesslich und oberflächlich war, verblieb das irgendwann. „Wie wäre es, wenn wir ein paar Tage auf Sylt ausspannen?", schlug Martin vor. „Gute Idee, aber ich möchte Bremen jetzt nicht verlassen, außerdem ist es mir im Februar zu ungemütlich an der Nordsee."

Auch in den darauffolgenden Tagen kamen zahlreiche Anfragen per Mail und Telefon. Knapp zwei Wochen nach der Ausstrahlung des *Tatorts* meldete sich die Redaktion von

HÖRZU und lud die Steenquists für den zwölften März zur Verleihung der *Goldenen Kamera* nach Hamburg ein. Jana war als eine der drei Anwärterinnen auf die Trophäe in der Kategorie *Beste Schauspielerin national* nominiert. Schon während des Gespräches wurde sie ganz aufgeregt und war nicht mehr in der Lage den Informationen zu folgen. Martin hütete mit einer leichten Grippe das Bett. Sie stürmte ins Schlafzimmer und rüttelte ihn wach: „Ich bekomme die *Goldene Kamera*!" „Was?", fragte ihr Mann mürrisch und verschlafen. „Eben hat *HÖRZU* angerufen und uns zur Preisverleihung eingeladen." „Das heißt noch gar nichts." „Doch, ich bin nominiert für das Ding!" „Ja eben, nominiert." „Nun freu dich doch mal mit mir, das ist eine Riesenehre!" „Jana, warten wir es ab, wann soll das denn sein?" „Du, ich weiß es nicht mehr, kannst du da bitte noch mal anrufen, wenn es dir besser geht?" „Morgen." Dann drehte er sich um und schlief wieder ein.

In letzter Zeit meldete sich immer wieder Eco Klippel, ein Comedian aus Braunschweig, der 2025 den *Deutschen Kleinkunstpreis* gewonnen hatte. Auch jetzt rief er gerade wieder an und bat erneut um einen Gastauftritt in seiner TV-Show. Jana und Martin hatten ihn ein paar Mal bei seinen Liveauftritten in der *Glocke* erlebt und waren immer begeistert gewesen. Noch ganz beseelt erzählte ihm die Schauspielerin von ihrer bevorstehenden wahrscheinlichen Auszeichnung. „Na, herzlichen Glückwunsch, meine Liebe, dann können wir den Preis ja ausgiebig in meiner Sendung feiern." „Dein Wort in Gottes Ohr, ich melde mich, wenn alles gelaufen ist!" Obwohl sie Auftritte in Comedy-Shows bisher abgelehnt hatte, war sie jetzt gar nicht mehr so abgeneigt.

Am zwölften März reisten Jana und Martin nach Hamburg.
Der Veranstalter hatte eine Suite im *Atlantic* für sie reserviert. Nachmittags wurde sie zu einer kurzen Stellprobe in
die *Elbphilharmonie* gebeten. „Reine Vorsichtsmaßnahme,
sollten Sie die Schüssel heute Abend holen!", berlinerte ein
Aufnahmeleiter. Die Künstlerin war so nervös an diesem
Nachmittag, dass es zu einem kurzen Wortgefecht mit Martin kam. Es ging um nichts Wichtiges dabei. Er hatte lediglich Bedenken wegen eines zu tiefen Rückenausschnittes ihres schwarzen Abendkleides. Da die Garderobenkapazitäten in der *Elphi* begrenzt waren, wurde Jana eine Visagistin
zugeteilt, die direkt ins Hotel kam. Gegen siebzehn Uhr
klopfte es an der Tür des Apartments. Martin öffnete und
erblickte eine kleine rundliche Frau von Anfang fünfzig.
„Guten Tag Herr Levin, ich bin Gertrude Päschke, sagen Sie
einfach Trude zu mir, ich soll sie schminken!" „Sie sollen
was?" Jetzt verfiel Trude in ihren Berliner Dialekt: „Ik soll se
schminken!" „Sie meinen meine Frau!" „Ja, man hat ma jeschickt, um Frau Levin de Maske zu machen!" Martin
musste grinsen: „Na, dann kommen Sie mal rein. Übrigens,
mein Name ist Steenquist!" „Macht ja nüscht, Se sind da
Jatte von Jana, anjenehm!" Die Nominierte kam gerade aus
dem Bad und trug bereits die Abendrobe. „Wow, det is
knorke!" Jana verstand nicht so recht und sagte: „Guten
Abend Frau Knorke, Sie machen also meine Maske!" „Nee,
ik bin Gertrude Päschke, sajen Se einfach Trude, det machen
alle!" „Gut Trude, dann an die Arbeit!" Es dauerte nicht
lange, die Maskenbildnerin war versiert und verstand ihr
Handwerk. Die Künstlerin stellte sich vor den großen Spiegel und versuchte sich von allen Seiten zu betrachten. Sie
war sehr zufrieden über das Ergebnis. „Was würde Gladys

sagen ... *ja schau, bin i ned hübsch!*", dabei versuchte sie den bayrischen Dialekt ihrer inzwischen verstorbenen Kollegin nachzumachen. „Sehr schön sogar!" Martin gab ihr einen vorsichtigen Kuss auf die Wange. Um kurz nach sechs sollte der Shuttleservice das Ehepaar zum Veranstaltungsort bringen.

Den Feierabendverkehr in der Hansestadt hatte der Fahrer wohl unterschätzt. Erst kurz vor neunzehn Uhr erreichten sie die *Elbphilharmonie.* Hinter den Absperrungen drängelten sich tausende von Fotografen, Fans und Zaungästen. Martin stieg als Erster aus und öffnete seiner Frau die Wagentür. Ihren entblößten Rücken hatte sie mit einer Brokatstola bedeckt. Schon beim ersten Schritt auf dem roten Teppich brandete Applaus aus der wartenden Menge auf. Immer wieder hörte sie Zurufe, die sie aufforderten sich den Fans zu nähern, um Fotos oder Selfies zu machen. „Ich nehme mir einen Moment Zeit.", sagte sie zu ihrem Mann und wich ein wenig vom Teppich nach rechts ab. Martin folgte ihr, er wollte nicht Gefahr laufen, dass sie sich verzettelte und den gesamten Ablauf aufhielt. Nach fünf Minuten zog er seine Frau mit sich. Sie betraten die lange Rolltreppe zur ersten Ebene der Halle. Als sie oben ankamen, nahm eine Hostess die beiden in Empfang und wies ihnen ihre Plätze im Saal zu. Im oberen Foyer, das sie mit dem Fahrstuhl erreichten, herrschte eine Promidichte, die ihres Gleichen suchte. Alles, was Rang und Namen hatte aus Show, Politik, Gesellschaft und Wirtschaft war geladen. Katarina Wundertaler, die jetzt auch schon Mitte fünfzig sein musste, sollte den Abend moderieren. Jana erinnerte sich nur ungern an die damalige Talkshow, als Teddy Pick, ihr Exmann Peppilito, als Überraschungsgast angekündigt wurde. Katarina hatte diese Aufgabe zum zwanzigsten Mal übernommen. Zwar hatte sie ihre frauliche Figur erweitert, wirkte aber immer noch erfrischend und kam nach wie vor beim Publikum an. Bestens gelaunt begrüßte sie die Neuankömmlinge: „Ach, das ist ja schön, dass ihr da seid. Keine Angst, heute kann ja nichts passieren, nur dass du gewinnen kannst und vergoldet die Show verlässt!" „Kati, warten wir es ab, die beiden anderen sind richtige Schauspielerinnen!" „Wird schon, ach übrigens, die Laudatio in deiner Kategorie hält Juanita Gonzalez." „Auch das noch!", platzte Jana heraus. „Lass doch, ich bleibe auf der Bühne, sie hat nur zwei Minuten und weiß selbst noch nicht, wer die Trophäe bekommt." „Das ist ja gut zu wissen!" Dann mischten sich die Steenquists unter die anderen Gäste. Kurz vor zwanzig Uhr vernahmen die Anwesenden über den Lautsprecher, dass sie jetzt ihre vorgesehenen Plätze einzunehmen hätten. Punkt zwanzig Uhr fünfzehn begann die Show. Katarina Wundertaler betrat in einer hautengen rosafarbenen Abendrobe, die ein wenig an Miss Piggy erinnerte, die Bühne. Mit ihrer flapsigen, aber charmanten Art hatte sie das Auditorium sofort auf ihrer Seite: „Na, Ihr Lieben, wie sehe ich aus?" Tosender Beifall und Bravorufe folgten. „Alles selbst gemacht und frieren werde ich auch nicht, höchstens vor Rührung, denn ich habe dafür das Neopren aus zwei alten Surfanzügen verwendet, Recycling ist heute eben alles!" Das Publikum war freundlich amüsiert. „Guten Abend meine Damen und Herren, liebe Kollegen, ich begrüße Sie zur Verleihung der *Goldenen Kamera 2028!*" Dann betrat Juanita Gonzalez die Bühne und sang ein Medley ihrer Erfolge. Jana begann zu zittern und flüsterte Martin zu: „Oh je, bin ich schon dran?" Er schüttelte den Kopf. Als die Spanierin ihre Performance beendet hatte, wurde sie von Katarina mit den Worten „Wir sehen uns nachher noch einmal" verabschiedet. Danach wurden die Preise in den Kategorien ‚*Beste Dokumentation*‘, ‚*Bester Musiker national*‘ und ‚*Bester Schauspieler national*‘ vergeben. Darauf folgte eine Balletteinlage mit Tänzerinnen des *Friedrichstadtpalastes*.

Und dann war es soweit! Die Moderatorin kündigte Juanita Gonzalez als Laudatorin für den Preis der ‚*Besten Schauspielerin national*‘ an. Fast wie eine Königin schritt die mindestens Fünfundsiebzigjährige zum Mikrofon und begrüßte das Publikum: „Ich habe die große Ehre, die von Ihnen gewählte beste Schauspielerin mit der *Goldenen Kamera* auszuzeichnen. Lassen Sie mich mit einem Zitat von Goethe sprechen: *Mein Freund, die goldene Zeit ist wohl vorbei: Allein die Guten bringen sie zurück.* Heute ist es mir eine große Ehre eine ganz Große auszuzeichnen." Dann riss sie einen Umschlag auf. In diesem Moment herrschte Stille im Saal. Janas Hände verkrampften sich in denen von Martin und waren schweißnass. „Oh!" Wieder kam einige Sekunden Stille auf. „Die *Goldene Kamera* 2028 geht an Jana Levin für ihre Rolle im *Tatort*" Jana glaubte nicht, was sie hörte, stand aber wie in Trance auf und bewegte sich in Richtung Bühne. Juanita kam ihr ein paar Schritte mit ausgebreiteten Armen entgegen, drückte die Gewinnerin an sich und küsste sie links und rechts auf die Wange. Katarina eilte herbei und führte Jana zum Podest, wo sie ihre Dankesrede halten sollte. In diesem Moment schien sich der Beifall zu überschlagen. Gefühlte fünf Minuten genoss die Künstlerin die Huldigung bevor sie selbst zu Wort kam: „Ich danke Ihnen allen sehr, natürlich auch dem Team, besonders Heino Wellinger, der versucht hat, das Beste aus mir herauszuholen. Und ganz besonders danke ich meinem Mann Martin Steenquist, ohne ihn wäre das alles gar nicht möglich gewesen!" Dann übergab ihr Juanita die Trophäe und küsste sie erneut. In gespielter Eintracht gingen die beiden Künstlerinnen Hand in Hand zurück ins Publikum. Jetzt kam ihr Martin entgegen und umarmte sie. „Ich habe es gewusst!", flüsterte er ihr ins Ohr. Die restliche Zeit der Preisverleihung nahm sie nur noch schemenhaft wahr. Sie saß neben ihrem Mann und war einfach nur glücklich. Gegen Mitternacht begann die Aftershowparty. Der vorangegangene Fototermin dauerte über eine halbe Stunde. Es bestand keine Frage – Jana Levin war wieder da! Jetzt mit Mitte siebzig schien es so, als stehe sie vor einem Neuanfang. Ilona Akilegna, eine der größten Produzentinnen in Deutschland, kam auf Jana zu und bot ihr spontan einen TV-Dreiteiler über das Leben der damaligen Kanzlerin Angela Merkel an. Sie lehnte aber ab, mit der Begründung, dass man die Zeit nicht zurückdrehen kann. Tatsächlich fühlte sie sich nicht imstande eine rund zwanzig Jahre jüngere Frau zu spielen. Merete Pling-Larsson gratulierte Jana herzlich: „Das hast du voll und ganz verdient. Ich habe in den 1970 er Jahren auch mal in einem *Tatort* eine kleine Rolle gehabt, aber das ist wohl niemandem aufgefallen." „Wie geht es dir denn, habe ewig nichts von dir gehört?" „Ich habe mich auch ganz und gar zurückgezogen, habe einfach keine Lust mehr. Meine Freundin und ich leben jetzt in Malmö, haben dort am Stadtrand ein altes Bauernhaus gekauft, es ist himmlisch!" „Freundin?", fragte Jana irritiert. „Ach Jana, ihr habt das doch immer gewusst, vielleicht sogar noch eher als es mir selbst bewusst war." „Es gab damals immer mal Gerüchte, aber die haben mich nicht interessiert. Es ist doch auch ganz egal mit wem man lebt, Hauptsache du bist glücklich!" „Oh ja, sogar sehr!" „Wer ist es denn?" „Ach, in Deutschland kennt man sie nicht. Birgitta Kroogsgaard kommt aus Dänemark, arbeitet aber in ganz Skandinavien als Schauspielerin. Dein Mann ist doch auch Schwede, wenn ihr mal da oben seid besucht uns doch." Jana versprach der Einladung gerne nachzukommen. Im Laufe des Abends lief ihr noch Elena Zarzidou über den Weg, im Schlepptau hatte sie ihre Grinsefresse Gerd. „Gott, ist die alt geworden!", zuckte die Preisträgerin zusammen. „Jana Darling, wir gratulieren dir ganz herzlich!" Dann küsste sie die Griechin, Gerd schloss sich an. Wie immer erzählte er sofort von den unglaublichen Erfolgen seiner Frau, die jetzt ein neues Buch über Fitness im Alter geschrieben hatte. „Wir konnten es gerade noch so möglich machen dieser Einladung zu folgen. Elena ist auf erfolgreicher Lesereise und gibt Tipps, wie man das Altern etwas hinauszögert." „So, wie denn, mit Botox?" Martin, der direkt daneben stand zog seine Frau an sich und flüsterte ihr ins Ohr: „Darling, muss das jetzt sein?" „Ja, ich kann dieses falsche Luder nicht ausstehen!" Ein vorbeikommender Fotograf bat die beiden Diven für ein gemeinsames Foto zu posieren. „Wenn es sein muss, okay!" Elena deutete eine Umarmung an, gleichzeitig sprang die Grinsefresse noch ins Bild und versuchte Jana von der anderen Seite zu berühren. „Gerd, der Fotograf bat um ein Bild von deiner Frau und mir!" Jana stieß ihn barsch beiseite.

Erst gegen drei Uhr morgens kamen Jana und Martin glücklich, aber total erschöpft ins *Atlantic* zurück. „Ich freue mich jetzt erst mal auf ein paar unbeschwerte Wochen mit uns in

Bremen, möchte in der nächsten Zeit nichts als Ruhe haben."
„Wovon träumst du nachts?" „Was meinst du?" „Na ja, du
glaubst doch wohl nicht, dass die jetzt Ruhe geben nach dem
Erfolg!" „Lass uns das morgen besprechen oder noch besser
im nächsten Leben."

Epilog

Ab 2028 entwickelte sich wirklich noch einmal eine neue Karriere für Jana Levin. Sie drehte bis 2032 noch acht weitere Filme, wurde für ihr künstlerisches Lebenswerk mit dem *Bambi* ausgezeichnet. Kurz darauf kam Martin bei einem Autounfall ums Leben. Zu dem Zeitpunkt war die Künstlerin gerade mit Dreharbeiten beschäftigt. Als sie die Nachricht erhielt brach sie zusammen und musste das Projekt abbrechen. Der Film wurde niemals fertiggestellt. Danach zog sie sich vollkommen aus der Öffentlichkeit zurück.

Die Menschen um Jana Levin

Familie:

Levin, Jana * 1954 in Braunschweig als Mathilde Müller, bis 2019 erfolgreiche Sängerin, ab 2028 Comeback als Schauspielerin

Shaw, Brian * 1952 in Glasgow, erster Ehemann von Jana Levin bis 1979, war ihr Manager bis zur Scheidung

Heise, Manfred * 1948, bekannt als Clown Peppilito, zweiter Ehemann von Jana Levin von 1984 bis ca. 1990

Steenquist, Martin * 1966 in Uppsala/Schweden + 2032, Choreograf, dritter Ehemann von Jana Levin ab 2023

Heise, Beatrice * 1984, Tochter von Jana Levin und Manfred Heise, betreibt ein Restaurant in Lüneburg

Heise, Gabriel * 2023, Sohn von Beatrice Heise, Vater unbekannt

Müller, Albert und Gertrud Eltern von Jana Levin, betrieben eine Bäckerei in Braunschweig bis 1990, starben bei einem Autounfall 2014

Müller, Henning * 1953 in Braunschweig, Bruder von Jana Levin, verheiratet mit Gitta, geb. Santowski

Müller, Klara * 1958 in Braunschweig, Schwester von Jana Levin

Mirror, Milly * 1960 in Goslar als Evelyn Breitner, Cousine von Jana Levin und ab 1980 als Schlagersängerin tätig

Kollegen und Wegbegleiter:

Arazi, Aviva * 1945 im Evron/Palästina + 2016 in London, arbeitete als Schauspielerin und Model bevor sie 1968 Sängerin wurde. Sie zog sich immer wieder aus dem Showgeschäft zurück. Ihre letzte Ehe führte sie über mehrere Jahrzehnte mit einem russischen Oligarchen

Barese, Ornella * ca. 1939 in Bari/Italien, Crossover-Sängerin zwischen Klassik, Chanson und Pop

Boysen, Alfi * 1939 ausgebildeter Schauspieler, moderierte zwölf Jahre in der *ARD* das monatliche *Schlagerderby*, heute wieder Fernsehschauspieler

Boysen, Hannaliese * 1945, verheiratet mit Alfi Boysen, freiberufliche Produzentin und Managerin ihres Ehemannes

Bravo, Tim * 1940 in Rosenheim als Walter Deininger + 1997, ungeouteter schwuler Schlagersänger

Coreen, Carina * 1964 in Berlin + 2024 in Portofino/Italien, arbeitete zunächst erfolgreich als Schlagersängerin, später gefragte Schauspielerin für ernsthafte Stücke

Dünnhahr, Fritz * 1928 + 2001, Theaterintendant und Schauspieler, gab Jana Levin die erste Bühnenrolle am *Thalia Theater*

Garden, May * 1966 wurde von Horst Schlüssel entdeckt, singt Schlager und internationale Popmusik

Gonzalez, Juanita * zwischen 1948 und 1954 in Madrid, es gibt unterschiedliche Quellen, erfolgreiche Sängerin in ganz Europa und ewige Konkurrentin von Jana Levin, geschätztes Vermögen zweihundert Millionen Euro

Gosch, Petra * 1940 in Rüsselsheim, lernte Jana Levin Mitte der 1960 er Jahre als Fan kennen, leitete später den Fanclub ihres Stars

Grace, Gladys * 1945 als Agnes Hirtleitner + 2021, Multitalent aus Bayern, sang als Erste im bayrischen Dialekt Jazz und Soul

Jacky * 1952 **& Ron** * 1950 + 2010, eigentlich Renate und Rudolf Blasinger, bis 1995 verheiratet, von 1974 bis 1995 erfolgreich als Schlagerduo, Jacky tritt heute noch solistisch auf

Lauenstein, Oliver * 1963 in Goslar, arbeitete zunächst kaufmännisch, ist heute Redakteur einer Zeitung in Bonn, lernte Jana Levin Ende der 1970 er Jahre kennen als Fan, wurde später Ratgeber, Freund und Vertrauter

Loew, Heinz * 1939 arbeitete in unterschiedlichen Berufen bevor er seine Frau Margarete heiratete und gelegentlich für Jana Levin als Bote und Chauffeur agierte, lebt in Arsten bei Bremen

Loew, Margarete * 1948, Ehefrau von Heinz Loew, vor ihrer Tätigkeit als Sekretärin von Jana Levin, war sie Büroleiterin in einer Steuerkanzlei

Lumiere, Rose * 1925 + 2018, angeblich weltweit erfolgreich seit den 1940 er Jahren als Sängerin, war zweimal schwerreich verheiratet

May, Dannie * 1954 vorwiegend Musicalsängerin in Berlin und Wien

Meiners, Marina *1966 in Kleve, seit Jahren umsatzstärkste Sängerin in Deutschland, ihr damaliges Debütalbum hielt sich Jahre in den Charts. Ihre Lieder sprechen vor allem Frauen an. Ihren männlichen Fans bietet sie in ihren Konzerten vor allem laszive optische Erotik

Nordier, Noelle * 1945 in Brest/Frankreich in Deutschland seit 1967 mit Schlagern bekannt, in Frankreich eher als Chanteuse

Paulsen, Andy * 1948 in Dortmund als Lothar Streicher + 2017 in Stuttgart, wurde 1971 durch seine Rolle im Musical *Calcutta* entdeckt. Galt als Mädchenschwarm, war aber homosexuell. Hatte von 1971 bis 1976 Riesenerfolge im Schlagerbereich

Pling-Larsson, Merete * ca. 1946 in Stockholm, bereits in den 1960 er Jahren erfolgreich als Schlagersängerin in Deutschland und Schweden, später Hardrock Sängerin, lebt heute mit einer dänischen Schauspielerin in Malmö

Preiser, Hans * 1974 in Graz/Österreich + 2012 in Portofino/Italien, war in zweiter Ehe mit Carina Coreen verheiratet, galt als einer der bedeutenden Dramaturgen und Schriftsteller im deutschsprachigen Raum

Schlüssel, Horst * 1939 erfolgreichster Produzent und Komponist Deutschlands, arbeitete mit fast allen namhaften Künstlern zusammen

Smith, Lavinia * 1903 + 1999 weltweit bekannte Sängerin und Schauspielerin aus Deutschland, die aber später überwiegend in Südamerika lebte. Emigrierte 1933 zunächst nach Paris aufgrund ihrer jüdischen Abstammung

Silver, Sarah * 1944 in Greifswald als Sarah Silberstein, emigrierte in ihrem Geburtsjahr mit ihren Eltern aus Deutschland nach Schweden, aufgrund ihrer jüdischen Abstammung. Sang sehr anspruchsvolle Texte und war überaus erfolgreich. Nach jahrzehntelangem Aufenthalt in Deutschland lebt sie seit einigen Jahren wieder in Schweden

von Tellheim, Tilda * 1911 + 2003 Volksschauspielerin, arbeitete vorwiegend unter Fritz Dünnhahr, war Partnerin von Jana Levin in *Professor Unrat*

Wagenfeld, Mechthild * 1970 in Potsdam, war von 2023 bis 2024 Bundeskanzlerin der rechtsradikalen Partei *OID*, wurde aber ihres Amtes enthoben wegen antisemitischer Äußerungen und Korruption

Wundertaler, Katarina *1973 in München, arbeitete zunächst als Tänzerin, wurde ab 1999 Moderatorin unterschiedlichster Show und Gastgeberin einer Talkshow beim *BR*

Zarzidou, Elena * zwischen 1936 und 1945 in Drama/Griechenland, es gibt auch hier unterschiedliche Quellen, kam Mitte der 1960 er Jahre nach Deutschland, war in den Medien immer wieder präsent vor allem durch ihre Ehe mit dem Amerikaner Alex Appletree, einem weltweit erfolgreichen Bandleader. Künstlerisch war sie eher nicht vom Erfolg gesegnet

Zarzidou (?) Gerd * ca. 1957 fünfter Ehemann von Elena Zarzidou, niemand weiß, was er wirklich beruflich macht, ständig im Schlepptau seiner Frau. Die Branche nennt ihn die Grinsefresse oder den Bankrotteur

Autor:

Hans-Peter Schmidt-Treptow studierte Betriebswirtschaften und arbeitete zunächst in unterschiedlichen Banken. 1990 veröffentlicht er erstmals Kritiken, Essays und Berichte über Theaterstücke und Konzerte, seit 2010 wirkt er auch als Booker im Musikgeschäft u. a. für den Comedian Eco Klippel. 2019 erschien sein erster Roman „Erzwungene Liebe". Jetzt legt er mit „Das Leben ist kein Vollplayback" das zweite Buch vor.

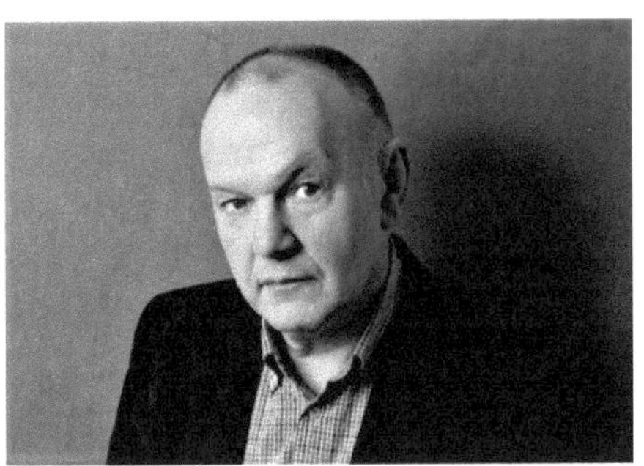

Danke!

Ohne Euch wäre das Buch nicht entstanden! Ganz besonderer Dank an Carsten, Dierk, Petra K., Carolin, Angelika, Eco, Lutz, Oliver, Ingrid, Annette, Henning und Sandra. Besonders für die Momente während der Schaffensphase. Ihr habt mich immer wieder motiviert weiterzumachen!